희망의 선택

희망의 선택

지은이 | 우애령
펴낸이 | 조현주
펴낸곳 | 도서출판 하늘재

북디자인 | 엄유진
편집 | 한정원 · 정하연

1판 1쇄 펴낸날 | 2003년 12월 1일
1판 7쇄 펴낸날 | 2012년 10월 15일

등록 | 1999년 2월 5일 제20-140호
주소 | 서울시 마포구 망원1동 384-15 301호(121-820)
전화 | (02)324-2864
팩스 | (02)325-2864
E-mail | haneuljae@hanmail.net

ISBN 89-90229-07-3   03810

값 12,000원

희망의 선택

우애령 상담 에세이

하늘재

책머리에

살아가면서 어려운 일에 부딪히거나 절망에 빠졌을 때 다른 사람들을 떠올려보고 용기를 내기 바라는 마음으로 이 글을 썼습니다.

희망이 우리를 버리는 적은 없고 다만 우리가 희망을 버릴 뿐이라는 이야기가 마음에 와 닿는 이즈음입니다.

그 누군가에게 우리 또한 희망이 되는 존재일 것입니다. 한마디 말이나 사소한 행동이 그 사람에게 커다란 힘이 될 수 있습니다.

그렇기 때문에 절망했을 때에도 절대 포기해서는 안 된다고 말하고 싶습니다. 희망이란 '삶에 의미가 있는 것' 이라고 믿는 것이기 때문입니다.

삶에 의미가 있다고 믿을 수 있게 해주는 중요한 부분은 아마 인간에 대한 신뢰와 사랑일 것입니다.

그런데 이즈음 사회를 뒤덮고 있는 어둡고 울적한 기운은 과연 어디에서 비롯된 것일까요.

우리는 혹시 희망 없이 몸과 마음을 소모하는 삶에 지쳐 가까운 가족이나 친지, 이웃들, 그리고 사회적인 모든 현상을 부정적인 측면으로만 바라보며 낙담하고 있는 것은 아닐까요.

"살아갈 이유가 있는 자는 어떤 삶이라도 견디어낸다."

삶의 의미를 찾아 죽음의 수용소에서 살아남은 빅터 프랭클이 늘 인용했던 니체의 명구의 의미를 이 책에서 함께 나누고 싶습니다.

오랫동안 같은 길을 걸어오며 큰 힘이 되어준 하늘재 조현주 님께 각별한 감사를 전합니다.

2012년 10월

우 애 령

차례 | 희망의 선택

2 ● 마음의 창을 여는 사람들

3 ● 사랑해서 아름다운 사람들

4 ● 부부라는 이름의 사람들

5 ● 가족을 찾는 사람들

6 ● 추억이 소중한 사람들

7 ● 철학자와 사람들

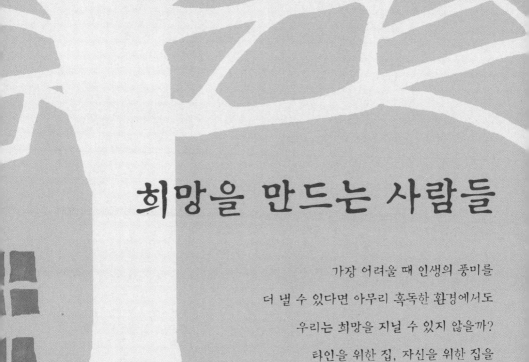

희망을 만드는 사람들

가장 어려울 때 인생의 풍미를
더 낼 수 있다면 아무리 혹독한 환경에서도
우리는 희망을 지닐 수 있지 않을까?
타인을 위한 집, 자신을 위한 집을
한 단계씩 묵묵히 지어보려고
노력하는 사람이 늘어날수록
우리 사회는 더 밝아지지 않을까 하는
생각을 해본다.

집 짓는 사람들

"그 사람이 누구야?"

이런 질문 속에 돌풍을 일으키며 대통령이 되었던 사람이 지미 카터이다.

상류사회에 별로 알려지지 않았던 그는 남부 애틀랜타의 시골 출신으로 닉슨의 워터게이트 사건 때문에 타락한 정치에 신물이 난 유권자들에게 도덕 정치 구현을 내걸고 당선되었다.

그러나 많은 사람들이 그에게 실망하였고 과연 정치가에게 유능함과 도덕성은 공존할 수 없는가 하는 논란을 불러일으키기도 하였다.

그는 대통령 재임 시보다 오히려 퇴임 후에 더 많은 사랑과 존경을 받고 있다. 1994년 북한 핵 위기 때 평양을 방문한 것을 비롯해 국제분쟁의 해결사로 국제사회의 자원봉사자로 많은 일을 해왔기 때문이다.

얼마 전 그는 '사랑의 집 짓기' 행사에 동참하기 위해 우리나라를 방문하였다.

이 운동은 무주택자들을 위해 무상으로 집을 지어주는 사랑 나누기 운동이다. 우리나라에도 그 취지에 찬동하는 사람들의 수가 늘어나고 있다는 소식은 반가운 일이다.

지미 카터는 망치와 톱을 들고 못을 박고 나무를 자르며 땀을 흘리고 집을 짓는 모습을 보여준다. 고령임에도 불구하고 건강이 허락하는 한 계속 이 일을 하고 싶다는 그는 여건이 허락한다면 북한에서도 '사랑의 집 짓기 운동'을 펼칠 수 있기를 희망하고 있다.

안전모를 쓰고 구슬땀을 흘리며 망치질에 여념이 없는 전직 노(老)대통령을 보는 일은 흐뭇한 일이 아닐 수 없다. 더구나 그 힘든 노동 중에서도 특유한 함박웃음을 잃지 않고 있음에랴.

이즈음 웬만한 큰 아파트에 새로 입주해 들어오는 사람이 있으면 한동안 이웃이 골머리를 앓는 경우가 많다. 그 큰 이유 중의 하나는 리노베이션이라는 이름으로 아파트 내부를 마구 때려 부수기 때문이다.

별 합당한 이유도 없이 이미 지어져 있는 고층 건물의 내부를 허무는 소음은 귀뿐만 아니라 마음까지 불편하게 한다. 때려 부수는 소음은 집 짓는 소음과 달리 심정까지 메마르게 만든다. 건물의 안전도 위협할 뿐 아니라 어떤 근거로도 합당하지 않은 지나친 낭비라는 생각이 들어서이다.

그런 데 드는 막대한 비용의 일부라도 지붕 있는 집을 갖지 못한 사람들을 돕는 데 쓸 수 있다면 더할 나위 없이 좋지 않을까.

집이 없는 사람들의 마음이 평화롭기를 기대하는 것은 너무 무리이다. 몸이 깃들일 집이 없으면 마음이 안주할 집도 지니기 어렵기 때문이다.

물론 높은 도를 추구하는 사람들은 세상 삼라만상을 다 내 집으로 여기고 어디서나 하늘을 지붕 삼아 땅을 벗 삼아 마음 편히 지낼 수 있다고도 하지만 그런 경지에 보통 사람이 도달하기는 어렵다.

감히 우리나라에서 전직 대통령이 집 짓기에 나서기를 바라는 것은 너무 큰 바람일지 모른다. 그렇지만 여유 있는 사람들이 멀쩡한 집의 내부를 파괴하는 대신 집 없는 사람들을 위해 작은 일이라도 돕는 모습을 볼 수 있다면 얼마나 많은 사람들이 희망을 갖게 될까 하는 생각이 든다.

일전에 만난 젊은 여자는 자살을 기도했던 전력이 있었다. 복잡한 가족관계의 와중에서 집을 잃었다고 생각해서였다. 어머니가 세상을 떠난 후 오랫동안 결혼도 하지 않고 아버지와 동생을 보살펴왔지만 아버지는 재혼을 결심하고 온 집 안에 새 단장을 시작했다. 아버지는 자녀들에게 재산을 제각각 나누어주었으나 그녀는 결혼하는 형제를 돕다가 그 돈을 다 잃어버렸다.

한동안 친구 집에 머물렀는데 그 친구가 집을 비워달라고 통보해 온 저녁, 그녀는 치사량의 약을 먹었다.

병원에서 회복된 그녀는 아버지의 집에 들어갔지만 방에 들어박혀 아무 말도 하지 않고 밖에 나오지도 않았다. 무표정하게 방 안에 앉아 하루를 그저 보낼 뿐이라 숨쉬기가 어려울 지경의 어두운 그림자가 집을 덮었다.

그녀는 나를 만난 자리에서 억눌린 자신의 심정을 털어놓았다. 믿고 의지했던 아버지도 배신했고 형제도 믿을 수 없으며 친구도 등을 돌렸기 때문에 자신은 더 이상 살아갈 의미를 잃었다는 것이었다. 그녀는 상징적인 마음의 집과 현실적인 몸이 거처할 집을 동시에 잃었다고 느끼고 있었다.

새어머니나 아버지가 모질게 구느냐고 묻자 그렇지는 않다고 했다. 잘해주려고 애쓰는 편인데 그 모습조차 꼴 보기 싫다고 이야기했다. 그들이 말을 걸어도 잘 대답하지도 않고 같이 식사도 하지 않으며 방문도 잠그고 지낸다는 것이다.

그녀는 한집안에 살면서 가족들에게 자기가 겪고 있는 불행을 한 조각씩 공평하게 나누어주고 있었다.

거처할 방과 지붕이 마련되기는 했지만 이곳은 내 집이 아니라는 그녀의 오래된 의식은 영혼과 육신을 다 허공에 맴돌게 하고 있는 셈이었다.

몇 번의 만남을 통해 그녀는 집을 마련하기 위해서는 자신이 먼저 집을 짓는 망치질을 해볼 필요가 있다는 사실을 받아들이기 시작했다.

그녀는 우선 방문을 잠그지 않고 열어놓았다. 그 다음에는 식사시간에 함께 마주 앉았다.

집을 빼앗아 간 사람들에 대해 불타던 적의는 자기가 먼저 마음을 열면서 조금씩 가라앉기 시작했다.

많은 사람들이 가슴 아픈 과거나 현재를 이야기할 때 상실한 집의 이야기를 한다. 그 집은 실재하는 집이기도 하고 마음이 깃들일 수 있는 관념상의 집이기도 하다.

주위 사람들이 그런 사람에게 해줄 수 있는 일이 있다면 그 집을 지어주지는 못할망정 애써 집을 일구려고 하나씩 올려놓는 판자나 각목들을 허물어버리지 않는 일일 것이다.

아버지나 새어머니도 이 여자의 집을 허물려고 애쓰는 사람들은 아니었다. 오히려 이 여자가 하나씩 자신의 마음의 집을 구축하기를 바라고 있었지만 무너져 주저앉아 있는 그녀를 어떻게도 돕지 못했던 경우였다.

우리가 전직 노대통령 지미 카터처럼 자신을 다 바쳐 타인을 위한 집 짓기에 나서기는 어려울지 모른다.

그러나 타인을 위한 집, 자신을 위한 집을 한 단계씩 묵묵히 지어보려고 노력하는 사람이 늘어날수록 우리 사회는 더 밝아지지 않을까 하는 생각을 해본다.

당근과 달걀과 커피

오랫동안 소식이 없던 친구에게서 편지가 왔다.

가정에 여러 가지 어려운 일이 많아 역경 속에서 인생의 한 고비를 넘겼던 친구였다. 그녀는 자신의 삶에 대해 구체적으로 설명하지 않고 자기가 들은 이야기를 내게 그대로 적어 보냈다.

한 젊은 딸이 어머니에게 자신의 삶에 대해 이야기했다. 사는 게 너무 힘들어서 이제 그만 두 손 들고 싶다고 했다. 그녀는 싸우고 투쟁하는 데 지쳐 있었다. 문제 하나가 해결되면 뒤이어 다른 새 문제가 생기는 식이었다.

어머니는 딸을 데리고 부엌으로 갔다. 그러고는 냄비 세 개에 물을 채웠다.

그리고 첫 번째 냄비에는 당근을 넣고 두 번째 냄비에는 달걀을 넣었다. 세 번째 냄비에는 커피를 넣었다. 어머니는 냄비 세 개를 불 위에 얹고 끓을 때까지 아무 말도 없이 앉아 있었다. 한동안 시간이 지나자 그녀는 불을 껐다. 그리고 당근을 꺼내서 그릇에 담고 달걀도 꺼내서 찬물에 담갔다. 커피는 컵에 따랐다.

어머니는 딸에게로 몸을 돌렸다.

"지금 무엇이 보이니?"

"당근과 달걀과 커피요."

딸은 대답했다.

어머니는 딸에게 가까이 와서 당근을 만져보라고 했다. 당근을 만져 보니 부드럽고 물렁했다. 그런 다음 어머니는 달걀 껍데기를 벗겨보라고 했다. 껍데기를 벗기자 달걀은 익어서 단단해져 있었다. 마지막으로 어머니는 딸에게 커피 향내를 맡고 그 맛을 보라고 시켰다.

딸은 미소 지으면서 커피 향내를 맡고 한 모금 마셨다. 그러고 나서 딸은 물었다.

"엄마, 무슨 이야기를 하고 싶으신 거예요?"

어머니는 설명했다.

"이 세 가지 사물이 다 역경에 처하게 되었단다. 끓는 물이 바로 그 역경이지. 그렇지만 세 물질은 전부 다 다르게 반응했단다. 당근은 단 단하고 강하고 단호했지. 그런데 끓는 물과 만난 다음에 부드러워지고 약해졌어. 달걀은 연약했단다. 껍데기는 너무 얇아서 안에 들어 있는 내용물을 보호하지 못했다. 그렇지만 끓는 물을 견디어내면서 그 안이 단단해졌지. 그런데 커피는 독특했어. 커피는 끓는 물에 들어간 다음에 물을 변화시켜 버린 거야."

"……."

"너는 어떤 쪽이냐?"

어머니는 딸에게 물었다.

"힘든 일이나 역경이 네 문을 두드릴 때 너는 어떻게 반응하니? 너는 당근이니, 달걀이니, 커피니?"

한번 생각해보자.

나는 어느 쪽일까.

나는 강해 보이는 당근인데 고통과 역경을 거치면서 시들고 약해져서 내 힘을 잃었는가.

나는 유순한 마음으로 시작했지만 열이 가해지자 변하게 된 달걀일까.

전에는 유동적인 정신을 지니고 있었지만 죽음과 파경과 재정적인 고통이나 다른 시련을 겪은 후에 단단해지고 무디어졌을까. 껍데기는 똑같아 보이지만 그 내면에서는 내가 뻣뻣한 정신과 굳어버린 심장을 지닌 채 쓰디쓰고 거칠어진 건 아닐까.

아니면 나는 커피와 같을까. 커피는 실제로 고통을 불러온 바로 그 환경인 뜨거운 물을 변화시켰다. 물이 뜨거워졌을 때 커피는 독특한 향기와 풍미를 낸 것이다. 만약 내가 커피와 같다면 그럴 때 나 자신이 더 나아지고 주위 환경까지도 바꾸어놓을 수 있다. 어둠 속에서 시련이 극도에 달했을 때 나는 다른 레벨로 상승할 수 있을까?

아무 부연 설명도 없이 그녀의 편지는 여기서 끝났다.

나는 곰곰이 그녀의 편지를 다시 읽었다. 역경 속에서 커피 향처럼 변하고 싶은 친구의 간절한 바람이 읽혀졌다.

나는 그 편지를 보낸 친구의 마음을 헤아려보았다.

가장 어려울 때 인생의 풍미를 더 낼 수 있다면 아무리 혹독한 환경에서도 우리는 희망을 지닐 수 있지 않을까?

보이지 않는 생명을 위하여

이 전화번호는
당신에겐
아무런 도움을 주지 못합니다.
하지만 몇몇 가난한 이웃들에겐
작은 힘이 될 것입니다.
그래도 전화를 하신다면
우리는 그저 감사하다는 인사를
올리는 것이 고작입니다.
대신 혼자 사는 노인,
소년소녀가장,
몸이 불편한 사람,
잠잘 곳이 없는 사람,
직장을 잃은 사람,

끼니를 걱정해야 하는 집,

버려진 아이들에게 약간의 웃음을

나눠줄 수가 있습니다.

어떻습니까?

지금, 전화하시겠습니까?

전화 한 통화에 1,000원이면 결코 작은 돈이 아닙니다.

통화료 1,000원 중 100원은 한국통신에 납입되며, 나머지 900원은 전액 불우한 사람을 위해 쓰인다는 말도 덧붙여 있었다.

'사랑의 전화 복지재단'에서 발행하는 책에 실린 작은 광고 문구를 보니 이제 세상을 떠나 고인이 된 심철호 회장의 어눌하고 정다운 음성이 다시 들리는 듯하다.

어려운 사람을 위해 온몸과 마음을 다 바쳐 뛰고 과로하지 않았으면 세상을 그렇게 일찍 떠나지는 않았을 텐데 하는 것이 그를 아는 모든 사람들의 안타까움이기도 하다.

한 젊은 청년 상담자가 들려준 이야기가 있다.

인생에 지치고 살아갈 이유를 찾을 수 없어 절망했을 때 그는 한밤중에 치사량의 약봉투와 술병을 앞에 놓고 마지막으로 '사랑의 전화'에 전화를 걸었다는 것이다.

어떻게든지 나를 설득해서 죽지 않게 도와줄 수 있느냐는 도전적인 청년의 말에 전화를 받은 심철호 씨는 밤을 새워 그를 설득하기 시작했다.

청년은 이어서 말했다.

"사실 죽음을 결심한 내게 그가 말하는 내용은 들어오지도 않았어요. 그런데 새벽이 가까워지면서 밖이 밝아오기 시작하자 돌연히 어떤 깨달음이 들었어요. 내가 무언데 이 사람이 나를 살리려고 밤을 새워가며 이렇게 정성을 기울이는가 하는 생각이었어요."

울면서 마음이 깨어난 그는 죽지 않기로 결심했고 그 일을 계기로 상담을 하게 되었다는 것이다.

짧은 권유 광고를 보면서 그가 쓴 글의 한 구절이 생각났다.

"외로운 인생길을 살아가는 사람이 세상에 어디 하나둘이랴. 어차피 빈손으로 왔다가 빈손으로 가는 것이 우리 인생이라고 했지만…… 어느 의미에선 인간은 모두가 잠시 왔다가 떠나가는 외로운 나그네인지도 모른다. 우리는 우리의 생활 주변에서 외로운 인생길을 걸어가는 분들을 많이 볼 수 있다. 낙도의 등대수, 병상에서 기약 없는 건강을 기다리는 환우, 그리고 많은 사람들……."

그의 글은 진솔하고 소박하다.

이제 그는 외로운 나그네의 여정을 마치고 빈손으로 우리 곁을 떠났다. 그러나 우리들의 손에는 많은 것을 남겨주었다.

그는 진정으로 우리들의 외로운 이웃을 어떻게 대해야 하는가를 실천으로 보여준 드문 사람 중 하나였다.

나는 그 글에 적힌 전화번호를 돌려보았다.

정다운 음성이 담긴 응답이 들려온다.

"감사합니다. 여러분의 전화 한 통화는 보이지 않는 곳에서 생명을 살리는 일에 쓰이게 됩니다."

눈물

옛날 산속 깊은 곳에 매우 지혜로운 노인이 살고 있었다. 노인은 세상의 온갖 지혜를 다 가진 사람이었기에 그가 외딴집을 떠나 산 아래로 내려오면 마을 사람들은 그의 이야기를 들으려고 하던 일을 멈추고 모여들고는 했다.

어느 날 산 아래 내려온 노인은 사람들에게 자신만이 알고 있는 행복의 비밀을 가르쳐주겠노라고 했다. 노인은 이 비밀을 들을 자격이 있는 단 한 사람한테만 그것을 말해주겠노라고 했다. 마을 사람들은 오랜 시간 의논한 후 마을에서 가장 아름다운 소녀를 보냈다. 아름다움이야말로 세상에서 가장 값진 것이라고 생각했기 때문이다. 그러나 마을 사람들의 예상과는 달리 노인은 소녀에 비밀을 말해주지 않고 그냥 되돌려 보냈다.

사람들은 다시 의논을 한 끝에 재산이 없으면 살 수 없기 때문에 마을에서 제일 부자를 노인에게 보냈다. 하지만 이번에도 노인은 입을 열지 않았다.

부자를 돌려보내면서 산속의 노인은 매우 슬펐다.

노인은 산을 내려가다가 오솔길에서 작은 새 한 마리를 품에 안고 있는 소년을 보았다.

소년은 울고 있었다.

노인은 그 소년에게 다가가 물었다.

"너 왜 울고 있느냐?"

소년이 대답했다.

"다친 새가 너무 불쌍해서요."

그러자 침울했던 노인의 안색이 비로소 환하게 밝아졌다.

이제야 행복의 비밀을 전해줄 사람을 찾았기 때문이었다.

"애야, 지금 네가 흘리고 있는 눈물이야말로 세상에서 가장 소중한 것이란다. 남을 불쌍히 여기는 마음 없이는 결코 행복한 세상을 이룰 수 없기 때문이지."

이렇게 노인은 소년에게 행복의 비밀을 말해주었다는 것이다.

어느 날 너무 가슴 아픈 소식을 들었다.

초등학생 아이가 아파트 10층에서 장난삼아 던진 돌에 맞아 한 젊은 남자가 세상을 떠난 것이다.

그 청년의 가족에게 이 일은 얼마나 청천벽력과 같았을까.

돌을 던진 아이와 부모에게는 또 얼마나 끔찍한 악몽이 되었을까.

어린 나이이고 고의성이 없으니 사람을 죽인 죄를 씌울 수는 없다고 하더라도 이제 앞으로 살아나갈 날이 많은 아이와 그 부모에게 이 일은 얼마나 큰 고통의 무게가 될 것인가.

무심한 행동 하나가 가져오는 절망은 어떤 순간 인생을 이해할 수 없는 강도로 짓누르고 붕괴시켜버린다.

그런데 며칠 후 신문에 난 기사를 보았다.

초등학생 아이의 부모가 넉넉지 못한 살림이라 살던 집의 보증금을 모두 찾아 들고 가 용서를 빌었으나 죽은 청년의 부모가 그 돈을 받지 않았다는 기사였다.

청년의 아버지는 눈물을 흘리며 다른 걱정하지 말고 부디 아이가 상처받지 않게 잘 키워달라고 초등학생의 부모에게 당부했다는 것이다.

갓 태어났을 때 그 청년의 부모는 얼마나 큰 기대와 사랑으로 아들을 감싸 안았을까.

처음으로 옹알이를 할 때, 처음으로 웃을 때, 처음으로 뒤집을 때, 처음으로 혼자 일어나 앉을 때, 처음 두 발로 땅을 딛고 걸을 때, 학교에 처음 가서 긴장한 얼굴로 자기 또래들 사이에 서 있는 것을 보았을 때…… 얼마나 큰 기쁨과 사랑으로 그 아이를 바라보았을까.

그리고 그 아이가 자라서 청년이 되고 교사가 되어 자기 삶의 길을 스스로 걸어가게 되었을 때 무심히 걸어가던 길 위에서 떨어진 돌을 맞고 세상을 떠난 것이다.

아이 셋을 길러본 부모의 마음으로 나는 그 부모의 마음을 헤아려보았다. 어느 날 날카로운 비수처럼 우리 삶을 관통하는 절망의 소식 중에 자식이 세상을 떠났다는 소식을 듣는 것보다 더 큰 불행이 있을까.

부모의 가슴을 일순간에 꿰뚫고 지나가는 그 고통의 순간에 태어나는 아이를 받아 안았던 순간부터 모든 시간들이 한꺼번에 가슴을 찢으며 떠오르게 될 것이다.

어떤 불행을 겪은 사람에게도 위로의 말을 건넬 수 있지만 자식을 잃은 사람에게 우리는 위로할 언어를 찾을 수가 없다.

자식을 잃은 이유가 고의든 실수든 누군가의 행동 때문인 것을 알게 될 때 우리가 겪는 감정의 소용돌이는 한마디로 묘사할 수 없을 것이다. 경악, 격분, 증오, 절망, 그 어떤 단어도 그 심정을 표현하기는 어려울 것이다.

그러나 세상을 떠난 청년의 부모는 동기는 어떻든 간에 가해자가 되어버린 어린 자녀를 둔 부모의 심정을 함께 헤아린 것이다.

그 아이의 부모도 자기처럼 아이가 갓 태어났을 때 얼마나 큰 기대와 사랑으로 그 아이를 감싸 안았을지, 그리고 처음으로 옹알이를 할 때, 처음으로 웃을 때, 처음으로 뒤집을 때, 처음으로 혼자 일어나 앉을 때, 처음 두 발로 땅을 딛고 걸을 때, 학교에 처음 가서 긴장해서 자기 또래들 사이에 서 있는 것을 보았을 때…… 얼마나 자기처럼 기뻐하고 사랑하며 그 아이를 받아들였을지…… 그리고 앞길에 아주 많은 삶의 시간이 남은 그 아이를 생각했던 것이다.

이데올로기의 갈등과 정치적인 불화, 비수처럼 날이 선 독설과 비난이 지면을 채우는 신문의 한쪽에 담겨 있던 그 기사는 가슴을 치고 지나갔다.

가장 절망했을 때 절망하는 다른 불쌍한 사람을 헤아릴 심정을 지닌 그 부모 때문에 나는 울지 않을 수 없었다.

이민을 가고 싶어 하고 원정 출산의 불편을 무릅쓰며 이 땅을 떠나고자 하는 수많은 젊은이들에게 나는 그 사람의 이야기를 전하고 들려주고 싶다.

가장 어두운 삶의 시점에서 빛을 보여주는 그런 사람이 있는 한 이 땅은 그렇게 절망할 땅이 아니라고 말해주고 싶다.

브라스 밴드의 청년들

지난 가을 서귀포시에서 열린 강연회에 초청받은 적이 있다. 어려운 문제와 폭력에 시달린 여성을 위한 쉼터에서 묵고 있는 사람들과 후원자들을 위해 마련한 강연회와 음악회였다.

10월의 날씨는 청명했고 바람은 온화하고 따뜻했다.

강연회장인 교회의 넓은 정원에 앉아 푸른 하늘과 이국적인 나무를 바라보며 모처럼 조용하고 쾌적한 분위기 속에서 한가로운 기분을 즐겼다.

주최 측에서 잡은 강연의 제목은 아주 재미있었다.

"내 남편, 알고 보면 멋진 사람"이었다. 뭐가 그렇게 멋진지 도저히 알 수 없어 알아보려고 왔다고 농담을 건네는 사람도 있었다.

양성평등을 위한 강연회가 이번에는 남자의 입장에 초점을 맞추고 있어 먼저 제주도 토박이 남자 선생님이 현대사회에서 겪는 남자들의 상황과 고뇌에 관해 이야기했다.

그리고 예정된 강연회가 진지하고 화기애애한 분위기에서 끝난 후 2부 브라스 밴드 연주가 시작될 시간이 되었다. 그런데 마침 토요일이어서 다섯 시가 넘어서자 다른 모임이 있는 사람들이 많아서인지 강연회에 참석했던 사람들이 많이 빠져나갔다.

빈자리가 너무 많아 2부를 맡은 브라스 밴드 단원들이 들어오기 시작하자 자리에 앉아 있는 우리가 민망할 지경이었다. 마침내 40명쯤 되는 해양경찰대 소속 청년들은 흰 상하의에 금줄을 늘인 정장을 입고 줄을 이어 입장을 마쳤다.

청년들의 손에 들린 악기가 불빛을 받아 반짝 빛났다. 듬성듬성 앉아 있는 사람들보다 연주하는 청년들의 수가 더 많아 보였다. 청중 수가 적어 혹시라도 맥이 빠지면 어쩌나 하는 우려를 뒤엎듯 연주가 시작되자 흥겨운 음악이 작은 강당 안을 덮고 사람들의 흥을 돋우었다.

사람들은 몸을 들썩거리기도 하고 일어서서 선 자리에서 춤을 추기도 하며 그들과 한마음이 되어 움직이기 시작했다.

사회를 보는 청년은 막 소년 티를 벗어난 듯한 홍안의 얼굴로 땀을 뻘뻘 흘리며 곡목을 소개하다가 흥이 절정에 이르자 이제 소개 안 해도 알아서 들어달라고 말해 폭소를 자아낸 후 들어가 자기 자리에 앉아버렸다.

나이 지긋한 지휘자는 연주가 끝날 때마다 터지는 박수 소리에 답례하며 기쁜 표정이었다.

〈그리운 금강산〉의 서주가 조용하게 흘러나오더니 한 청년이 앞으로 걸어 나왔다. 브라스 밴드의 곡조가 조금 가라앉았다.

그러자 청년은 온 마음을 기울여 〈그리운 금강산〉을 부르기 시작했다. 얼굴빛이 다 붉어지도록 열창하는 청년의 음성은 대단한 미성이었다.

"누구의 주제런가
맑고 고운 산
그리운 만이천 봉 말은 없어도
이제야 자유만민 옷깃 여미며 그 이름 다시 부를 우리 금강산
수수만년 아름다운 산
……"

수수만년 내려온 그리운 금강산의 노래를 들으며 가슴이 벅차올랐다. 우리나라에 자랑스러운 젊은이들이 이렇게 많으니 희망을 잃어서는 안 되겠다는 생각이 들어서였다.

몇 번 경험하기 어려운 감동의 무대였다.

그들은 쉼터에 와 있는 지친 사람들에게 혼신의 힘을 기울여 산다는 것의 기쁨을 전달하려는 것처럼 보였다. 쉼터 사람들을 위한 연주라서 마음을 다해 연주하고 싶었다고 나중에 만난 한 청년은 말했다.

그 자리에는 다양한 사람들이 앉아 있었다. 지친 삶에 시달리던 마음에 위로를 받은 것은 쉼터에 머무는 사람들만이 아니었다. 쉼터에 머무르고 있는 사람들은 물론 서귀포 시장 부인도 쉼터 이사장도 쉼터 원장도 후원회장도 모두 일어서서 손뼉을 치고 발을 구르며 환호했다.

〈오블라디 오블라다〉 연주가 끝난 다음에는 〈라밤바〉의 흥겨운 선율이 이어졌고 〈사랑의 트위스트〉의 경쾌한 리듬이 그 뒤를 이었다.

연주가 끝나자 몇십 명 안 되는 청중들의 박수가 수백 명의 갈채처럼 쏟아져 내렸다.

브라스 밴드의 청년들이 들려준 것은 단순한 음악이 아니었다.

그들은 땀을 흘리며 열정적인 연주를 해 젊고 건강한 마음을 전해주었다.

그 연주회는 우리가 살아가면서 드물게 위로받는 삶의 한 순간이었다. 금관악기 하나하나가 다 그 값어치만 한 금의 무게를 지닌 듯했다.

연주가 끝난 후 사람들은 강당 지하식당에서 불고기며 잡채, 한치무침, 산나물들이 가득 차려진 식탁에서 함께 저녁을 먹었다.

"어떵 살아수과."

"복싹 속았수다."

'어떻게 지내셨느냐', '정말 수고하셨다'는 뜻이라는 제주도 토박이 말들이 정다웠다.

브라스 밴드 청년들은 소담스럽게 접시에 밥을 담아 삼삼오오 짝을 이루어 왕성한 식욕을 보이며 밥을 먹었다. 그러면서 사람들이 건네는 찬사에 기쁜 듯이 웃었다.

세상이 혼란의 소용돌이에 빠져 도저히 이해하기 어려운 뉴스들이 신문과 텔레비전을 덮고 있어 괴로운 지경이었던 터라 건강한 청년들의 모습이 마음의 무거움을 다 덜어내주는 것만 같았다.

저녁식사가 끝난 후 청년들은 큰 버스에 나누어 타고 손을 흔들며 떠났다.

참석했던 사람들도 삼삼오오 떠나고 몇 명 남아 있는 사람들은 저녁 바람이 상쾌한 넓은 정원의 의자에 앉았다. 정원의 부드러운 불빛을 등지고 앉아 우리는 많은 이야기를 나누었다.

브라스 밴드 연주에서 받은 감명이 이야기의 주류를 이루었다.

적은 숫자의 사람들을 위해 혼신의 힘을 기울여 연주하던 젊은이들의 모습은 마음이 어두워질 때 희망의 빛을 켜주는 또 하나의 그림으로 간직되었다.

춤추는 가얏고

그녀가 가야금 타는 소리를 듣고 있으면 대나무 잎에 떨어지는 빗소리나 소나무 숲을 지나가는 바람 소리가 들리는 듯하다.

몇 년 전 어느 모임에서 가야금의 명인 박재희의 가야금 소리를 들었을 때 그 단아하고 맑은 음색에 가슴이 저려 드는 것 같았다. 그 자리에 모였던 많은 사람들이 숨을 죽이고 그녀의 연주를 들었다.

작년에 오랜 세월을 외국에서 살다 귀국한 시인의 아내가 집에 들렀던 길에 가야금을 좀 배우고 싶다고 이야기했다.

나는 신이 나서 말했다.

"가야금의 명인이 있어요. 함께 글 쓰는 사람이라 잘 부탁드리면 가야금을 가르쳐주실지 몰라요."

전화를 걸자 그녀는 웃으며 정말 배우고 싶다면 와도 좋다고 했다.

시인의 아내와 다음 날 그 집에 도착했을 때 여러 명이 이미 가야금을 배우고 있었다.

그녀는 시인의 아내에게 가야금을 건네고 곁에 앉은 내게도 가야금을 들어 권했다.

"기다리는 동안 그냥 함께해보세요."

가야금이 무릎 위에 오롯이 놓이자 이상하게도 늘 익숙했던 친구를 만나는 것처럼 편안한 느낌을 받았다.

"옛 가야금은 큰 통오동나무를 반으로 갈라 속을 파내고, 그 위에 열두 줄을 얹었지요. 그러다가 이백 년 전부터는 앞판을 오동나무로 하고 뒷판은 밤나무를 붙인 새 가야금을 쓰기 시작했어요."

열두 줄의 선은 명주실을 꼬아 만들었다고 하면서 그녀는 줄 밑에 고이는 안족이며 부들, 학슬 등 이름들을 하나씩 세세히 가르쳐주었다.

그리고 줄 하나하나의 음계를 짚어가면서 설명했다.

"처음 사람을 만났을 때 그 사람의 이름을 기억하는 것처럼 가야금을 배우기 전에 여러 가지 이름들을 기억해두는 것이 아주 중요해요."

다음에는 앉는 자세에 대해 가르쳤다.

"가부좌를 틀며 앉아 왼발이 오른발의 안쪽으로 들어가게 하고 허리를 쭉 펴고 반듯한 자세로 가야금을 무릎 위에 놓으세요."

그러고는 오른손의 엄지와 검지를 모아서 한 줄씩 뜯어보라고 했다. 정확하고 단호하지만 부드럽게…… 그녀의 주문이었다.

"아마 처음에는 손가락이 터질지 몰라요. 좀 익숙해진 후에는 아물어서 괜찮아지지만요."

이렇게 해서 시인의 아내에게 길 안내를 해준 인연으로 가야금을 배우게 되었다.

대학 다닐 때 가야금 강좌에 한 번 간 적이 있었는데 간절히 배우고 싶었지만 이런저런 사정 때문에 배우지 못했다고 하자 그녀는 말했다.

"정말 간절한 바람이 마음속에 있으면 언젠가 이루어질 때가 있답니다."

그날부터 나는 목요일마다 문을 여는 율방에서 선율을 따라가며 가야금을 배우게 되었다.

전에도 가끔 가야금 연주를 들어볼 기회는 있었지만 이렇게 맑고 사람의 마음을 가라앉히는 음색을 지니고 있다는 걸 미처 깨닫지 못했었다. 더 놀라운 건 여러 사람이 제각기 다른 곡을 타고 있어도 전체적으로 그 음들이 자연의 소리처럼 서로 어울린다는 점이었다.

흔히 서양 악기를 배울 때 어느 정도의 경지에 이르기 전에는 이웃 사람들이 두통을 일으킬 만큼 소음을 내는 것과는 확연하게 달랐다.

한동안 나는 다른 일을 줄이더라도 가야금 배우러 가는 목요일을 거르지 않으려고 애썼다. 선녀들이 내려와 가야금의 선율에 맞추어 춤을 춘다는 〈금천무〉라는 곡을 배우는 동안에는 그 곡에 빠져들 만큼 매료되기도 했다.

저녁 무렵이 되면 젊은이들이 직장이나 학교를 마치고 와 나란히 앉아 가야금을 배운다. 그들의 진지하고 열성 있는 모습들을 보면 이즈음 젊은이들이 생각 없다는 나이 든 사람들의 우려가 기우인 것처럼 느껴진다.

아는 사람들은 가야금의 음색에 탄복하면서 자기도 꼭 배우고 싶노라는 이야기를 간곡하게 하기도 한다. 그러나 대부분 여러 가지 다른 사정 때문에 율방에 나타나지는 못한다.

"너무너무 배우고 싶다고 했는데 그만 바빠서……."

내가 말하자 그녀는 웃으면서 대답했다.

"그 사람들은 너무너무 배우고 싶은 건 아니에요. 그냥 막연히 배우고 싶은 거지요. 간절히 배우고 싶은 사람은 기회가 있을 때 반드시 이 곳에 와서 앉게 되어 있어요. 사람들은 그냥 막연히 배우고 싶어 한다는 걸 스스로도 잘 모르는 거지요."

정말 혜안이 엿보이는 이야기가 아닐 수 없었다.

그녀가 참 탁월한 스승이로구나 하는 생각이 들 때가 있다.

아무리 초보자라도 명인을 대하는 자세로 정중하게 마주 앉는 태도가 그렇다. 그리고 엄격하게 성심껏 가르치지만 그 사람이 낼 수 있는 음색의 한계를 넘는 요구를 하지 않고 다음으로 넘어가는 유연함이 있다. 그저 그 음이 낼 수 있는 극치를 연주해 들려준 다음에 스스로 연습하는 시간이 지나 그 음에 도달할 때까지 가만히 기다려주는 것이다.

서툴러도 가야금의 음률이 고단한 몸과 마음을 위로하는 기능이 있는 것 같다는 이야기를 하자 그녀는 말했다.

"어려운 일이 있을 때 가야금을 한 곡 타고 나면 음률에 실려 거짓말처럼 시름이 사라져버려요."

가야금을 오랫동안 배울 결심이 있으면 되도록 좋은 것을 사는 것이 좋다고 그녀는 말했다. 처음에는 다 비슷하게 들리지만 귀가 트이면 반드시 좋은 가야금으로 바꾸고 싶어진다는 것이다.

나는 큰마음을 먹고 좋은 가야금을 마련하기로 했다. 그녀가 가르쳐준 대로 물어물어 가야금 만드는 집을 찾았을 때 중년 남자가 반갑게 맞이하며 가야금 석 대를 내어놓았다. 그리고 마음에 드는 것을 하나 고르라고 권했다.

그중에 보자마자 마음에 들어오는 가야금이 있었다.

그 가야금을 무릎 위에 얹고 줄을 뜯고 퉁겨보자 가야금은 오래 기다렸던 친구처럼 맑은 음을 내며 화답해주었다.

내가 두말도 않고 그 가야금을 가지고 가겠다고 하자 그는 웃으면서 말했다.

"그렇지요. 가야금도 사람처럼 눈에 들어오는 인연이 있답니다. 잘 고르셨습니다."

나는 머뭇거리다 물었다.

"그런데 이렇게 늦게 배워도 제대로 배울 수 있을까요?"

그는 정색을 하고 흥미 있는 이야기를 들려주었다.

"꼭 십 년 전에 초로의 남자가 찾아온 적이 있었어요. 정년퇴직한 그분의 나이가 육십이었는데 지금부터 얼마나 배울까 싶지만 소일 삼아 적적한 마음을 풀 겸 그저 배워보겠다고 운을 떼더군요……."

"……."

"그런데 그분이 지금 칠십이신데……."

그는 잠시 뜸을 들였다가 이야기를 이었다.

"정말 탁월한 연주자가 되셨어요. 이즈음 연주하고 가르치느라고 여념이 없으시지요."

그의 이야기는 내게 커다란 용기와 격려가 되었다.

숙제 안 해온 초등학생처럼 연습을 제대로 하지 못한 날은 좀 켕길 때도 있지만 성심껏 가르치며 한 음 한 음에 의미를 부여하는 그녀를 보고 있으면 산다는 것이 참 흐뭇한 일이라는 느낌이 든다.

그녀의 여성동아 당선작이었던 〈춤추는 가얏고〉라는 소설이 그토록 감명을 주는 이유도 넘치는 가야금의 선율이 페이지마다 담겨 있기 때문이 아닌가 싶다.

그대 안의 힘

몇십 년 전, 열아홉 살 난 처녀였던 바바라 한센은 어느 날 고속도로에서 '걸을 수 있는 삶'을 마감한다.

친구들과 주립공원을 찾아 산행을 하려던 그녀였다. 화창하고 아름다운 여름날 그녀가 탄 차와 맞은편 차로에서 오던 차가 정면으로 충돌하여 가장 친한 친구 둘이 죽고 뒷자리에 앉았던 그녀는 하반신마비의 몸이 되었다.

그 뒤 몇 달 동안 그녀의 삶은 좌절과 절망과 자포자기의 연속이었다. 원치 않았지만 거부할 수 없는 삶을 떠안게 된 그녀는 지옥까지 갔다 돌아오는 여행을 시작했다.

그녀는 한밤중에 자살이라는 유혹이 머리 위에서 손짓하는 게 어떤 기분인지 너무나 잘 알고 있다고 솔직하게 썼다.

평생 마비된 몸으로 살아가게 된 그녀는 마침내 고통의 시간을 거치면서 인생의 불행보다 더 중요한 건 그에 맞서기 위해 기르는 내적인 힘이라는 사실을 깨달았다.

그녀는 휠체어를 사용하는 장애인으로는 처음으로 미국 인디애나 주에서 교사 자격증을 받았다. 그 뒤 박사학위를 받고 35년 동안 대학에서 학생들을 가르치고 있다.

학생들은 그녀에게서 참된 자아와 삶의 가치를 발견하는 법, 삶의 막다른 길에서도 좌절하지 않고 앞으로 나아가는 법을 함께 배운다. 그 이야기를 그녀는 《그대 안의 힘》이라는 책 한 권에 담았다. 너무나 많은 것을 가진 사람들이 기쁨 없는 삶을 산다고 그녀는 말한다.

삶에 상실과 슬픔, 불만이 없기를 바랄 수는 없다.

그녀는 21세기의 아편으로 텔레비전과 과속과 분주함을 꼽는다. 내적인 자기를 들여다보지 않기 위해 있는 힘을 다해 도피하는 중이라는 것이다.

이건 정말이지 사는 게 아니야, 라고 많은 사람들이 절규한다.

아이들 셋을 데리고 10층이 넘는 아파트 복도에서 여섯 살과 네 살 난 아이들을 밖으로 던지고 두 살 난 막내를 품에 안고 뛰어내린 주부의 이야기는 우리를 경악하게 하고 마음 아프게 한다.

사는 데 정말 지쳤다고 그녀는 생각했을 것이다. 인정받지도 못하고 사랑받지도 못하고 물질적으로는 궁핍하고 친구도 친척도 다 등을 돌리고 누군가 애타게 필요할 때 아무도 내게 대답해준 적이 없다고.

이런 생각이 들면 아침에 눈을 뜰 때마다 하루를 살아갈 일이 끔찍할 정도로 두렵지 않을 수 없을 것이다. 그리고 어느 날 아침에 결심하는 것이다. 이렇게 사느니 세상을 떠나 삶을 마감하는 게 더 낫겠구나.

인생은 과연 살 만한 것일까 하는 의문조차도 들지 않는 절망의 시간을 지나 많은 사람들이 죽음을 향해 달려가고 있다. 늘어나는 자살률이 절망하는 사람들이 많아지고 있음을 보여준다.

누구나 살아가다 보면 암흑 속에 혼자 앉아 있는 것 같은 느낌이 들 때가 있다. 세상에는 우리가 이렇게 해볼 수 없는 상황도 너무나 많다. 삶은 겉으로 행복해 보이는 사람들이나 불행해 보이는 사람들이나 모두에게 시련을 준다. 꽃과 장미와 꿀로 이루어진 인생은 누구에게도 오지 않기 때문이다.

바바라 한센은 자기 내면으로 여행을 떠나 무엇이 정말 중요한지 알게 된다면, 일이 잘 안 풀려 삶이 굴곡을 탈 때, 삶이 우리를 시험할 때조차도 흔들리지 않는 바위처럼 단단한 내적인 힘을 기를 수 있다고 말한다.

그녀는 삶을 작은 단편들로 나누어 살자고 독특한 제안을 한다.

살다 보면 질리는 때가 많다. 과거의 모든 두려움과 후회와 상실, 그리고 피해 갈 수 없는 미래의 질병과 노화와 죽음에 대한 두려움을 동시에 상대하는 건 정말 너무 어려운 일이다. 난 그렇게 할 수 없다. 나는 인생의 모든 것을 한꺼번에 다루기보다 삶을 작은 단편으로 나누어 한 번에 하나씩 상대하려 노력한다. 한 순간, 한 시간, 아무리 길어도 하루 길이로 자른. 삶을 작은 단편으로 나누어 살면, 내 바로 앞에 있는 조각인 현재에 집중할 수 있다.

실제로 그녀는 하루의 일을 끝내고 침대에 누워 하루 동안 일어났던 작은 고마운 일들을 꼽아본다.

루스 아줌마에게서 온 편지, 매리엔느에게서 온 전화, 커피를 쏟았을 때 조앤이 닦아준 것, 1시 수업시간이 즐거웠던 것, 모두 감사드릴 일들이었다.

고마운 일들을 구체적으로 꼽아보면 어쨌든 그래도 나에게 좋은 일이 많았다는 사실을 깨닫게 된다고 그녀는 말한다.

그녀가 미국에 살기 때문에 좀 더 나은 장애인의 혜택을 받아서 그렇다고 말할 수도 있다. 물론 그런 점도 있을 것이다. 그러나 나는 우리나라에서 장애를 딛고 의미 있는 삶을 찾는 사람들을 많이 알고 있다.

워크숍에 참석했던 참석자가 보내준 메일의 한 구절이 떠오른다.

나흘 동안 수업을 하면서 가장 감명 깊었던 이야기가 우리가 선택하는 하루가 우리가 선택하는 인생의 무게와 같다는 말이었다고 그녀는 적었다.

인생이 우리를 불행하게 만드는 것이 아니라 우리가 하는 선택이 우리를 더 불행하게 만드는 것이라면 그 반대로 우리가 내리는 선택이 우리에게 작은 행복을 되돌려줄 수도 있지 않을까.

바바라 한센의 작은 책은 좀 더 나은 선택을 할 힘이 우리에게 있다는 사실을 설득력 있게 전해준다.

우리는 웃고 싶다

마음의 고통을 호소하는 사람들에게 나는 가끔 엉뚱한 질문을 한다.

"최근에 큰 소리로 웃어보신 적이 언제인가요?"

대부분 청문회에 나온 사람들 같은 대답을 한다. 기억에 없다는 것이다.

불행한 사람들은 웃지 않는다.

이즈음에 인도에서는 마음의 괴로움을 덜기 위한 웃음치유학회가 성행한다고 한다. 모여서 그저 웃고, 웃고 또 웃는다는 것이다.

사람들은 자기가 좋아하는 사람을 볼 때 저절로 얼굴에 미소가 떠오르게 되어 있다. 아기를 보는 엄마의 미소, 엄마를 보는 아기의 미소는 보는 사람들의 마음까지 흐뭇하게 한다. 사랑하는 사람들도 서로 만날 때 괴로운 일이 있거나 불륜의 관계가 아니라면 환하게 웃는다.

불륜이 문제가 되는 점은 푸른 하늘 아래 사람들 앞에 서서 활짝 웃을 기회가 없다는 데 있다. 어두운 불빛 아래 어두운 마음으로 만나는 관계에서 사랑은 햇별 아래 과일처럼 자라나기 어렵다.

술을 좋아하는 사람은 마음에 맞는 친구와 술 한잔을 두고 앞에서 불고기가 익어갈 때 웃음이 눈빛에 넘치는 것이다.

미소, 흥겨운 웃음, 폭소 등 웃음에는 셀 수 없이 다양한 종류가 있지만 실소나 냉소가 아니라면 대부분의 경우 보는 사람들에게도 어느 정도 즐거움을 전파시키는 힘이 있다.

그러나 이즈음 신문지면이나 텔레비전에 나타나는 온갖 웃음을 보면 즐거움이 전파되기는커녕 오히려 언짢아지는 경우가 많다.

부정과 부패에 연루되어 줄줄이 검찰에 출두하는 사람들의 알 듯 모를 듯한 미소도 그중 하나다. 미안하다는 것인지, 멋쩍다는 것인지, 봐달라는 것인지, 인생의 깨달음을 얻은 염화시중의 미소인지, 높으신 분들에게 어떤 뜻을 전하는 미소인지 그 심중을 헤아리기 어렵다. 가장 신비한 미소라는 루브르 박물관 모나리자의 미소도 이 사람들의 뜻깊고 알 수 없는 미소에 비하면 이해하기 쉬울 것이다.

비난과 모략을 공공연하게 주고받던 사람들이 한자리에 모여 터뜨리는 웃음도 가히 연기대상감이다. 따라서 즐거워지고 싶은 마음이 전혀 들지 않는 정책적 웃음이다. 그저 그 놀라운 연기력에 경탄하는 마음이 들 뿐이다. 사진 찍는 순간에 갑자기 마술처럼 상대방이 좋아져서 줄리아 로버츠 같은 백만 불의 웃음이 터져 나오는 것이라면 나도 더 이상할 말은 없다.

정치가들에게 어린아이 같은 순수한 미소까지 바라는 것은 무리일 것이다. 그렇지만 많은 사람들이 시도 때도 없이 괴상한 미소를 지어서 우리를 헷갈리게 할 생각을 하면 언제나 선거가 다가오는 것이 두렵기만 하다.

선거가 시작되기 전에 인도로 떠나 웃음치유학회에 가입해 실없이 웃다가 선거가 끝나면 돌아오고 싶은 생각이 간절해지기도 한다.

누가 우리나라 사람의 순수성을 염려하는가.

일반 서민들이 상상할 수도 없는 큰돈을 아무 대가도 바라지 않고 순수한 마음으로 주고받았다는 명백한 권력결탁형 범법자들의 진술을 듣고 있으면 그 놀라운 순수성에 감동해 가슴이 메어질 지경이다.

"최근에 큰 소리로 웃어본 적이 있으세요?"

"그럼요. 우리가 일전에 서로 순수한 마음으로 돈을 주고받을 때……"

그런 진술은 이제 더 이상 듣고 싶지 않다.

조폭 영화나 코미디 영화에 몇백만 명이나 관객이 몰리는 이유를 나는 가끔 다른 각도에서 이해한다. 신명이 많은 우리나라 사람들은 너무나 웃고 싶은데 세상 돌아가는 일을 보면 웃을 일이 거의 없는 것이다. 조폭 영화나 코미디 영화가 주는 웃음이 질이 낮으니 어쩌니 논란이 많지만 자신이 저지른 부정과 부패를 감추느라고 웃는 그 징그러운 웃음보다는 깨끗하지 않을까.

지금은 세상을 떠나신 아버지의 유머가 생각난다.

"나는 구봉서가 대통령이 되었으면 좋겠어. 공약은 하나만 내걸면 되거든. '나는 최소한 하루에 한 번은 국민을 웃게 해주겠다.' 이렇게 말이야."

사람들의 마음을 미치도록 사로잡고 싶은 높은 분들은 다른 모든 노력에 덧붙여 웃음의 철학에도 귀를 기울여주기를 감히 바라고 싶다.

새로 온 의사

환자의 상태가 매우 나쁘다고 판단한 의사가 환자에게 말했다.

"이제 며칠을 넘기기 어렵습니다. 누구 만나보고 싶은 사람 없습니까?"

환자는 감았던 눈을 살짝 뜨더니 속삭였다.

"있습니다."

"누굽니까?"

의사가 묻자 환자가 대답했다.

"다른 의사요……."

이 이야기는 어떤 상황에서도 희망을 놓지 않는 인간의 심정에 대한 유머지만, 비유하자면 우리가 새로운 대통령을 맞을 때마다 다른 의사를 만나게 되는 셈이다.

새 대통령을 맞을 때 사람들은 다양한 의견을 피력한다. 새로 온 의사가 과연 환자의 병을 고칠 수 있을지 처음에는 잘 알 수 없기 때문이다.

국민들은 희망과 기대와 불안이 엇갈리는 심정으로 대통령이라는 이름의 새로운 의사를 바라보고 각계 인사들은 말이나 글로 여러 가지 바라는 바를 주문하기도 한다.

그중에 공통된 것은 초심을 잃지 말아달라는 당부이다. 우리가 만난 수많은 지도자들이 처음의 약속과 달리 다른 길로 달려갔거나, 올바른 처방을 내릴 능력을 잃었거나, 국민이 원하는 바를 존중하는 마음을 잃는 것을 보았기 때문일 것이다.

우리나라는 조선 말기의 가렴주구에서부터 일제 식민지, 남북분단과 6·25를 겪으면서 온몸에 병이 깊어진 환자와도 유사하다. 그리고 병의 뿌리가 되는 분단의 고통은 사라지지 않고 괴상한 형태로 그 뿌리를 뻗어 가고 있다.

그 사이에 터지는 온갖 참사와 재난을 바라보는 국민들의 마음은 어둡고 침통하기만 하다. 재난 자체보다 그 대비상황에서 오는 무력감이 더 큰 경우도 많다.

이런 상황이 올 때마다 더 나은 의사를 바라는 심정은 간절하지만 의사란 백 퍼센트 치유하는 기적의 손을 지닌 사람은 아니다.

불이 난 집에서 깊이 잠든 사람을 구해내려면 잠든 사람을 밀고 당기며 운반하기보다 먼저 그 사람을 깨우는 것이 가장 중요하다. 잠든 사람을 그저 막무가내로 옮기려고만 해서는 도움을 주기 어렵기 때문이다.

마찬가지로 가장 좋은 명의는 환자의 자연 치유력이 높아질 수 있도록 깨워서 희망을 갖게 해주고 그 희망이 절망으로 바뀌지 않도록 성심껏 도움을 주는 사람일 것이다. 가망이 없어 보이는 환자가 기적적으로 회생할 수도 있다는 점에는 의사도 동의한다. 여러 가지 설명이 가능하겠지만 가장 중요한 것은 환자들의 살아나려는 의지가 의사의 진심과 능력에 대한 믿음으로 이어져야 한다는 점이다.

중병에 걸린 환자 앞에 장관과 총리라는 이름의 인턴과 레지던트를 이끌고 나타난 대통령마다 우리를 다른 각도에서 실망시켰다.

새 대통령이 나타날 때마다 우리는 만감이 교차하는 속에서 바라본다. 몸이 허약한 환자는 의사가 가만히 있으면 조바심이 나고 새롭고 과격한 처방을 내릴 때는 한편으로 기대도 되지만 불안하기도 하기 때문이다.

이런 환자에게는 강도 높은 처방을 하기 전에 우선 온몸을 완만하게 보호하는 처방을 하고 환자에게 최선을 다하는 진심을 보여주어 처방에 동의하도록 도와주어야 한다.

의사가 옳다고 생각하는 처방이 너무 갑작스러우면 단식 후에 바로 먹는 음식처럼 문제를 일으킬 수 있기 때문이다.

개고기가 싫다는 스님을 강제로 깔고 앉아 입에 처넣어주던 《수호지》의 노지심처럼 환자의 동의를 얻지 못한 채 강력한 처방을 내리면 환자의 신뢰와 협조를 얻기 어렵다.

하물며 그 의사를 따르면 제대로 병을 고치기 어렵다며 환자에게 계속 속살거리는 다른 의사들까지 많은 경우에는 더 말할 나위가 없다.

병 중에서도 가장 깊은 병은 육신의 병보다도 마음의 병이라고 많은 사람들이 이야기한다. 희망이 없어 방향을 잃고 절망한 마음은 자신의 육체를 해치는 행동까지 하기도 한다.

그러나 희망의 빛을 보내주는 등대도 배에 탄 사람이 힘껏 노를 저어 그쪽을 향해 갈 때만 제 역할을 수행할 수 있다.

환자가 스스로 노력하지 않고 의사에게만 의지하거나, 반대로 의사를 불신하면서 "아무리 애써봐라. 내가 나아지나." 이런 태도를 지니고 있다면 회생이 어렵다.

우리의 현재 상황은 병이 깊은 환자와 다를 바가 없다.

우리가 만나는 대통령이라는 새로운 의사들이 부디 환자의 바라는 바와 상태를 잘 살펴서 천천히, 그러나 확실하게 회복되도록 도와주기를 바라는 마음 간절하다.

성공은 만병통치약인가

마릴린 먼로는 어느 날 아침에 전화기를 손에 든 채 죽은 모습으로 발견되었다.

엘비스 프레슬리는 마약 관련 혐의를 받으며 어느 날 돌연 세상을 떠났다.

어네스트 헤밍웨이는 어느 날 스스로에게 방아쇠를 당겨 세상을 하직했다.

대중적으로 유명해지고 그 분야에서 성공을 이루었다고 평가받던 사람들의 삶이 세상에서 말하는 행복으로 이끌어주는 것은 아니라는 단적인 예들이다.

그러나 이 사람들은 죽은 후에도 세상의 신화가 되어 영웅이나 우상을 추구하는 사람들의 과도한 호기심을 만족시켜주었다. 이들은 하강 곡선을 그리고 내려가기 시작하는 삶을 더 받아들이지 못한 자신을 제물로 바쳐 세상 사람들의 기억에 정지된 그림으로 남아 있게 되었다.

생각해보라. 볼품없이 늙어 오락가락하는 정신으로 양로원 의자에 앉아 있는 마릴린 먼로나 엘비스 프레슬리, 헤밍웨이를 바라보는 환멸을 느껴야 한다는 건 그렇지 않아도 평범한 삶에 지친 대중에게 너무 괴로운 일이 아닌가.

세 사람의 특징은 삶의 절정에서 하향곡선을 그리기 시작하는 자신의 삶을 온전하게 받아들이기 힘들어했다는 점이다. 대중의 인기는 원래 늑대처럼 물어뜯고 싶어 하는 속성도 함께 지닌 것이어서 보통 사람의 자아로 견디어내기란 너무 힘들다.

약물에, 술에, 탐식에, 문란한 성관계로 이어지기 쉬운 겉보기에 화려한 삶은 결혼의 파탄과 가정의 해체로 이어지기 쉽다. 그렇게 되면 가까운 사람과의 관계까지 파괴되고 성공이라는 이름 뒤에 무서운 허무와 무절제로 가는 어두운 방의 문이 열리기 시작하는 것이다.

할리우드의 내로라하는 배우와 성공한 사람들이 모여 사는 비버리힐즈에서 가장 성업 중인 사람이 정신과 의사라는 이야기는 아이러니하다.

유명해진다는 것은 세상의 광장에 서서 다른 사람들에게 적나라하게 자신을 드러내 보이는 행동이기 때문에 성숙한 자아를 지니지 못한 사람들에게는 거의 파괴적인 압력으로 다가온다.

이즈음 청소년들에게 우상처럼 여겨지는 성공한 인생의 본보기가 유명한 연예인인 경우가 많다. 그러나 너무 일찍 인생의 정상에 올라버린 젊은이의 삶은 상당한 불안감을 자아낸다. 성공이라는 이름의 달리는 전차에 올라탄 다음에는 중간에 다치지 않고 마음대로 내리기가 어렵기 때문이다.

캡빵이나 짱이라고 불러주는 대중의 인기는 역설적으로 건강이나 인간관계를 결정적으로 손상시키는 자극이 되기도 한다.

인간관계의 손상이란 진심으로 마음을 나누는 가까운 사람을 잃게 되는 과정이다. 어려울 때 힘이 되는 인생의 추억은 갈채를 받으며 정상에 서 있을 때가 아니라 사람이나 자연과의 사이에 교감이 일어나는 어느 한 순간에 담겨 있는 경우가 더 많다.

어떤 형태의 성공 앞에서 내가 남보다 낫다고 자만하는 순간 그 사람의 인생 앞에는 적신호의 불이 켜지게 된다.

우리나라에서 유수한 명문학교에 입학한 후 정신적인 공황을 이기지 못해 마음의 황폐화가 일어나거나 자살을 기도하는 일도 이런 경우 중의 하나이다. 어려서부터 신동이란 소리를 들었던 자신의 성적이 수재들이 모인 가운데 중간도 못 되게 내려가는 순간, 실패했다는 좌절감이 자신을 공격하기 때문이다.

그렇다고 젊어서 성공이라는 꿈을 향해 달려가는 모든 비전을 접고 은둔자처럼 사막이나 산속으로 숨는 포즈를 취하는 것도 바람직한 일은 아니다.

전에 유럽을 여행하는 중에 세계적인 석학 칼 포퍼를 만났던 기억은 아주 인상적이었다. 그는 손수 차를 끓여 내오고 우리 일행의 옷을 받아 걸어주며 여행길에 대한 조언도 친절하게 해주었다.

그는 우리가 내미는 인삼차 상자를 소중하게 받아 들었다. 그게 우리나라에서 가장 유명한 만병통치약 인삼을 넣은 것이라고 하자 그는 파안대소하며 말했다.

"원래 만병통치약이라는 것은 어느 병 하나도 제대로 못 고친다는 말이 있지요."

의미심장한 이야기였다.

성공이라는 만병통치약은 사실 인생의 어느 병 하나도 제대로 고칠 수 없다는 이야기와도 일맥상통한다고 볼 수 있다. 자료가 좋더라도 그 자료만 맹신하여 다른 노력을 하지 않으면 도움이 되지 않기 때문이다.

인기에 끌리거나 유명해지는 것처럼 성공의 잠재력의 근원이 자신이 아닌 밖에 있을 때 인간은 불안하고 나약해지고 상처받기 쉽다. 방어적으로 변하며 소유욕 때문에 집착하게 되기 쉽기 때문이다.

성공의 잠재력이 밖이 아닌 내면에 살아 있어 마음의 평화를 얻은 사람을 보는 것은 인생에 경이로운 경험이 된다.

젊은이들에게 성공이라는 이름의 전차를 타기 전에 내가 내리고자 하는 정거장의 이름은 무엇인지 한번 곰곰이 생각해볼 것을 권하고 싶다.

마음의 창을 여는 사람들

중요하지 않은 숫자를 버려라.

사랑하는 것들을 당신 주위에 있게 하라.

건강을 소중히 여겨라.

친구를 만나러, 이웃 동네로 외국으로 여행을 떠나라.

사랑하는 사람에게 기회가 있을 때마다

사랑한다고 말하라…

자신이 할 수 있는 일들을 하나씩 해본다는 자체가

우리를 삶의 광장으로 인도해주는

문을 여는 방법이 아닐까.

주제를 바꾸지 말라니까요

늦게까지 술을 마신 남편이 새벽이 다 된 시각에 집에 들어왔다.

방문을 열고 들어서는데 눈앞에 도무지 믿어지지 않는 광경이 펼쳐져 있었다. 아내와 낯선 남자가 한 침대에 누워 있는 것이 아닌가.

남자는 도무지 꿈을 꾸고 있는 것 같았다. 자기가 술이 덜 깨서 허깨비가 보이는 건가. 하지만 그건 꿈이 아니라 분명한 현실이었다. 남자는 입이 떨어지지 않는 엄청난 충격에 그저 멍하니 서 있을 뿐이었다.

그러자 돌연 몸을 일으킨 그의 아내가 물었다.

"당신, 이제껏 어디 있었어요? 왜 이렇게 늦은 거지요?"

얼굴이 하얘진 남편이 입을 열었다.

"먼저 대답하시지 그래. 침대 위에 있는 이 작자는 대체 누구지?"

아내가 발끈하며 말을 받았다.

"주제를 바꾸지 말라니까요."

논리적인 사람들은 비합리적인 이야기를 하는 사람들을 참지 못한다.

말이 안 되기 때문이다.

명확한 주제의식을 지니고 일관되게 살아가는 것은 논리적이기만 한 사람들의 인생의 숙제요 보람찬 과업이다.

잘못한 사람이 화를 낸다는 것은 있을 수 없는 일이고 자기가 할 일을 제대로 하지 않으면서 원하는 것이 있다는 것은 어불성설이다.

말이 안 되기 때문이다.

그렇지만 인생이란 그렇게 단순한 코드로 이루어져 있지는 않다.

예를 들어 다른 차에 받힌 사람은 화를 낼 수 있지만 차를 받은 사람은 온화하고 겸손하게 자기 과오를 인정해야 한다는 사실이 현실에서는 잘 통용되지 않는다. 차를 받은 사람이 더 길길이 화를 내고 날뛰는 경우도 적지 않기 때문이다.

오죽하면 전에 미국 미시간 주에서는 앞차가 급정거했기 때문에 받을 수밖에 없었다는 뒤차의 주장과 뒤차가 무조건 잘못이라는 앞차의 주장 사이에서 진실을 밝혀내는 일이 너무 고달파, 차가 받히는 경우에는 무조건 뒤차 잘못이라는 결정을 공식적으로 내린 경우도 있었다.

앞차가 후진해서 뒤차를 받아도 뒤차의 잘못이라는 것이다. 그렇게 후진해서 받힐 만한 거리에 있었다면 안전거리를 유지하지 않은 것이기 때문이라는 것이다.

사적인 관계에서도 주제를 바꾸지 않고 일관되게 논의해야 한다고 믿는 사람들은 무조건 뒤차의 잘못이라는 결론을 이미 내려놓고 시작하는 것과 다를 바 없다.

주제를 강조하며 다른 사람들의 의견을 무시하고 가정을 세미나 장으로 바꾸어놓는 사람들과 살면 이런 대화가 오가게 된다.

"왜 이렇게 성적이 내려간 거야?"

"아버지, 사실 제가 이즈음에 고민이 있어서……."

"주제를 바꾸지 마. 내가 지금 네 고민을 물은 게 아니야. 왜 성적이 내려갔느냐고 묻고 있는 거잖아?"

이렇게 말하는 아버지라든가,

"왜 이렇게 반찬이 부실해?"

"여보, 내가 감기 기운이 심해서……."

"주제를 바꾸지 마. 반찬 이야기하는데 감기 이야기가 왜 여기서 나오는 거지?"

이렇게 말하는 남편이라든가,

"왜 연락도 없이 이렇게 늦었어?"

"아, 그게 아니라 이즈음 불황이라 회사에서……."

"주제를 바꾸지 마. 왜 연락이 없었냐고 물어보는데 회사 이야기는 왜 나오는 거야?"

이렇게 말하는 젊은 아내가 한 가지 염두에 두어야 할 것이 있다.

사람의 행동에는 상당히 많은 내면의 동기가 포함되어 있기 때문에 단순히 한 가지 주제만 이야기하기보다 더 광범위한 설명이 필요한 경우가 있다는 것이다.

물론 침대에 다른 남자를 끌어들인 엽기적이고 대담 무쌍한 아내의 경우는 좀 다르기는 할 것이다.

그렇지만 주제를 바꾸지 말라고 호통치는 것은 가정이 논문을 발표하는 학회가 아닌 이상 서로를 이해하는 데 도움이 되지 않는다.

주제에서 벗어난 듯 보이는 이야기들이 더 중요할 때도 있다는 사실을 깨닫는다면 서로를 이해하는 첫 번째 문을 열 수 있을 것이다.

지금 상담해드릴게요

처음 그녀를 상담전문가를 양성하는 워크숍에서 만났을 때 시원스럽게 큰 키에 건강한 모습이 인상적이었다.

활달하고 솔직한 태도로 자기 소개를 한 그녀는 쉬는 시간에 내게 다가와 물었다.

자기가 지금 야쿠르트 배달하는 일을 하고 있는데, 학위가 없어 여기서 공부할 자격이 되는가 하는 질문이었다. 집단에 참석하기 전에도 몇 번이나 망설이고 또 망설이다가 용기를 내서 왔다고 했다. 그저 공부하는 게 좋아서라는 게 이유지만 사람들에게 그렇게 말했다가 비웃음을 살까 봐 두려웠다는 것이다.

나는 그녀가 상담 공부를 하면 다른 어느 누구보다도 더 사람들에게 큰 도움을 줄 수 있을 것이라고 이야기했다.

다 이야기하지 않았지만 그녀가 지금 이 자리에 서기까지 많은 아픔과 어려움이 있었을 것이다. 삶의 아픔을 겪어본 사람만이 다른 사람의 아픔을 이해할 수 있기 때문에 상담 공부를 하는 데 더 도움이 되리라 믿는다고 나는 말했다.

이론을 더 많이 아는 것과 심장이 소리 내어 뛰는 살아 있는 한 개인을 만나는 일이 꼭 일치하는 것만은 아니기 때문이다.

다른 사람의 이야기를 성심껏 잘 들어주는 것만으로도 이미 상담의 반 이상은 이루어진다고 볼 수 있다.

사람들이 살고 있는 골목길에는 어디에나 많은 이야기들과 애환이 숨겨져 있다. 집들이 서 있던 자리가 아파트 단지로 변한 곳도 많지만 아파트 단지 사이의 작은 길들은 여전히 사람들의 마음이 오고 가는 골목길로 내게는 보인다.

그 골목길에서 만나 야쿠르트를 건네며 서로 살아가는 이야기를 주고받는 과정에서 그녀는 정말 마음에 다가오는 상담을 해줄 수 있을 것이었다.

남편이 매일 늦게 들어와 속상해 죽겠다는 푸념, 아이가 공부를 안 해 혼냈더니 밥을 안 먹고 학교에 가버렸다는 하소연, 나도 일하고 싶은데 다들 반대해서 하지 못한다는 이야기, 며느리 눈치가 무서워 이렇게 아파트 단지를 빙빙 돌아다니고 있다는 할머니의 한탄을 들어주기도 하면서 그녀는 정말 그 사람들의 피부에 와 닿는 도움을 줄 수 있을 것이었다.

이야기를 나누면서 그녀의 얼굴이 점차로 환해졌다.

그래서 마을의 상담가로 유명해지면 몇 년 후에 방송에도 나가게 될 거고 그러면 얼마나 즐겁고 좋은 일이냐고 하자 그녀는 활짝 웃으면서 말했다.

"그 방송에 나가면 꼭 선생님 이야기도 할게요."

야쿠르트를 배달하는 아주머니들 중에는 30년 경력이 넘는 사람들도 많고 최고령인 사람은 75세인 사람도 있다고 했다.

75세인 사람은 왕언니로 통하는데 을지로 3가 일대에서 모르는 사람이 없는 유명인사라고 한다. 30여 년간 을지로 3가 인쇄골목을 누비고 다녀 눈을 감고도 구석구석이 훤하다며 건강이 허락하는 한 일을 할 거라고 왕언니는 포부를 밝히고 있다는 것이다.

정말 자랑스러운 일하는 노인이 아닐 수 없다.

60세가 넘은 다른 사람의 경우도 처음에는 남편이 반대해 몰래 배달을 시작했지만 지금은 건강에 으뜸이라며 남편도 좋아하고 자녀들 역시 성실하게 살아온 엄마를 자랑스러워한다는 것이다.

그들이 한마디로 입을 모아 하는 이야기는 "자식들에게 손을 벌리지 않고 살아갈 수 있도록 노인들에게도 일할 수 있는 기회를 줘야 한다"는 것이다.

노인문제 전문가들의 이야기보다 더 피부에 와 닿는 경험을 통한 이야기가 아닌가. 일하는 삶과 노년이 자랑스럽다는 인식을 갖도록 도와주는 사람들이 아닐 수 없다.

그녀가 야쿠르트 배달 일을 계속하든 다른 일로 바꾸든 그녀의 마음속에 들어온 사람의 마음을 열게 하는 태도는 그대로 남아 있을 것이다.

나는 열심히 이론 공부와 실습에 참여하는 그녀를 보며 흐뭇한 마음이 들었다. 상담이론에 관해 논문을 쓰고 있는 다른 참석자들에게 조금도 뒤지지 않고 상담자의 역할을 너무나 잘해내었기 때문이다.

사람들이 이제 그녀를 야쿠르트만 주는 사람이 아니라 의논할 수 있는 상대로 기다리면 세상은 조금 더 밝아질 게 아닌가.

워크숍을 마치는 날 그녀는 내게 짧은 노트를 남겼다.

상담을 배우면서 사람이 참 소중한 존재이구나 하고 느꼈습니다.

나를 이해하면서 사랑하고, 더불어 이웃에게 조금이나마 필요한 존재가 되도록 노력하고 싶습니다.

엄마 같은 선생님! 제 인생에 처음은 아니겠지만 저를 감동시키신 따뜻한 선생님! 저는 비로소 인간이 좋구나 하는 생각이 들었어요. 사실 사람들을 멀게만 느끼고 내 입장에 서서 이야기하고 행동했었는데…….

이젠 나랑 똑같이 대하고 싶어요.

선생님 감사합니다.

공들여 또박또박 쓴 그녀의 짧은 편지를 읽으며 가슴이 찡했다.

나를 어머니도 아니고 엄마 같은 선생님이라고 쓴 사람은 처음이었기 때문이다.

그녀는 아마 엄마를 잃은 아이의 심정으로 타박타박 삶의 여정을 걸어왔을지 모른다. 그 마음을 엄마를 잃은 아이의 심정으로 살아가는 다른 사람을 돕는 데 쓸 수 있다면 얼마나 좋을까.

직책이나 일하는 입장에서의 서열은 있겠지만 나하고 똑같이 피가 돌고 심장이 뛰는 한 대등한 인간으로 다른 사람을 대하는 태도는 바로 상담의 기본이 되어줄 것이다.

나는 그녀가 어깨를 펴고 씩씩한 걸음걸이로 야쿠르트 수레를 밀며 삶의 한 모퉁이를 걸어가는 모습을 상상해본다. 여러분이 오늘 만나는 야쿠르트 배달 아주머니가 그녀일지도 모른다.

그녀에게 살짝 당신이 마음에 담아놓았던 고충과 어려움을 털어놓아 보면 어떨까.

워크숍에서 만났던 그녀가 아니더라도 골목길을 걸으며 많은 사람들을 만나본 사람들은 삶에 관해 깨달을 기회가 많으므로 당신에게 충분히 좋은 상담자가 되어줄 것이다.

내가 왜 이러는지 몰라

인기를 끄는 유행가에는 사람들의 무의식을 건드리는 부분이 있다. '내가 왜 이러는지 몰라, 도대체 왜 이런지 몰라.' 라는 유행가 가사가 공연히 있는 것이 아니다.

'사랑밖엔 난 몰라' 라고 속삭이는 심수봉의 노래도 우리들의 심금을 울린다. 우리도 사랑만 하면서 살고 싶은데 뜻대로 안 되기 때문이다. 사랑밖엔 난 모르는데 힘든 인간관계와 쌓이는 청구서는 우리를 거의 미치게 만드는 것이다.

사람들의 저마다 다른 행동의 원인을 우리는 성격이란 말로 쉽게 부르기도 한다. 지금까지는 성격을 개인의 뚜렷하고 우세한 특성으로 간주해왔다. 심리학자들이 언급하는 성격은 한 개인의 인격이나 사회적 기술을 의미하는 것은 아니다. 성격은 그 사람만이 소유하는 고유한 암호코드와도 같다고 볼 수 있다.

사람들과 잘 지내기가 너무 어렵거나 다른 사람들에게 지탄을 받고 손가락질을 받는 사람들의 특성은 성격적으로 상당한 불균형이 내재한다는 점에는 이견이 없다.

전문적인 용어로 분류한다면 성격장애 또는 인격장애라고 불리기도 한다. 심리학자들이 이들을 비정상으로 간주하는 이유는 다른 사람들과 의미 있는 인간관계를 형성하지 못하고 사회적인 책임감을 잘 갖지 못하기 때문이다. 아주 광범위하게 살펴본다면 자기 파괴적인 성격이 여기 포함되는데 사회생활을 형성하지 못할 정도의 지나친 수줍음, 고독감, 허식적이고 사기꾼적인 과장 등이 있다.

그 특징을 대강 살펴보면 다음과 같다.

우선 지나칠 정도로 융통성이 없다. 자기가 믿는 부분에 대해 거의 광신적인 신념에 가득 차 있다.

그리고 새로운 환경이나 다른 사람들과 관계를 맺는 데 적응력이 엽기적으로 떨어진다. 무슨 일을 맡겨놓으면 사회적으로나 직업적인 기능에서 큰 손실을 입히는 경우가 되풀이되는 성향이 있다.

자신만의 주관에 심각하게 사로잡혀 있어 자신이나 타인의 삶에 큰 고통을 야기시키는 경향이 있다.

누구나 어려운 상황에 부딪혔을 때 이런 특질이 일부 나타나는 것은 당연하다. 그렇지만 이런 성향이 어떤 일에 단기간으로 국한되지 않고 장기적이고 지속적으로 나타날 때 성격장애가 아닌가 의심하게 된다.

하기야 우리들은 어떤 사람이 너무 마음에 안 들면 마음에 맞는 친구들하고 온갖 흉을 다 보면서 사이코니 성격장애니 인격파탄이니 하는 무시무시한 용어를 태연히 사용하기도 한다.

그렇지만 전문적인 의미에서 성격장애란 서로 심경이 불편한 상태에 이르는 정도를 지칭하는 것은 아니다.

성격장애의 유형을 상식적인 수준 정도로 살펴보면 다음과 같다.

어떤 사람들은 우선 심각할 정도로 다른 사람들을 의심한다. 그들은 자신이 부당하게 대우받는다고 생각하고 속임을 당하거나 이용을 당할까 봐 계속 그 증거를 탐색한다. 질투심이 아주 많고 무슨 문제가 일어나면 자신이 잘못한 경우에도 다른 사람을 탓하는 성향이 강하다. 과도할 정도로 예민하며 성을 잘 내고 논쟁을 일삼으며 긴장되어 있다. 정서적인 반응은 얕아서 차갑고 무뚝뚝하게 보일 수 있다.

또 어떤 사람들은 사교적 관계를 형성하는 것을 심히 어려워한다. 마음을 털어놓는 가까운 친구가 거의 없다. 감각이 민감하지 못하고 무관심해 보이며 따뜻하고 부드러운 감정은 거의 없어 보인다. 칭찬이나 비난을 별로 타지 않고 다른 사람의 감정에는 무관심하다. 고립주의자이고 혼자 백일몽에 잘 잠기며 정신 나가 보일 때도 있지만 현실과의 접촉을 그런대로 유지하고 있다.

또 다른 경우는 대인관계의 곤란으로 나타난다. 별나 보이기도 하고 다른 많은 증상이 있다. 이 장애의 소유자는 마술적 사고, 미신, 텔레파시 등을 잘 믿고 실제로 존재하지 않는 힘이나 사람이 있다고 감지하기도 한다. 말할 때도 특이하고 불명확하게 사용되는 단어들이 포함되어 있을 수 있다.

대인관계나 무드, 자기 상에 지나칠 정도로 불안정한 경우도 있다. 짧은 시간 동안에 타인에 대한 태도나 감정들이 이해할 수 없을 만큼 빨리 바뀐다. 정서도 대단히 변덕스럽게 갑자기 바뀌고 화를 잘 낸다. 논쟁적이고 화를 잘 내고 비꼬기를 잘한다. 도박, 재물낭비, 성관계, 술 마시기같이 예측할 수 없고 충동적인 행동을 잘한다. 자기에 대한 명확하고 일관성 있는 감각을 발전시키지 못하고 가치관, 성실성, 진로 선택에 대해 확고하지 못하다. 고독을 잘 견디지 못하며 격렬하고 일시적인 일대일 관계를 반복하는 경향이 있다. 이들은 다른 사람을 평가할 능력이 거의 없다. 진실한 관심을 갖고 있지 못하기 때문이다.

그 외에도 복합적인 유형을 다 열거하자면 한이 없을 것이다.

이런 성향은 사람들에게 누구나 내재해 있지만 문제가 되는 경우는 이런 성향이 너무 극단적으로 장기간에 걸쳐 나타날 때이다.

배우자가 될 사람을 집에 데리고 갔을 때 가끔씩 부모나 윗사람들이 거품을 물고 반대하는 경우는 내게는 매력적으로만 보이는 그 남자나 그 여자의 특질이 두드러진 성격장애로 보이기 때문일 수도 있다.

과연 인간의 성격이라는 것은 대체 무엇인가라는 질문을 화성인이 침공해서 포로로 잡은 인간에게 던진다면, 개인차가 너무 커서 한마디로 설명하기는 곤란하다는 대답밖에는 하기 어렵다.

죄수, 창녀, 과학자, 성직자, 순교자, 정신질환자, 알코올 중독자 등 온갖 제목을 달고 있는 인구들이 지구 위를 휘젓고 다니는데 이런 다양한 인간들이 지닌 공통점을 파악하기는 불가능하기 때문이다. 인간 본성 문제는 풀기 어려운 마녀의 수수께끼와도 유사하다.

이론서를 뒤적이다가 지치면 그냥 유행가로 돌아가 보는 것도 좋은 방법이다.

내가 왜 이러는지 몰라, 도대체 왜 이런지 몰라. 이런 노래를 부르면서……

가족과 마음의 창문

지나가는 사람을 아무나 붙잡고 당신에게 가장 중요한 사람이 누구냐고 묻는다면 아마 많은 사람들이 가족을 꼽을 것이다. 그러나 가족때문에 행복하냐고 물으면 각양각색의 대답이 나올 것이다. 그렇다는 대답도 있고 그렇지 않다는 대답도 있을 것이다.

가족들과 잘 지내는 것이 대부분 사람들의 소망이지만 생각처럼 쉬운 일은 아니다. 배우자나 자녀와의 크고 작은 갈등 때문에 일어나는 인간관계의 어려움은 누구나 다 경험하는 일이다. 마더 테레사의 말처럼 멀리 있는 사람을 사랑하는 것은 오히려 쉽지만 가까이 있는 사람을 사랑하기가 더 어려운 경우가 많다.

사람들은 누구나 마음이라는 것을 지니고 있는데 이 마음의 소통이 가족들 사이에서 이루어지지 않으면 불행이 그 자리에 둥지를 틀기 시작한다.

마음의 소통을 우리는 의사소통이라고 부르기도 하는데 언어보다 행동이 더 정확한 의사표시가 되는 경우도 많다.

쾅 하고 방문을 닫거나, 들어오는 사람을 쳐다보지 않거나, 등을 돌리고 앉는 등의 행동은 어떤 말보다도 더 강력한 부정적 의사전달의 구실을 하는 것이다.

손을 잡아주거나, 따뜻한 시선을 던지거나, 포옹하는 등의 행동이 사랑을 전하는 의사전달의 구실을 하는 것과 마찬가지이다.

입에 발린 좋은 이야기만 하지 말고 제발 좀 실천에 옮겨달라는 것이 불화에 시달리는 사람들이 흔히 하는 이야기이다.

결혼제도에 대한 수많은 논란에도 불구하고 그 제도가 이어져 오는 이유는 사랑하고 사랑받고 싶은 욕구를 무리 없이 충족시킬 수 있다고 사람들이 믿어왔기 때문이라고 볼 수 있다.

죠해리의 창문 이론은 우리 모두가 마음속에 네 칸의 창문을 지니고 있다고 말한다.

첫 번째 창문은 내가 자신에 대해 알고 있고, 다른 사람들 역시 나에 대해 알고 있는 개방적인 영역을 의미한다.

두 번째 창문은 다른 사람들은 나에 대해 알고 있으나 나 자신은 모르고 있는, 즉 스스로의 문제가 보이지 않는 영역이다.

세 번째 창문은 내가 감추는 창으로 다른 사람들에게 비밀로 지켜지는 자기인데 이것은 내가 일반적으로 노출하지 않으려고 하는 정보를 의미한다. 예를 들어 공포, 불안, 의심, 갈등의 감정, 혼란 등이다.

네 번째 창문은 나 자신에게도 알려져 있지 않을 뿐만 아니라 다른 사람에게도 알려지지 않은 영역이다.

죠해리 창문을 이용해서 나를 살펴보면 대인관계의 깊이나 믿음의 정도를 이해하는 데 큰 도움이 된다.

가족은 우리에게 모든 칸의 창문을 통해 서로를 바라보게 하는 기능을 한다. 한집에서 함께 살아가면서 원하든 원하지 않든 많은 부분을 서로에게 보여주기 때문이다.

　좋은 가족은 친구 같다는 이야기는 아무 질서도 없이 지낸다는 이야기가 아니라 서로의 창문을 열고 대화를 나눈다는 점에서 그렇다.

　그러나 이 대화를 나누는 방식이 오히려 걸림돌이 되어 창문을 열었다가 상처만 받았다고 느끼면 가족 구성원들은 열었던 창문을 꼭꼭 닫고 후퇴하게 된다.

　이런 상태에 이르면 "우리 마누라는 무슨 생각을 하는 사람인지 모르겠다." "남편은 혼자만 독불장군이다." "이 아이가 뭘 그렇게 숨기는 게 많은지." "도대체 말을 해야 알 것이 아니냐." 등의 비난과 한탄이 쏟아져 나오는 것이다.

　살아가면서 자신을 버틸 수 있는 힘은 자기를 이해해주고 사랑해주는 사람들에게서 나온다. 그런데 그 역할을 해야 할 가족들이 오히려 공격해 오면 그 불행감과 상처는 극복하기 어려운 지경에 이른다.

　명령하거나 위협하기, 논쟁하거나 비난하기, 창피 주거나 캐묻기 등 의사소통의 걸림돌이 가족 내에서 일어나기 시작하면 가족 구성원들은 더 이상 말을 하지 않게 된다. 곧 창문을 하나씩 닫기 시작하는 것이다.

　이런 의사소통 앞에 노출되면 자신이 무능하고 열등하다고 느끼고 기가 죽거나 화가 치밀게 된다. 이런 경험을 자주 하면 점차 자신을 믿지 못하게 되며 자기가 문제가 있는 사람이라 사랑을 거절당했다는 크나큰 좌절을 느끼게 만든다.

　그러다가 마침내는 가족이 자신에 대하여 관심도 없고 애정도 없다고 생각하게 되는 것이다.

이런 문제를 극복하기 위해 제안하는 방법 중 하나가 '잘 듣기'이다. 진심으로 상대방의 말을 잘 듣고 그 마음을 헤아리려고 하는 것 자체가 창문을 열게 하는 데 도움이 된다. 그리고 비난하거나 잘못된 과거를 들추지 않고 내 마음을 진솔하게 전달하는 '잘 말하기'를 할 수 있으면 상대방이 좀 더 내 마음을 잘 이해하고 받아들이기가 쉬워질 수 있다.

가족은 힘들게 애쓴 하루를 지낸 다음 위로받으며 쉬기 위해 만나는 것이지 논쟁과 비난을 주고받으러 한집에 모이는 것은 아니다.

마음의 창문을 여는 것을 사랑이라고 본다면 아래 글은 우리가 자녀를 생각할 때 한번 되새겨볼 만하다.

어머니가 되기 전에 나는
아이를 키우는 방법에 대한 수백 가지 이론을 품고 있었다.
이제 일곱 아이를 둔 나는
오직 한 가지 이론만을 품고 있다.
아이들을 사랑하라.
그 아이가 가장 큰 어려움에 처해 있을 때는 더욱 사랑하라.

— 케이트 샘페리

의사불통에 관하여

말이 많을수록 쓸데없는 말이 많은 이유는 우리가 하는 말의 반은 자기 자랑이고 반은 남의 흉이기 때문이라는 이야기가 있다.

"원, 그런 말씀 마세요. 나는 남의 흉이라고는 본 적이 없습니다."

이 말은 자기 자랑에 가깝다.

"하긴 아닌 게 아니라 입만 열면 남의 흉을 보는 사람이 있더라구요."

이 말은 남의 흉에 가깝다.

게다가 감정의 균형을 잃어 화가 나거나 격분하면 극단적인 언사를 사용할 우려까지 높아진다. 비난하고 모욕하며 심한 상처를 주는 말을 하게 되면 회복이 어려운 경우가 많다. 그러니 말을 많이 하면 손실이 커질 수 있다는 이야기도 일리가 있다.

그렇지만 이 지루한 세상에 말도 하지 않고 무슨 재미로 살라는 거냐는 불만이 터져 나올 수도 있다.

자기 자랑도 흉도 아닌 말 중에 객관적인 정보의 교환이 있다. 농경

시대 사람들이 나누던 대화에는 자연과 인간에 관한 정보가 담겨 있었다. 윗사람은 정보를 주고 아랫사람은 정보를 받아들였다.

그러나 나이 든 사람들의 이야기에서 건질 정보라고는 거의 없다고 생각하는 정보시대의 젊은이들은 컴퓨터를 껴안고 말을 걸고 있다. 그나마 다행인 점은 컴퓨터를 통해서라도 다른 사람들에게 말을 건네기는 한다는 점이다. 네티즌들의 열풍이 사회를 휩쓸기 시작하면서 재미있는 현상이 나타나고 있다. 인터넷을 통해 자기 자랑을 하고 남의 흉을 보기 시작한 것이다. 인간의 속성은 형태만 바뀔 뿐이지 본질적으로 바뀌는 것은 아닌 모양이다.

이제 우리는 온갖 정보의 홍수 속에서 표류하고 있으면서도 설상가상으로 제대로 마실 물 한 컵을 구하기는 어려운 지경에 놓여 있다. 틱낫한 스님의 화내지 말라는 단순한 이야기를 마치 생애에 처음 들은 복음처럼 여기는 것도 정보의 과부하 때문에 인간관계의 원론을 보는 눈을 잃었기 때문이다.

높은 이혼율과 이직률도 의사의 불통과 무관하지 않다. 인간관계의 기술이며 대화의 기법이며 자녀를 기르는 방법에 관한 정보가 다양한 매체에 차고 넘치는데 정작 우리는 길을 잃고 헤매고 있다는 것은 아이러니한 일이다.

대화의 방법은 이론상으로만 본다면 아주 쉬운 일이다. 상대방이 말할 때 귀 기울여 들은 다음 자기가 하고자 하는 이야기를 진솔하게 잘 전달하는 것이다. 말로 하면 쉬워 보이는 이 작업이 현대사회에서는 가장 어려운 작업이 되어버렸다.

가깝지 않은 사람이 과장되게 내 칭찬을 하거나 다른 사람의 흉을 보는 경우에 우리는 이런 달콤한 정보를 내어놓는 귀여운 인간의 말에 귀가 솔깃해지게 마련이다. 그렇지만 군자의 사귐은 물과 같이 맑고 소인의 사귐은 꿀처럼 달다는 이야기가 공연히 있는 것이 아니다.

이럴 때 생각해볼 필요가 있다. 이 사람이 이런 이야기를 내게 들려주는 이유는 어디에 있는 것일까. 나를 무지막지하게 좋아하기 때문일까. 이 지구상에 내가 싫어하는 인간을 함께 싫어하며 나만을 흠모하는 바람직한 인간이 드디어 출몰한 것일까.

착각은 행복의 지름길이기는 하지만 꿈에서 빨리 깨어날수록 신상에 이롭다.

내 앞에서 다른 사람에 대해 혹독한 비난을 하는 사람은 다른 사람들 앞에서 내 이야기를 그렇게 할 가능성이 매우 높은 사람이기 때문이다.

"얼른 시집가야지. 눈높이 좀 낮추고……."

"그런 희망 없는 직장에 무얼 보고 다니십니까?"

이런 식의 충고로 남의 속을 뒤집어 화가 나게 하는 사람들도 있다. 그러나 말하는 사람들의 생각은 다르다. 자기는 아주 유용한 정보를 주고 있는데 듣고 있는 사람의 마음이 삐딱해서 그런 식으로 반응한다는 것이다. 이런 경우는 다른 사람들이 아무 생각도 없는 바보가 아니라는 점에 유의하는 것이 좋다. 자기 인생에 대해 가장 고민이 많고 더 좋은 길로 가보려고 애를 쓰는 것은 언제나 본인 자신이기 때문이다.

자기 자랑도 빼고 남의 흉도 빼고 정보도 남에게 줄 만한 것이 없다면 대체 무슨 이야기를 하느냐고 열을 내는 사람도 있을 수 있다.

하긴 그렇다. 내키는 대로 이야기를 주고받을 사람이 전혀 없으면 답답해서 살기가 힘들다. 그렇다면 우리가 할 수 있는 일은 자기 자랑을 하거나 남의 흉을 봐도 잘 들어줄 사람을 주위에 확보하는 일일 것이다.

애견센터가 성업 중인 것도 이런 일과 무관하지 않다. 고독한 인간은 강아지에게 말을 거는 것이다. "뽀삐야. 넌 그 과장이 옳다고 생각하니?" "뽀삐야. 넌 이 세상에서 내가 제일 좋으냐?"

이런 상태에 이를 지경이면 결혼하는 것이 낫다. 좋은 결혼을 하면 내 자랑이나 남의 흉을 안전하게 말할 수 있는 사람을 곁에 둘 수 있기 때문이다. 우군을 확보하는 셈이다.

"저 녀석, 저걸 운전이라고 하는 거야. 확 박아버릴까 보다." 이렇게 열을 내는 남편에게 도움이 되는 아내는 "여보, 박아, 박아." 하고 편을 들어주는 아내다. 중요한 점은 우리가 우려하듯이 그렇게 말한다고 앞차를 박지는 않는다는 것이다. 오히려 도움이 되지 않는 아내는 "운전을 제대로 못하는 건 당신이에요. 왜 그렇게 사람이 천박해요?" 이런 차디찬 말씀을 내리는 아내이다. 이럴 때 남편은 정말 앞차를 박고 인생을 그만 끝내버리고 싶은 충동이 드는 것이다.

"여보, 나 아직 맵시가 괜찮지?" 이렇게 말하는 아내에게 좋은 남편은 "물론이지. 패션모델들 다 저리 가라야."라고 말해주는 남편이다. 도움이 안 되는 남편은 자기가 무슨 소크라테스라고 "너 자신을 알라!"는 경구를 내리는 사람이다. 이런 소리를 들으면 아내도 "당신은 너 자신을 알고 있니?"라고 말하고 싶어지는 것이다.

좋은 친구도 마찬가지이다. 믿을 만한 친구와 곱창구이 집에 앉아 서로 품앗이로 자기 자랑을 하고 이 훌륭한 인간을 알아주지 못하는 뭇 인간들을 매도하며 소주를 한잔 들이켤 때 우리는 정말 살아갈 힘이 새록새록 다시 나는 것이다.

낯선 사람과 만날 때, 사회적인 관계로 사람들을 만날 때, 가까운 사람들과 만날 때 우리가 언제나 똑같은 태도와 일관성을 지니고 대화해야 하는 것은 아니다. 사회생활에서 무장했던 갑옷을 가족이나 친구들 앞에서는 아이들처럼 벗을 수도 있어야 숨통이 트인다.

　이 사실을 깨달으면 마음을 지나치게 노출하거나, 지나치게 폐쇄하는 의사불통의 문제에서 벗어나는 첫걸음은 내디딘 셈이다.

고등어와 진실

 그 부부와 나는 상담하는 장소가 아닌 일식집 작은 방에서 처음 만났다. 이혼하기 전에 마지막으로 상담을 받아보자는 아내의 제안에 남편은 상담소에는 가지 않겠다는 조건을 달았다. 결국 상담자하고 함께 셋이 밖에서 저녁을 먹으면서 이야기를 나누어보자는 애매한 선에서 합의가 되었다.

 문을 열고 들어서는 아내는 결의에 찬 단호한 표정이었고 남편은 얼굴빛이 어두웠다. 두 사람은 저녁을 함께 먹자고 한 약속은 잊은 듯 음식에는 거의 손을 대지 않았다.

 아내가 먼저 이야기를 시작하고 남편이 몇 번이나 그건 사실이 아니라고 끼어들었다. 같은 사건에 대한 두 사람의 진술은 판이하게 달랐다. 두 사람은 서서히 상대방의 왜곡된 의견에 대해 격분하기 시작했다. 부부가 어떤 일에 대한 견해 차이 때문에 격분하는 경우는 대부분 자기 생각이 정말 옳다고 믿기 때문이다.

전에 아파트 단지에 생선을 싣고 들어온 트럭 상인과 주부 사이에 다툼이 일어났다. 상인은 고등어 값을 받은 적이 없다고 우기고, 주부는 분명히 만 원짜리를 냈다고 우기고 있었다. 주부들이 모여들어 생선을 다투어 사 가는 와중에서 일어난 일이었다.

두 사람 다 그렇게 화가 나서 싸우는 이유는 분명히 자기 생각이 옳기 때문이었다. 그렇게 확신하고 있기에 둘 다 자신이 사실이 아닌 말을 하고 있을지도 모른다는 생각을 할 수가 없는 것이다. 그러나 이런 경우에 생선 값을 냈든지 안 냈든지 둘 중 하나만 사실일 것이다. 논리적으로 볼 때 생선 값을 동시에 내기도 하고 안 내기도 할 수는 없기 때문이다.

주부는 지갑을 열어 보이면서 여기 있던 삼만 원 중에 이만 원밖에 없는데 그럼 만 원은 어디 간 거냐고 소리치고 있었고 상인은 자기가 받은 잔돈 뭉치를 들어 보이며 만 원짜리를 받은 적이 없다고 강변하고 있었다. 사람들은 호기심 반, 궁금증 반으로 그 싸움을 지켜보고만 있었다.

이럴 때 어떤 합의가 가장 바람직한 것일까.

이 부부는 팽팽한 시각 차이를 호소하면서 그 상인과 주부처럼 자신의 주장이 옳다는 것을 입증하려고 들었다. 두 사람은 시집과의 갈등과 성격 차이, 그리고 드러나기 시작하는 아이의 행동 문제 때문에 다툼이 잦았다고 했다.

한 달 전 말로 시작된 싸움이 점점 더 격렬해지면서 남편은 아내의 얼굴을 때렸다. 처음으로 손찌검을 당한 아내는 방에 들어박혀 말도 하지 않고 밥도 하지 않았다. 달래보려다가 실패한 남편은 썰렁하고 온기 없는 집에 튀긴 닭을 사 가지고 돌아와 초등학생 아들과 저녁을 먹었다. 방에서 굶고 있던 아내는 격분했다. 그녀가 바랐던 건 진심에서 나오는 남편의 끈질긴 사과와 위로였을 것이다. 그녀는 방에서 뛰쳐나와 외쳤다.

"어떻게 인간이라면 굶고 있는 사람을 두고 이럴 수가 있어?"

남편도 화가 났다. 그가 바랐던 건 아내의 이해와 관용이었을 것이다.

"적반하장도 유분수지. 사과해도 안 들었잖아? 아이가 굶고 있는데 그러고 있는 당신이야말로 어머니 자격도 아내 자격도 없어."

"아까 그게 진심으로 하는 사과야? 너 같은 건 밥이나 빨리 하라는 소리였지."

두 사람은 서로를 매도했다. 독기 어린 날카로운 비난의 언어는 두 사람의 가슴에 깊은 상처를 내었다. 오랜 냉전 끝에 두 사람은 이혼서류를 작성하는 데 합의했다.

"그런데 남편의 좋은 점은 무엇인가요?"

서로 마음에 안 드는 점에 대한 공격이 좀 가라앉았을 때 묻자 아내는 당혹스러워하며 얼른 대답을 하지 못했다. 남편의 표정이 극도로 긴장되었다. 아내가 한참 후 머뭇거리다 입을 열었다.

"……원래 본심은 착한 사람이에요."

남편의 굳은 어깨에서 긴장이 풀리는 것이 보였다. 그는 아내의 좋은 점이 무엇인가를 묻는 질문에 순순히 대답했다.

"사실은 참 다정한 사람입니다. 원래 지금 같지는 않았어요."

우리는 세 사람 다 아무 말 없이 한동안 앉아 있었다.

오랜 침묵 후에 갑자기 아내가 울기 시작했다. 잠자코 있던 남편이 불쑥 말했다.

"……미안해. 내가 정말 잘못했어."

아내는 고개를 저으며 울기만 했다. 두 사람은 더 이상 서로를 비난하지 않았다.

고등어를 사이에 둔 싸움은 이렇게 결말을 맺었다.

상인이 소리쳤다.

"아, 알았어요. 돈 받은 걸로 하자구요. 나 참 내가 져야지. 더럽구 치사해서……."

이런 소리를 듣고 고등어를 들고 돌아가기는 어려웠을 것이다. 주부는 화가 복받쳐 가엾은 고등어를 좌판 위에 팽개치고 돌아갔다.

잠시 후 그 주부가 다시 나타났다. 상인은 긴장해서 다시 전투태세를 갖추었다. 그런데 주부의 입에서 전혀 다른 소리가 나왔다.

"정말 죄송해요. 집에 가 아이를 보고 알았어요. 아침에 머리 깎으라고 만 원짜리를 준 걸 내가 잊어버렸어요."

주부가 사과하면서 돈을 내자 상인의 얼굴에 환한 미소가 번졌다.

"아이구. 이거, 이렇게 다시 나와서 이야기해주셔서 너무나 고맙습니다."

그랬을 것이다. 이 주부는 체면이 깎일까 봐 나와서 이야기하지 않을 수도 있었던 것이다.

상인은 고등어 한 마리 값을 받고 선뜻 한 마리를 그 위에 더 얹었다.

"자, 고등어야. 네가 좋은 집에 가게 되었으니까 내가 친구 한 마리를 더 보내주마."

그곳에 있던 사람이 모두 다 흐뭇해지는 해피엔딩이었다.

서로 진심으로 사과를 하고, 그 사과를 받아들여 화해했던 그 부부에게도 그대로 적용해볼 수 있는 이야기가 아닌가 싶다.

이루를 찾아서

추석을 한 주일 앞두고 뜰에서 기르던 우리 집 강아지 '이루'가 사라졌다. 산책을 데리고 나갔는데 다른 강아지를 따라가더니 돌아오지 않는 것이었다. 하루 종일 아파트 단지를 헤매보았지만 찾을 길이 없었다. 간단한 전단을 몇 군데 붙였지만 아무 연락도 오지 않았다.

온 식구가 애가 탔지만 어떻게 해볼 도리가 없었다. 그저 막연히 기다리면서 추석을 지내고 나니 강아지가 집을 나간 지 벌써 열흘이나 되었다.

낙담을 하고 있다가 불현듯 전단을 다시 한 번 사방에 붙여보아야겠다는 생각이 들었다.

아마 강아지가 글을 읽을 수 있다면 다음과 같은 전단을 붙여야 할 것이다.

"이제야 네가 얼마나 필요한 존재인 줄 알게 되었어."

"돌아오면 비싼 사료로 바꾸어줄게."

그러나 안타까운 일은 강아지는 문자를 해독할 길이 없고 그렇게 높은 곳을 올려다볼 수 있는 체격도 못 된다는 점이다.

그러니 자연히 전단은 그 내용을 해독할 만한 인간의 사이즈와 심성에 기초하여 붙게 마련이다.

"아이들이 울며 기다리고 있습니다. 찾아주시는 분께는 일생 그 감사를 잊지 않겠습니다."

정서에 호소하는 형이다.

"이 강아지를 보시는 대로 그냥 붙잡고 연락을 주십시오. 현금으로 (액수 기재) 즉시 사례비를 드리겠습니다."

이해관계를 자극하는 화끈한 직설형이다.

"너무나 귀여운 강아지입니다. 보시면 잊지 못하실 겁니다."

민중이 자기 강아지를 보기만 하면 잊지 못하리라는 확신형이다.

하지만 아무리 천하의 명문장을 쓴들 그 강아지와 마주치지 않는 한은 돕고 싶어도, 돈을 벌고 싶어도, 잊지 못하고 싶어도 별도리가 없다.

아무튼 위와 같은 정서와 객관성을 참조하여 정성껏 기재한 전단과 사진을 수십 장 복사해서 딸과 함께 아파트 단지마다 돌며 붙였다.

놀랍게도 바로 그날 오후에 차분한 목소리의 전화가 왔다.

그 강아지가 한 열흘 전 우리 집에서 한참 떨어진 아파트 단지 경비실 앞에 묶여 있는 것을 보았다는 전화였다.

귀가 번쩍 띄었다.

그 아파트 단지로 즉시 차를 몰고 찾아갔더니 경비 아저씨가 는실난실 나타났다. 얼마 전 그런 강아지를 본 적이 있긴 한데 하루 이틀 기다려도 주인이 나타나지 않아 그냥 풀어놓아 주었다는 것이었다. 어지간히 까다로운 주민들에게 치어난 것 같은 경비 아저씨는 어떤 이야기를 해도 위험성이 있다고 판단했는지 그 다음에는 피조개처럼 입을 꾹 다물어버렸다.

첫 대면에서 나도 그 사람이 어떤 사람인지 가늠해볼 요량이었지만 그 아저씨도 내가 어떤 사람인지 판단해볼 작정인 모양이었다. 나를 앞에서 자세히 보기도 하고 조금 뒤로 물러나 다시 바라보기도 하면서 종잡을 수 없는 표정이었다.

혹시 묶어놓았던 사실에 대해 항의할까 봐 그러는지 그 강아지가 등교하는 어린아이들에게 덤비는 통에 할 수 없이 묶어놓았다고 했다. 안타깝게 어느 쪽으로 갔느냐고 하니까 이 아저씨는 애매한 몸짓으로 동쪽도 남쪽도 서쪽도 북쪽도 아닌 방향을 가리켰다. 누가 방위에 네 방향만 있다고 말했는가.

내가 낙담해서 그냥 맥없이 서 있기만 하니까 경비 아저씨도 뜰만 바라보고 그냥 서 있다. 여기에 비만 내린다면 거의 영화의 한 장면에 가까웠을 것이다.

그 다음 날 가서 어느 쪽으로 갔는지 정확히 방향을 알려주시면 그쪽으로 가서 찾아보겠다고 했더니 자기도 기가 막힌지 웃었다.

"아, 그게 일주일도 넘었는데 그쪽으로 간다고 있겠어요?"

나는 그 아저씨한테 다시 사정을 했다.

"마지막으로 본 장소에 가서 좀 잘 찾아봐 주실래요? 찾아주시면 정말 후하게 사례해드릴게요."

"글쎄 그게……."

그는 심히 난처한 모양이었다.

며칠을 내가 출근하다시피 찾아가자 그게 무슨 소용이 있겠느냐고 하면서도 내가 적어주는 주소며 전화번호를 주저하는 몸짓으로 받아들기는 했다.

문제는 그 다음 날이었다. 오는 전화마다 열심히 받고 있는데 그 경비 아저씨의 전화가 온 것이다.

"그 강아지를 그렇게 꼭 찾으셔야 합니까?"

"그럼요. 그렇구말구요. 애들 아버지가 산책할 때마다 꼭 데리고 다니던 강아지거든요."

"……아, 그렇다면 좀 더 성의껏 찾아보겠습니다."

오후에 전화가 다시 왔다. 열심히 찾아봤더니 마침내 찾았다는 전화였다.

놀라운 일이었다. 잃어버린 장소에서 열심히 찾았더니 그 강아지가 갑자기 풀숲에서 뛰쳐나온 거라는 동화 같은 상상을 그냥 믿어보기로 했다.

차를 몰고 지체 없이 달려가자 경비 아저씨가 잠가놓은 지하실 문을 열고 강아지를 보여주었다. 묶인 채로 미친 듯이 두 발을 들고 일어서서 울부짖는 강아지는 바로 '이루'였다.

이 녀석은 얼혼이 다 빠진 모양인데 너무 짧은 시간 동안에 인생이라는 숲에서 별별 경험을 다한 탓인 것 같았다.

나는 두말도 하지 않고 사례금을 전달하고 고맙다는 인사를 한 다음 강아지를 안고 집으로 돌아왔다. 처음부터 지금까지 진짜 진상은 무엇인지 경비 아저씨에게 더 묻지 않았다.

강아지에게 너 도대체 어디 갔다 왔니? 그러니까 사실은 어떻게 된 일이냐? 아무리 물어도 강아지는 대답을 하지 않는다. 언어를 사용하는 인간들을 도저히 신뢰할 수 없어 협조할 의사가 전혀 없는 모양이었다.

식구들은 기적이 일어난 것처럼 모두 뛸 듯이 기뻐했다.

나는 책을 준비해서 처음 전화를 해준 사람을 찾아갔다. 연락처를 극구 가르쳐주지 않으려고 드는 걸 주소는 받아두었기 때문이었다.

　그 주소에서 만난 젊은 주부는 따뜻하고 사려 깊은 인상이었다. 그녀는 강아지를 찾았다는 말에 자기 일처럼 기뻐하며 사례금을 거절했다. 그런 건 전혀 필요 없고 선물로 가져간 내 책만 소중하게 받겠다고 했다.

　주인의 애타는 마음을 헤아려 번거로움을 무릅쓰고 전화해준 그녀가 정말 고마웠다.

　그 한 사람의 마음을 앞으로 귀한 기억으로 간직하기로 했다.

　'이루'는 이런 우여곡절을 거쳐 우리 집에 돌아왔다.

　집에 돌아와 안심이 된 그 녀석은 지금 베란다 한구석에서 가끔씩 낑낑대면서 곤히 잠들어 있다. 아마도 '나는 경비 아저씨가 지난 추석에 한 일을 알고 있다'는 제목의 영화를 보는 꿈을 꾸는 모양이다.

먼 곳에 사는 의사

영국의 유명한 의사 한 사람은 일과가 끝난 후에 술집에 놀러 가 앉아서는 세상없는 사람이 부르러 와도 가지 않았다. 의사가 그럴 수가 있느냐는 공박을 받자 그는 이렇게 대꾸했다.

"환자들 중 반은 내가 안 가도 살 사람들이고 나머지 반은 내가 가도 가망이 없는 사람들인데 무엇하러 이 즐거운 시간에 환자한테 가자고 난리인 거요?"

옛 현자 한 사람은 병에 대해 자신의 의견을 이렇게 말한다.

"물론 나는 몸이 아프면 의사한테 갑니다. 왜냐하면 의사들도 살아야 하니까요. 의사는 진찰을 하고 나서 내게 처방전을 써줍니다. 그러면 나는 처방전을 가지고 약국에 가서 약을 삽니다. 왜냐하면 약사들도 살아야 하니까요. 그리고 집에 돌아오는 길에 나는 그 약을 하수구에 쏟아 버립니다. 왜냐하면 나도 결국 살아야 하니까요."

이런 이야기에는 물론 과장이 섞여 있다.

그러나 치료보다는 예방이 더 중요하고 일상생활의 습관이 중요하다는 점에 관해서는 의료 팀이나 일반인이나 의견이 별반 다르지 않다.

이즈음 현대인들은 건강에 관해 극도로 염려하면서 살아간다. 흔히 가난한 사람들을 주로 괴롭히던 병고가 이제는 황금을 잔뜩 지니고 있는 부자들까지 괴롭히기 시작하고 있다.

암스테르담의 한 부자에 관해 전해 내려오는 이야기가 있다.

그는 워낙 부자라 써도 써도 주체를 못할 만큼 돈이 들어오는 바람에 늦게 일어나서 오전 내내 소파에 앉아 뭉그적거리면서 담배를 피우다가 점심 때가 되면 포식을 하고는 했다. 오후에도 빈둥거리다가 틈틈이 먹고 밤에는 연회에 참석해서 양껏 먹고 마셔댔다.

그는 점차 살이 쪄 숨쉬기도 곤란해졌고 암스테르담의 의사들치고 이 부자를 진찰하지 않은 의사가 없을 지경에 이르렀다.

갖가지 처방은 차고 넘쳐 그는 물약과 가루약, 알약들에 파묻혀 살게 되었다. 사람들은 그에게 '걸어 다니는 약국'이라는 별명까지 붙여주었다. 그러나 그 많은 약과 의술도 그에게는 아무 도움이 되지 않았다. 도움은커녕 여러 가지 부작용 때문에 건강은 더 나빠져서 그는 매일 씩씩거리면서 불평을 하고 탄식을 해댔다.

"몸뚱이의 어느 한 군데도 가뿐하게 성한 곳이 없으니 의사들이란 말이나 많고 돈이나 벗겨 가려고 하는 인간들뿐이로구나."

그러면서 의사의 섭생 지시는 절대로 따르지 않고 약만 먹어대서 상태는 점점 더 나빠지기만 했다.

그러다가 어느 날 그는 멀리 떨어진 곳에 사는 명의의 이야기를 듣게 되었다. 그 의사는 정말 용한 의사라 때를 놓치지 않고 진찰만 받으면 건강을 되찾을 수 있고 심지어는 죽음까지도 물리칠 수 있다는 소문이

자자했다. 부자는 그 소문을 듣는 즉시 자기의 병 증세를 자세히 적어 그 의사에게 편지를 보냈다.

편지를 받아본 의사는 곧 부자의 병을 알아차렸다. 그 병은 약이 아닌 절제 있는 생활, 규칙적인 운동으로 고칠 수 있는 병이었다.

의사는 곧 답장을 보냈다.

"당신의 병은 대단히 위험합니다. 당신은 뱃속에 주둥이가 일곱 개쯤 달린 뱀처럼 생긴 짐승을 키우고 있습니다. 그놈과 내가 직접 이야기를 해보아야 하니 하인을 보내지 말고 직접 오셔야 합니다. 그런데 몇 가지 주의할 점이 있습니다. 첫째 무엇이라도 타고 오시면 안 되고 반드시 걸어오셔야 합니다. 무엇인가를 타고 오면 뱃속의 짐승이 당신의 내장을 물어뜯을지 모릅니다. 둘째, 무슨 일이 있어도 하루에 두 번 채소를 먹고 점심 때는 구운 소시지 조금, 저녁에는 달걀 한 개, 그리고 아침에는 채소를 썰어 넣은 생선국을 조금만 먹도록 하십시오. 만약 그 이상 먹고 마셔서 뱃속의 뱀을 살찌우게 되면 그것이 당신의 간을 짓누를 것입니다. 이상과 같은 내 지시를 따르지 않으면 당신은 내년 봄에 뻐꾸기 우는 소리를 듣지 못할 것입니다. 알아서 하십시오."

이런 협박장 비슷한 편지를 읽고 정신이 번쩍 난 부자는 의사의 지시대로 바로 다음 날 장화를 신고 길을 떠났다.

첫날은 심술이 뻗치고 심사가 불편해 걸음걸이가 느리기 짝이 없었다. 아는 사람을 만나도 화가 나 인사도 하지 않고 새소리도 들리지 않았다. 하지만 하루 이틀이 지나면서 새들의 노랫소리도 즐겁게 들리기 시작하고 풀섶에 맺힌 이슬과 들꽃들이 참으로 아름답고 신선하게 보이기 시작했다. 걷는 길에 마주치는 사람들도 다정하게 느껴졌다. 일찍 일어나 주막집에서 맞는 아침은 점점 더 상쾌하게 느껴졌다.

집을 떠난 지 반달이 지나 부자는 마침내 의사가 사는 도시에 당도했다. 그는 이제 아주 건강해져서 의사한테 갈 필요가 없다고 느꼈지만 어쨌든 여기까지 온 길이라 의사를 만나러 갔다.

의사는 어디가 불편하냐고 물었다. 부자가 지금은 아주 건강하고 아무렇지도 않다고 대답하자 의사는 미소를 지었다.

"당신이 제 지시를 잘 따라 하느님께서 도우셨군요. 당신 뱃속의 뱀은 이제 죽어버렸습니다. 하지만 아직도 알은 남아 있으니까 돌아가실 때도 걸어서 가시고 집에 가서도 장작을 패거나 정원의 풀을 뽑는 따위의 일을 남몰래 부지런히 해야 합니다. 또 그 알이 깨지 않도록 배고픈 것을 면할 정도 이상으로 음식을 드시면 안 됩니다. 그러면 당신은 오래오래 사실 수 있을 것입니다."

"선생님은 정말로 훌륭한 의사십니다."

부자는 존경에 복받쳐 의사를 우러러보았다.

물론 의사는 아무런 알약도 물약도 가루약도 주지 않았다.

그 후로 부자는 의사의 충고를 지켜 90세가 되도록 장수했다고 한다. 그것도 물 만난 고기처럼 튼튼하고 활기차게 살았다는 것이다.

정말 훌륭한 의사가 아닌가.

다이어트나 희한한 약에 어마어마한 돈을 버리는 대신 우선 차를 버리고 오늘부터 걷기 시작해보는 것은 어떨까. 애꿎은 빨래통만 돌리기 전에 작은 빨래들은 손으로 해보는 것이 어떨까.

말도 안 된다고 생각하는 사람들은 그 의사가 어디에 사는지 알아봐서 편지를 띄워보는 것이 좋을 것이다.

비행기 여행에 관한 연구

비행기 여행의 즐거움이 사라진 건 언제부터였을까.

비행기가 이륙할 때의 경탄, 먼 별빛처럼 깜빡거리는 안전벨트 사인의 불빛, 친절하고 아름다운 스튜어디스들의 단아하고 소곤거리는 말투와 향신료 섞인 음식 냄새들…….

옆자리에 앉은 낯선 사람들과의 가까운 거리, 새롭게 대화를 나눌 만한 사람을 만날 수 있을지도 모른다는 기대…….

나이 들어가면서 이런 기대는 점점 사라져간다.

일전에 학회에 참석하러 캔자스시티에 간 적이 있었다. 도쿄에서 갈아탄 비행기에서 세 개가 나란히 붙은 좌석의 가운데 앉게 되었다.

창 쪽에 앉은 남자는 전형적인 오십 대 중반의 일본 사람처럼 보였다. 짧게 깎은 머리에 무표정한 얼굴로 창밖만 내다보고 있었다. 통로 쪽에는 인디언 혈통처럼 보이는 마르고 표정 없는 중년 여자가 앉아 있었다.

비행기가 이륙한 후 얼핏 잠이 든 가운데 친절한 스튜어디스의 말소리가 영어로 들렸다.

"뭘 드시겠어요?"

나는 커피를 청했다. 창 쪽에 앉은 남자는 미르꾸라고 말했다.

미국인 스튜어디스는 그의 말을 알아듣지 못하고 다시 물었다.

일본식 발음 때문인 것 같아 내가 밀크라고 말하자 그녀는 미소를 지으며 우유를 따라주었다. 다시 잠에 조금씩 빠져들려는 순간 그가 서툰 영어로 물었다.

"홧 칸츄리?"

내가 코리아라고 하자 잠깐 놀라는 표정이더니 곧 "아, 한국분이세요?" 하고 한국말로 말했다. 이번에는 내가 놀랄 차례였다. 그가 일본인이라고 단정하고 있었기 때문이었다.

옆자리에 앉은 인디언 여자는 하고 싶은 이야기를 영어로 무리 없이 전달하고 있었다.

입국 신고서를 쓰라고 서류를 나누어주자 그는 펜을 들어 정성껏 자기 이름을 한 자 한 자 영어로 썼다. 그리고 하염없이 종이만 뚫어지게 들여다보고 있었다.

딱해 보여 좀 도와드릴까고 묻자 그는 반색을 하며 종이를 내게 넘겨주었다. 그러고는 더듬더듬 주소며 여권번호 생년월일 등을 가르쳐주었다.

서류를 적고 있는데 그 남자가 말을 건넸다.

"지금 내가 어디로 가는지 아십니까? 맞선을 보러 가는 길이지요."

나는 힐끗 그를 바라보았다. 그는 자조적인 웃음을 띠고 있었다.

선을 보러 멀리 비행기를 타고 날아간다는 사실이 오십이 훨씬 넘어 보이는 초로의 그와 어울려 보이지 않았다.

"황혼이혼이라는 걸 아십니까?"

서류를 건네받고 한참 말이 없던 그가 불쑥 물었다.

"글쎄요……."

내가 어정쩡하게 대꾸하자 그는 결심한 듯 말했다.

"내가 바로 그걸 했습니다."

"아……."

그 다음 말을 무어라고 해야 할지 알 수가 없었다.

"궁금하지 않으십니까?"

그가 되물었다.

나는 전혀 궁금하지 않았다.

이런 처지에 놓이게 된 것이 괴로울 뿐이었다. 어째서 사람들은 자기 인생 이야기를 다른 사람들이 궁금해하리라고 철석같이 믿고 있을까.

어쨌든 내가 자기 인생에 관해 몹시 궁금하다고 그는 혼자 결정한 모양이었다.

삼십 년 넘게 말단 공무원으로 개미처럼 왔다 갔다 일만 하고 지냈는데 아내는 정년퇴직을 하자마자 자기 보기를 벌레 보듯 하고 밖으로만 나돌더라고 그는 말했다.

"내가 집에 있으면 너무 귀찮아하구요."

"나를 너무 무시해요."

나는 고개를 끄덕이며 내게 하소연하던 여자들 중 한 사람의 모습을 그의 아내 자리에 놓고 그녀가 할 이야기를 상상해보았다.

'이해심이라고는 눈곱만큼도 없구요.'

'이 나이가 되어도 나를 종처럼 부려 먹으려고 드는 것 있지요.'

나는 그저 들어주는 것이 제일 좋다는 상담의 기본 원칙을 무시하고 그냥 있기도 무엇해서 한마디 해보았다.

"좀 이해해주시지 그러셨어요."

"이해해보려고 노력했지요. 아주 나쁜 여자였지만요."

그랬을 것이다.

"그런데 그 여자가 나를 전혀 이해해주지 않더라구요."

"그럼……."

"예. 이혼하자고 한 건 내가 아니라 아내였어요."

"……."

"아무튼 그렇게 된 지 이 년이 넘었는데 도저히 혼자서는 살 수가 없어요. 결혼한 아이들은 코빼기도 안 보이구요. 다 지 엄마 편이거든요."

"그래서……."

"예. 미국에 있는 친구가 사는 곳에 한국 여자가 혼자 슈퍼를 하고 있다나요. 그런데 일손도 필요하고 또 너무 외로워서 내 이야기를 했더니 한번 만나보고 싶다고 했대요."

옛날 하와이의 사탕수수 밭으로 사진 한 장을 붙잡고 시집가던 젊은 여자가 앉아 있던 자리에 이제 인생이 지루하고 우울한 초로의 남자가 앉아 있는 셈이었다.

갑자기 왼쪽 자리에 앉아 있던 인디언 여자가 한국말로 내뱉었다.

"한국 남자들은 하여튼 다 문제라니까……."

나는 깜짝 놀랐다.

그동안 이 여자가 한국 사람인 줄 모르고 잘난 척한 것이 다 들통 나게 생겼기 때문이었다.

이제 와서 한국 분이세요? 어쩌구 말을 걸기도 난감하고 우스웠다.

"난 미국 남자하고 살고 있는데 하여튼 한국 남자들은 다 웃겨요."

그녀는 내뱉듯 선언한 다음에 담요를 가슴께까지 끌어올리더니 더 말하지 않고 눈을 감았다.

한국 남자들이 어디서 어떻게 웃겼는지 물어볼 계제가 아니었다.

창 쪽에 앉은 남자도 그녀의 이야기를 다 들었을 텐데 가타부타 말이 없이 눈을 꾹 감고 있었다. 나도 담요를 가슴께까지 끌어올리고 그냥 눈을 꾹 감았다.

다른 도리가 없었기 때문이었다. 속으로는 저절로 한탄이 나왔다. 비행기를 타지 않고 새처럼 날아서 다른 나라에 가는 방법은 진정 없는 것일까?

길 위에서 광장으로

이즈음 노인들의 입장은 전보다 더 힘들고 어색하기만 하다. 일정한 나이를 넘어선 사람들은 조용히 물러서는 게 좋겠다는 의견이 여러 분야에서 공공연하게 제시되고 있는 실정이기 때문이다. 심지어 가정에서도 노인의 독립을 요구하는 경우가 많다.

나는 몹시 궁금하다.

물러나서 모두들 어디로 가서 독립하라는 것일까.

하기야 놀부가 성가신 동생 흥부를 내쫓을 때 어디로 가라고 뚜렷이 방향을 제시해준 바는 없었을 것이다.

"아이고 형님, 이 엄동설한에 어디로 가란 말씀이십니까."

"이놈아, 그런 거야 니가 알아서 해야지. 내가 그런 것까지 어떻게 안단 말이냐."

상상해보자면 대략 이런 정도의 대화가 오고 갔을 것으로 추측할 뿐이다.

일전에 복지관에서 만난 80세 넘은 할머니는 남편이 세상을 떠나자 집을 팔아 큰아들과 함께 살게 되었다고 했다. 그런데 아들, 며느리가 처음에는 아주 잘 대해주었지만 날이 가고 달이 갈수록 대접이 소홀해지고 귀찮게 여기는 기색이 역력하다는 것이다.

그 전날, 아픈 몸 때문에 자녀에게 짐이 되기는 싫어 혼자 찜질방에 가려고 나서는데 아들이 얼마나 오래 살려고 그 난리냐고 농담조로 그러더라는 것이다.

그 말이 너무 가슴 아팠다고 하는 할머니의 쪼그라진 볼 위로 눈물이 흘러내렸다.

격변하는 사회 속에서 힘겨운 생존경쟁을 해온 대부분의 노인들은 자식들에게 모든 것을 걸고 살아와 노후대책을 따로 마련한 적이 없다.

노인이 되면 질병과 빈곤, 고독과 무위라는 고통에 시달리는 경우가 많다. 정부의 도움과 가족의 보살핌과 의미 있는 일이 적절하게 필요한 시기에 모든 일로부터 소외당하는 것은 실로 비참한 일이 아닐 수 없다. 이즈음 보고되는 노인 자살의 통계수치가 심각한 수준에 이르고 있는 것도 무리는 아니다. 필요하지 않은 정도가 아니라 존재하지 않았으면 좋겠다는 의사표시를 가까운 사람들에게 들으면서 삶의 의미를 찾기는 힘들기 때문이다.

그러나 노후를 위해 스스로 준비할 수 있는 부분도 있다.

세네카는 루실리오에게 보내는 편지에서 이렇게 말한다.

장수를 누리는 데 급급하지 말고 만족스럽게 사는 데 마음을 쏟아야 한다. 수명은 운에 따르는 것이지만 만족스러운 삶은 제 마음에 달려 있기 때문이다. 충만된 삶은 장수와 같은 의미이며, 영혼이 스스로의 선함을 되찾아 자신을 다스리는 힘을 가지고 있을 때 충만된 삶을 이루는 것이다.

먼 곳에 사는 친구가 목표를 지니고 좋은 관계를 누리며 만족스럽게 살 수 있는 노후를 위해 자신이 해볼 수 있는 일을 담은 다음과 같은 글을 보내주었다.

중요하지 않은 숫자를 버려라. 여기에는 나이, 몸무게, 키 등이 포함된다. 그런 건 의사들이 걱정하게 하라. 그런 이유로 우리가 의사에게 돈을 지불하는 것이다.

즐거운 친구만 사귀어라. 불평꾼은 당신을 끌어내린다.

컴퓨터, 공예, 원예 등 무엇이든지 계속해서 배우라. 결코 두뇌가 게을러지게 하지 말라.

게으른 마음은 악마의 작업장이다. 그리고 그 악마의 이름은 치매이다.

단순한 일을 즐기라.

자주, 길게, 크게 웃음을 터뜨려라. 숨을 쉬기 어려워 정신이 나갈 지경으로 웃으라.

눈물이 날 때가 있다. 참고 슬퍼하고 그리고 움직이라. 일생 동안 우리와 함께할 사람은 우리 자신이다. 살아 있을 때 생생하게 살아 있으라.

사랑하는 것들을 당신 주위에 있게 하라. 가족이든, 애완동물이든, 기념품이든, 음악, 식물, 취미 무엇이라도 좋다. 당신의 집은 당신의 피난처이다.

건강을 소중히 여겨라. 건강이 좋으면 지키도록 하고, 건강이 불안정하면 향상시키라. 당신이 향상시킬 수 없다면 도움을 청하라.

친구를 만나러, 이웃 동네로 외국으로 여행을 떠나라. 그러나 죄책감이 있는 곳으로 여행을 떠나지 말라.

사랑하는 사람에게 기회가 있을 때마다 사랑한다고 말하라.

이 모든 조항들은 일견 단순해 보이지만 쉬운 일은 아닐 것이다.

그러나 우선 자신이 할 수 있는 일들을 하나씩 해본다는 자체가 우리를 삶의 광장으로 인도해주는 문을 여는 방법이 아닐까.

사랑해서 아름다운 사람들

살아가면서 무슨 일을 잘못했다는
세간의 비난이 날카로울 때
내 결백을 믿어주는 한 사람,
그리고 설사 실수를 했다고 하더라도
힘든 삶에서 일어날 수 있는 일이라고
나를 감싸주는 한 사람.
내게 그런 한 사람이 있는가.
나도 누군가에게 그런 한 사람이 되어주고 있는가.

어머니의 어머니

　오랫동안 함께 공부하고 일해온 친구의 아이가 어려운 병이라는 진단을 받았다.

　처음에는 기침이 나고 가슴이 아프다고 해 감기인가 했는데 흉부에 종양이 있는 것 같다는 진단이 내린 것이다. 여러 가지 정밀검사 끝에 확정된 병명은 임파선 암이었다.

　그 아이는 세상없어도 의사가 되고 싶다고 해 재수한 끝에 작년에 의대에 합격해 다니고 있던 대학생이었다.

　처음 문병을 갔을 때 보았던 장면이 잊히지 않는다.

　친구는 병실 침대 밑에 놓인 기다란 보조의자에 앉아서 큰 그릇에 담긴 고추장 비빔밥을 먹고 있고 그 곁에는 이제 나이 들어 몸피가 쪼그라든 친정어머니가 완강한 몸짓으로 서 있었다.

　친구는 나를 보고 미소를 보였다. 나는 어서 마저 먹으라고 권했다.

　그녀는 숟가락질을 하는지조차도 별 의식이 없는 것 같은 기색으로 밥을 다 먹었다.

친구와 어머니가 빈 그릇을 주섬주섬 챙겨 들고 밖으로 나간 사이에 잠들었던 아이가 눈을 떴다.

흰 이마가 넓고 눈빛이 총명해 보이는 아이였다.

전에 만난 일이 있던 그는 생각에 잠긴 얼굴로 내게 어른스럽게 인사했다. 그리고 이어 물었다.

"우리 어머니가 많이 힘들어하시지요?"

나는 가만히 그의 손을 잡았다.

"그렇지만 워낙 씩씩한 분이라 괜찮으셔. 네가 기운을 내서 얼른 일어나야지."

"그럼요. 저는 투병할 준비가 다 되어 있어요. 제 상태가 예후도 좋대요."

짐짓 어른스럽게 의사 같은 말투를 쓰던 그는 창밖을 내다보며 말했다.

"그냥 어머니가 제일 걱정이 돼요. 우리 어머니 좀 잘 돌봐주세요……."

잠시 후 친구가 어머니와 함께 들어와 어머니를 병상에 남겨놓고 친구와 나만 밖으로 나왔다.

병실 앞 복도를 걸어가다가 친구는 서둘러 물었다.

"우리 아이가 뭐라구 그래요? 좀 어떻대?"

평소에 농담을 잘 주고받던 사이라 나는 말했다.

"궁금하면 그냥 물어보지 그래요."

"뭐, 그냥 다 좋다고만 하거든요."

갑자기 그녀가 풋 하고 웃음을 터뜨렸다.

"이런 판에 병실에서 양푼에 밥 비벼 먹고 있는 게 좀 우습지요?"

그녀는 조금 후에 혼잣말처럼 말했다.

"근데 뭘 먹었는지도 모르겠네."

"벌써 치매가 왔어요?"

그녀는 웃으며 고개를 젓다가 목이 메었다.

"……그게 아니라 우리 어머니가……."

잠시 가만히 있다가 그녀는 말을 이었다.

"나는 쟤 어머니지만 우리 어머니는 내 어머니잖아요. 내가 아무것도 먹지 않는다고 딸 걱정이 되어서……."

나는 아무 말도 할 수가 없었다.

"그래 가지구는 들러붙어서 나를 먹이려고 해요. 밥을 비벼놓구는 곁에 막무가내로 버티고 서 계시는 거예요. 내가 먹을 때까지 한 발짝도 안 물러나시겠다는 거예요. 그 심정을 알겠어. 나도 아이가 뭐라도 먹어야 마음이 놓이거든요."

조금 후에 그녀는 말했다.

"아이에게 큰일이 닥치니까 그동안 하던 이런저런 고민들이 고민도 아니더라구요. 눈앞에 보이는 게 없어. 어떻게든 아이를 살려야지 하는 생각뿐이에요."

"요즘에는 얼마나 치유율이 높다구요. 나 아는 의사는 그건 암도 아니라고 하던데 뭐."

"나보다도 아이가 마음이 괜찮아야 하는데…… 정말 아무 말도 안 해요?"

"어머니 힘들까 봐 그 걱정만 하던데 뭐. 자기는 잘 투병할 수 있대요."

우리는 한동안 아무 말도 없이 복도를 걸어 밖으로 나섰다.

"우리 어머니 때문에 큰일이에요. 그렇지 않아도 몸이 약하신데……
아이도 아이지만 내가 어떻게 될까 봐…… 어머니한테는 내가 아이잖
아요."

나는 달리 위로의 말을 찾지 못해 현관에서 그녀의 작은 몸을 꼭 안
아주었다.

"기운 내요. 잘 지내구요."

두 눈에 가득 고였던 눈물이 그녀의 뺨에 흘러내렸다.

"울 수가 없어요. 아이 때문에…… 어머니 때문에."

평소에 누구보다도 겸손하고 따뜻한 마음씨를 지녔던 그녀이기에 어
떻게 이런 어려운 일이 겹치는지 알 수가 없었다.

이제 친구는 강의도 상담도 다 접고 아이 곁에 늘 함께 있다.

나는 오고 가는 길에 가끔 들러 그녀와 산책도 하고 이야기도 나눈다.

지금도 가끔 그 첫날 병실의 정경을 생각한다.

고통스러울 어머니 걱정부터 하는 아이와 그 아이의 심정을 건드릴
까 봐 울지도 못하는 친구…… 자기에게는 아직 아이인 딸을 먹이러
양푼을 들고 고추장에 밥을 비비고 있는 어머니……. 당신은 식사나
제대로 했을까.

저녁 석양빛에 물들어 있던 그 장면은 가라앉은 슬픔 속에 아름다운
영상으로 기억에 남아 있다.

하느님이 모든 사람들을 돌볼 수 없어 작은 하느님을 세상에 보냈는
데 그 사람이 바로 어머니라는 이야기가 새삼 생각이 난다.

곧 아이가 병상을 떨치고 학교로 돌아가 소원하던 대로 훌륭한 의사
가 될 수 있기를 간절히 기도하는 마음이다.

한 사람 곁에 또 한 사람

가수 양희은은 우리 곁에서 늘 아름다운 노래를 불러 잠든 영혼을 깨어나게 해주는 사람이다.

그녀가 즐겨 부르는 노래에 이런 구절이 있다.

……

한 사람 여기, 또 그 곁에

둘이 서로 바라보며 웃네.

……

세상을 살아가면서 우리 곁에 한 사람으로 기억되는 사람은 과연 누구일까?

한때 세계적 우상이었던 배우 몽고메리 클리프트가 출연한 〈젊은이의 양지〉라는 영화가 있다. 그는 가난한 부모 밑에서 불우한 유년시절을 보내다가 부유한 큰아버지를 찾아 대도시로 나온다. 큰아버지는 공장의 말단 일자리를 주고 단조로움과 고독에 시달리던 그는 여공인 셜리 윈터스에게 호감을 느낀다. 두 사람은 몇 번 만난 후 하룻밤을 같이 보내게 된다. 얼마 후 그는 큰아버지가 연 화려한 파티에서 엘리자베스 테일러를 만나게 되고 꿈속의 환상 같은 그녀에게 매혹당한다. 자유분방하고 부유한 그녀는 우수에 젖은 그에게 걷잡을 수 없이 빠져들어 그와 결혼하려고 한다. 이제 바라는 바를 다 이룰 수 있게 된 그에게 유일한 장애는 찾아와서 임신했다고 호소하는 셜리 윈터스뿐이다.

그는 유산을 종용하지만 그녀는 어렵게 찾아간 의사에게 유산 수술을 거절당한다. 절대로 포기할 수 없다는 그녀를 달래 인적 없는 어두운 호숫가로 데리고 가는 그의 마음속에서는 살의가 꿈틀거렸다. 빌린 보트를 타고 노를 젓는 그의 마음속에서 온갖 어두운 상념과 갈등이 휘몰아친다. 욕망과 양심의 싸움 속에서 번민하던 그는 마침내 식은땀을 흘리며 자신의 욕망을 포기한다. 바로 그 순간 여자가 의심을 느끼고 일어서자 작은 보트는 균형을 잃어 뒤집어지고 두 사람은 물에 빠진다. 그는 헤엄쳐서 호수를 빠져나오고 여자는 익사한다.

호수에서 건져낸 젊은 여자의 익사체를 발견한 경찰은 여러 가지 정황을 근거로 그를 추적해서 체포한다. 날카로운 검사는 그가 냉혹한 살인자라는 것을 배심원들 앞에서 강력히 주장하고 그는 처음에는 나쁜 생각을 품기도 했었지만 실제로 살인한 적은 없다고 강변한다.

깊이 상심한 엘리자베스는 그를 만나러 감옥으로 온다. 변함없이 그를 사랑한다고 말하는 그녀를 보며 그는 마침내 자신이 도덕적으로 살인자라는 자각을 하기에 이른다. 드디어 갖고 싶었던 사랑과 부귀를 모두 포기한 그는 형장으로 발걸음을 옮긴다.

최근 한 사건을 보면서 그 영화의 기억이 되살아났다.

한 연예인이 불명예스러운 성폭행 문제에 연루되어 유죄를 인정하지 않을 수 없는 상황에 이르렀다.

가까운 사람들조차 그의 유죄를 믿고 대부분 그에게 등을 돌렸다. 비난하고 공격하는 사람들과의 싸움에 지쳐 그 자신도 유죄를 인정하는 것이 낫지 않을까 하는 생각이 들 지경에 이르렀다. 그러나 그 남자의 오래된 친구가 맨발로 뛰어 그의 무죄를 입증해주었다. 마침내 자신도 스스로를 포기할 심정이 되었을 때 그렇게 해서는 절대로 안 된다고 격려하고 설득한 것은 그의 친구였다.

스스로도 가치부여를 할 수 없었던 자신을 믿어준 사람이 바로 그 한 사람, 친구였던 것이다.

관중과 포숙의 오래된 우정은 지금도 우리들의 입에 회자되고 있다. 관중이 자본을 대고 포숙은 경영을 맡아 동업했을 때 관중이 혼자 이익금을 독점하다시피 했다. 그런데도 포숙은 그의 집이 가난한 탓이라고 너그럽게 이해했다. 함께 나간 전쟁터에서 관중이 세 번이나 도망을 쳤지만 포숙은 그를 비겁자라 생각하지 않고 늙은 어머님이 계시기 때문이라며 그를 두둔하였다. 포숙은 관중을 끝까지 믿어주었고 마침내 관중은 포숙을 가리켜 "나를 낳아준 사람은 부모이지만 나를 아는 사람은 오직 포숙뿐이다."라고 말한다.

온 세상이 나를 대적해 무시하고 불신하며 나를 저버리려고 할 때 그렇지 않다고 일어서 나를 위해 싸워줄 단 한 명의 친구가 우리에게는 있을까?

그 친구는 부모일 수도 있고 배우자일 수도 있고 직장의 동료일 수도 있다. 아니면 세상 인연의 끈에 매여 삶의 모퉁이에서 우연히 만난 한 사람일 수도 있다.

어떤 어려움과 어둠에 싸여 있더라도 그런 친구 한 명을 일생에 지닐수 있으면 우리의 삶은 이미 충분히 그 빛을 지니고 있다는 생각이 든다.

"그 사람은 절대로 그럴 사람이 아니다."

사실이건 아니건 그런 정도의 신뢰를 한 사람의 가슴속에 채워 넣을수 있다면 그의 인생은 이미 성공한 삶이라고 볼 수 있지 않을까.

세상의 빛이 사라져 가까운 친지나 가족들마저 자신을 등지고 떠나갈 때 나를 믿고 나를 위해 뛰어줄 단 한 명의 친구가 옆에 있다면 삶은그 자체로 의미 있다.

혹시 그런 일을 저질렀다고 판명이 나더라도 "그렇다면 반드시 그럴수밖에 없는 이유가 있었을 것이다"라고 나를 격려해주는 한 사람의친구.

그런 사람을 곁에 두는 것이 인생에 지친 우리 모두의 소망일 것이다. 내 좋은 점과 능력을 믿어주는 사람 앞에서 우리는 다만 전력을 다할 수밖에 없기 때문이다.

살아가면서 무슨 일을 잘못했다는 세간의 비난이 날카로울 때 내 결백을 믿어주는 한 사람, 그리고 설사 실수를 했다고 하더라도 힘든 삶에서 일어날 수 있는 일이라고 나를 감싸주는 한 사람.

내게 그런 한 사람이 있는가.

나도 누군가에게 그런 한 사람이 되어주고 있는가.

해가 지고 어스름한 저녁 기운이 내리기 시작할 때 그 한 사람의 친구를 더듬어보는 것도 우리 삶을 되돌아보는 좋은 방법일 것이다.

잊지 못할 그림

며칠 전 성당에서 일반인들을 대상으로 열린 상담자 연수과정 시간에 한 젊은 청년을 만났다.

그는 쉬는 시간에 다가와 내가 강의했던 상담 이론 중 한 부분에 관해 질문했다. 자신이 바라는 좋은 그림을 넣어두는 마음속의 세계에 관한 설명을 들으면서 그의 눈에 물기가 비쳤다.

"다시 만나지 못하는 사람의 그림도 그 그림책에 남아 있나요?"

나는 젊음으로 가득 찬 그의 얼굴을 새삼스럽게 바라보았다.

"그 사람과 다시 만나기 어려운 관계인가요?"

그는 잠시 생각에 잠긴 얼굴이 되었다.

"그렇습니다. 그렇지만 어떻게 해서라도 다시 만나고 싶어요."

그는 지난해 학생통일대회에 갔을 때 다른 학생들과 함께 금강산에 올라 이야기를 나누었던 북쪽 여성의 이야기를 했다.

이번에 유니버시아드 대회에 혹시 참석하지 않았나 하고 은근히 기대했는데 뉴스 시간에 정말 그녀의 이름이 나오더라는 것이었다. 그래서 어렵게 대구경기장까지 달려가 그녀를 찾는 쪽지를 펴 들고 응원단이 가는 곳마다 가서 서 있었다.

관람객이나 북한 응원단원들이 웃기도 하고 호기심도 보였지만 그는 남들이 어떻게 생각해도 상관없었다. 그러나 먼발치에서 응원단원들을 바라본 것 외에는 따로 그녀를 만날 수 없어 몹시 가슴이 아팠다고 했다.

쉬는 시간이 지나고 다음 강의를 시작하기 전에 그 청년에게 참석자들에게 자신의 이야기를 들려줄 수 있겠느냐고 부탁했다. 그는 조금 망설이는 기색이다가 앞으로 나와 그녀와 어떻게 만났는지 어떤 감정이었는지를 우리에게 들려주었다.

작년에 그는 남과 북, 외국에서 온 대학생들이 모여 함께 우정을 다지는 축제인 남북해외청년학생통일대회에 참석했었다.

그는 전에는 자기가 어떤 이상형을 마음에 두고 있는지 몰랐는데 조선의 꽃이라는 뜻의 이름을 지닌 조선화라는 북한의 젊은 여성이 바로 꿈꾸던 이상형이라는 것을 알게 되었다고 했다. 외모, 태도, 말투, 지니고 있는 생각, 따뜻한 배려…….

둘이 따로 만난 시간은 짧았지만 그곳을 떠난 이후 지금까지 그녀를 잊은 적이 없다고 했다.

그는 대구에 내려가 애타게 그녀를 찾았지만 안전요원들로 겹겹이 둘러싸인 응원단 쪽으로 더 가까이 다가갈 수는 없었다. 그는 금강산에서 그녀와 함께 찍은 세 장의 사진과 편지를 한 손에 들고 있었다.

우여곡절 끝에 누군가가 그 사진과 편지를 그녀에게 전했고 그녀는 답장을 보내주었다.

짧은 편지 끝에는,

"다시 꼭 다시 만납시다. 통일의 그날까지 안녕히."

라는 추신이 붙어 있었다고 했다.

그는 조금 수줍은 기색으로 덧붙였다.

"오늘 아침 신문에 저희들의 기사가 났습니다."

60여 명이 넘는 수강생 중에는 남북분단 때문에 소식이 두절된 친지나 고향을 생각하는지 눈가를 훔치는 나이 든 사람들도 있었다.

나도 그 젊은 청년을 보면서 고향의 모든 것을 남겨두고 산을 넘고 강을 건너며 남하했던 아버지와 어머니를 생각했다.

홀로된 외할머니와 외삼촌, 조카들을 그곳에 두고 내려와 가끔 눈물을 감추지 못하던 어머니, 아내와 자녀들을 두고 내려와 몇십 년이 넘도록 다시는 그들을 만나지 못한 친척 아저씨의 가슴앓이도 기억이 났다.

사람들은 먼 꿈속의 이야기를 들은 것처럼 조용해졌다.

더 자세한 이야기를 알고 싶어 하는 사람들에게 청년은 대답했다.

"오늘 아침 신문 기사가 여기 있습니다."

그는 가위로 오린 신문 기사를 곁에 서 있던 내게 보여주었다. 기사가 실린 왼쪽에 꽃빛깔 옷을 입은 고운 처녀가 고개를 돌려 이쪽을 보고 있었다.

내가 질문한 사람들에게 이 기사를 돌려가면서 읽으면 어떠냐고 권했다. 그러자 갑자기 청년이 말했다.

"그건 안 돼요."

그리고 청년은 조금 미안한 듯 덧붙였다.

"구겨진단 말이에요."

나는 가슴이 찡했다.

마음속에 간직한 그림을 신문 기사처럼 구겨지지 않게 간직하고 싶은 그의 마음이 그대로 전해져 왔다. 마음이 아파 눈물을 글썽이던 사람들도. 그의 순수함에 웃음을 터뜨리며 그에게 격려의 박수를 보내주었다.

이 젊은이가 다시 그 여성을 만나거나 만나지 못하거나 이 청년의 마음속에 담겨진 그녀의 그림은 그대로 남아 있을 것이다.

문득 〈잊을 수 없는 사랑〉이라는 영화에서 서로 다른 약혼자가 있으면서도 깊은 사랑을 느끼게 된 케리 그란트와 데보라 카가 선상에서 바다를 바라보며 나누던 대사가 떠올랐다.

"되돌아볼 따뜻한 추억이 없는 사람들의 겨울은 얼마나 춥고 쓸쓸할까요."

잊혀지지 않는 그림을 간직한 사람의 생애는 어떤 의미에서도 헛되지는 않을 것이라는 생각이 들게 했던 만남이었다.

삶의 광장으로 이끄는 작은 끈들

얼마 전에는 배우 장국영이, 그 후에는 유수한 재벌 그룹의 총수가 높은 곳에서 투신해 생을 마감해 사회적으로 큰 반향을 불러일으켰다. 널리 사회적으로 알려진 사람들의 자살은 평범한 사람들의 자살보다 훨씬 더 많은 사람들에게 충격을 준다.

가진 것과 누리는 것이 넘치도록 많다고 여겨지던 사람들의 돌연한 죽음은 인생의 의미는 과연 어디에 있는 것일까 하는 질문을 다시 한 번 던지게 하기 때문이다.

사람들은 괴로운 삶의 질곡에서 벗어날 수 없다고 느낄 때 죽고 싶다고 생각하기도 하지만 실제로 그 생각을 행동으로 옮기는 사람은 많지 않다.

최근 들어 자살률의 급격한 상승곡선은 우리에게 크게 우려할 만한 여운을 남긴다. 여기에는 금전적인 문제, 애정의 문제, 염세의 문제, 열등감과 우울증의 문제 등 여러 가지 문제가 있다. 그러나 사람들은 살고자 하는 본능을 지닌 존재라 스스로 자신의 생명을 끊는 자살은 주위 사람들을 착잡하게 만든다. 특히 그 사람과 가까운 사이였던 사람들의 가책과 괴로움은 다른 사람들이 상상하기 힘들다.

그런 이유 때문에 많은 사람들이 자살을 생각해보면서 하는 공상 중 하나가 죽기는 하되 사고로 위장하는 방법은 없을까 하는 점이다. 유서도 없고 뚜렷이 자살이라는 증거도 없는 교통사고 같은 것은 실제로 의도적인지 아닌지 판별하기 어려운 경우도 적지 않다.

얼마나 괴로운 지경에 놓이면 인간이 본능적인 생의 의지를 상실하고 죽음에의 의지로 달려가게 되는 것일까.

여기에 관해서는 많은 사람들의 체험과 이론들이 알려져 있다.

그중에서도 유명한 치료자 중의 하나가 독특한 경험을 통해 죽음의 길을 헤쳐 온 빅터 프랭클이다.

그는 유태인 강제수용소에서의 체험을 기록한 《죽음의 수용소에서》로 유명해졌다. 그곳에서 이루어진 비인간적인 처우와 굶주림과 죽음과 공포, 가까운 사람들과의 이별 같은 체험은 그의 치료론에 크게 영향을 미치고 있다.

그는 죽음의 수용소에 수감된 이후 3년에 걸쳐 암흑 속에서 생활하면서 자기가 지니고 있던 모든 것을 잃었다. 그는 인간이 살아남기 위해 마침내 동물의 위치로 격하하는 것을 바라보았고 동물 이하로까지 전락하는 인간의 벗겨진 실상과 대면했다.

그러나 그런 극한 상황의 절망 속에서도 그는 인간의 삶이 결코 무의미한 것일 수는 없다는 신념을 잃지 않았다.

강제수용소 증후군에 걸리면 포로는 감각이 둔해지고 마비되어 틀어박혀 있거나, 불안과 초조로 인해 공격적으로 변하기도 하며 정신이 병

들어간다. 그곳에서 사람들은 미래를 잃어버리고, 인생의 의미와 가치를 잃은 '실존적 공허'와 '정신적 불만 상태'에 있다.

이런 통찰을 통해 그는 고통 속에서도 의미를 찾아야 한다는 의미요법의 뼈대를 이룬다. 즉, 인간에게는 그 재능이나 체험에 관계없이 인생에서 겪게 되는 어떤 고통 속에서도 의미를 발견할 기회가 주어진다는 것이다.

그의 치료론의 기본적인 발상은, 현대인의 마음이 사실은 강제수용소 안과 비슷한 상태일지도 모른다는 데 있다. 대부분의 현대인들이 인생의 의미를 잃어버리고 있는 것은 아닌가 하고 그는 묻고 있다.

의미를 찾는 치료 방법으로 알려진 그의 로고테라피의 주된 목표는 이 의미를 발견하는 것이다.

사람들을 살게 하는 힘은 과연 무엇일까.

일생 동안 바른 삶의 의미를 발견하려고 몸부림치며 노력했던 톨스토이는 나이 들어 현실적인 삶을 인정하지 못하여 아내 소피아와의 사이에 극심한 불화를 경험하고 집을 떠나 기차역사에서 쓸쓸한 생을 마감한다.

그가 관심을 두고 쓴 글 가운데 핵심을 이루는 부분 중 하나가 사람은 무엇으로 사는가 하는 것이다.

그의 이야기에는 아기를 위해 자기를 데려가지 말아달라고 간청하는 어머니의 눈물 때문에 하느님의 명을 어긴 벌로 지상에 버려진 천사의 이야기가 나온다.

벌거벗은 채로 추운 땅에 버려진 그는 가난하지만 마음씨 착한 구두장이의 도움으로 얼어 죽는 것을 면하고 그의 집에서 신 만드는 일을 배우며 살아가게 된다.

그는 가난한 사람들의 미소와 호의에서 인생의 의미를 발견하게 되고 죽을 날을 알지 못하는 거만한 부자에게서 삶과 죽음이 인간의 손에 달려 있지 않음을 배운다.

그리고 다른 천사가 그 생명을 거두어 갔던 어머니의 아기들이 다른 집에 입양되어 잘 자라서 구두를 맞추러 오는 광경을 보면서 인간은 무엇으로 사는가 하는 데 대한 자기 나름의 대답을 얻고 하늘나라로 돌아가게 된다.

물에 빠진 사람에게 던지는 동아줄처럼 삶에 닻을 내릴 수 있는 의미는 과연 무엇일까.

왜 그런 환경에서도 죽지 못하는가 하고 프랭클은 역설적인 질문을 던진다.

많은 사람들이 아이들 때문에, 나를 배려하는 사람 때문에, 나를 도와주는 사람 때문에 등등 여러 가지 이유를 대는데 바로 그것이 그 사람을 삶의 광장으로 인도하는 중요한 의미의 첫 번째 끈이 될 수 있다고 그는 설명한다.

작은 사랑을 구현하는 길 위에서 피어난 의미는 우리를 절망에서 구원하기 때문이다.

가난하고 괴로운 이웃들에게 내가 어떻게 작은 의미라도 되어줄 수 있을까를 새삼 생각해야 하는 시점에 우리는 이른 것이 아닐까 싶다.

크리스마스 선물

1달러 87센트, 그것이 전부였다.

반찬가게나 채소가게, 푸줏간에서 우격다짐으로 값을 깎아서 한 번에 한 푼, 두 푼씩 모은 것이었다. 초라한 작은 방에 사는 델라는 선물을 살 돈이 모자라 크리스마스 전날 애가 탄다.

고민하던 델라는 남편의 보물인 시계에 달 시곗줄을 선물로 사기 위해 자신의 보물인 긴 갈색 머리를 잘라서 판다. 집에 돌아온 델라는 짧은 머리에 차근차근 컬을 말고 저녁을 해놓은 다음 시곗줄을 소중히 한 손에 쥐고 그를 기다렸다.

문을 열고 들어온 짐은 두 눈을 크게 뜨고 넋을 잃은 사람처럼 델라의 자른 머리를 바라보았다. 그 표정은 델라가 미리 각오했던 책망이나 추궁 같은 감정을 나타내고 있는 것은 아니었다. 머뭇거리며 선물을 사기 위해 머리를 잘라 팔았다고 하는 델라의 말을 듣고 짐은 멍한 상태에서 갑자기 깨어나는 것 같았다.

그는 델라를 말없이 포옹했다. 그리고 머리를 잘랐거나 면도로 밀었거나 당신을 사랑하는 마음은 변하지 않을 거니까 날 오해하지 말라고 하면서 선물을 내어놓았다. 델라가 오래전부터 브로드웨이의 상점 진열장에 놓여 있는 것을 보고 동경하던, 긴 머리에 꽂는 아름다운 빗이었다. 보석이 박힌 값비싼 빗이라 엄두도 내지 못하던 것이었지만 이제는 그것을 꽂아 장식할 탐스러운 머리카락이 없어진 것이다.

눈물을 글썽이며 선물을 끌어안은 델라는 내 머리는 빨리 자란다고 오히려 남편을 위로하면서 열렬하고 자랑스러운 태도로 남편 앞에 번쩍이는 시곗줄을 선물로 내놓았다.

그러나 짐은 얼른 시계를 꺼내 시곗줄과 잘 어울리나 보자고 졸라대는 아내의 말을 듣지 않고 빙그레 웃기만 했다. 그는 아내가 그렇게 갖고 싶어 하던 빗을 사기 위해 시계를 팔았던 것이다.

말하자면 두 사람은 가장 어리석은 선택을 한 가난한 부부였다. 최대의 가보를 희생해서 서로에게 현재 전혀 필요하지 않은 물건을 산 것이다. 그러나 이 작품을 쓴 오 헨리는 과연 누가 현자인가를 우리에게 묻고 있다.

이 시대의 합리적인 젊은이들도 그들을 비웃기만 하기는 쉽지 않을 것이다. 백화점에서 비싼 명품이 불티나게 팔려 그 수요를 다 대지 못한다는 기사를 보면서 델라와 짐의 마음이 담긴 선물을 새삼 생각하게 된다.

이즈음 결혼이나 출산을 기피하는 풍조가 젊은이들 사이에 늘어나고 있어 나이 든 부모들의 우려를 자아내고 있다.

결혼도 출산도 자신의 삶의 가장 귀한 것을 아낌없이 내어주겠다는 전제가 있어야 실제로 가능한 일이다. 성적인 만족도 일상적인 생활의 편리함도 결혼하지 않고 얻을 수 있게 변해가는 사회에서 자유를 헌납하고 일상적인 삶의 구속만 더 받는 것 같은 결혼이나 출산을 망설이는 것은 당연한 일일 수도 있다.

그러나 결혼식에서 평생을 거는 서약을 맺는 신랑과 신부를 바라볼 때나, 목숨을 걸고 아기를 낳는 아내를 고맙게 여기는 남편을 볼 때 우리는 가슴이 뭉클해진다.

가장 귀한 것을 내어놓으면 자아를 말살하고 상대방에게 굴종하게 된다는 생각이 꼭 맞는 것은 아니다. 오히려 자아가 강한 자신이 존재해야 가장 귀한 것을 스스로 내어놓을 마음이 생긴다고 볼 수 있다. 문제가 되는 때는 사랑이나 결혼에 있어 한쪽만 가장 귀한 것을 내어놓고 다른 한쪽은 자기가 지닌 귀한 것을 전혀 내어놓을 생각이 없는 경우이다.

우리나라의 전통적인 결혼은 제도적인 강요 때문에 여자가 인생에서 익숙해진 것들을 다 버려야 하는 관계로 시작했다. 정다운 집도, 친구도, 살던 동네도, 사는 방법도, 심지어는 좋아하는 음식의 기호까지도 남자의 집안에 맞추어 새로운 삶을 시작해야 하는 결혼이었다.

그 결혼을 그나마 지탱해주는 힘은 남편의 애정과 태어나는 아기에 대한 깊은 사랑이었을 것이다. 그마저 없이 그런 생활을 유지해야 하는 결혼생활은 여자들에게 말할 수 없는 희생과 고통을 강요했다. 오죽하면 의학계에서 연구대상이 된다는 독특한 화병의 증상이 괴로운 결혼의 부산물로 나타났겠는가.

이제 그런 결혼의 시대는 지나가고 있다.

그러나 서로 조건을 따지면서 한 남자와 한 여자가 가진 것을 저울질하는 현대의 결혼 풍토도 가부장적인 결혼에 못지않은 부작용을 안고 있다.

'그래, 델라와 짐, 두 사람이 그렇게 해서 얻은 것이 무엇인가. 서로에게 쓸모없는 물건 두 개만 생기고 집안의 자랑거리 두 가지는 사라진 것이 아닌가. 어리석기는…….'

이렇게 생각하는 사람이 결혼이나 출산을 결심하기는 어렵다.

세상의 모든 물질과 일의 결과는 시간의 진행을 따라 소멸된다. 인간도 냉정한 관점으로 보자면 죽음으로 향하는 길을 맹목적으로 따라가면서 결국은 소멸되는 것들을 하나라도 더 얻으려고 몸부림치는 가련한 존재에 불과할지 모른다.

그러나 인생에는 합리나 조건을 뛰어넘는 어떤 것이 있어 머리로 이해가 안 되는 것이 가슴으로 이해가 될 때가 있다. 델라와 짐의 사랑처럼…….

할아버지의 부엌

일본 여성 작가가 쓴 베스트셀러 중에 《할아버지의 부엌》이라는 책이 있다.

어머니가 세상을 떠나자 혼자 살게 된 아버지를 결혼한 딸이 엄격하게 훈련시키는 과정을 그린 책이다. 처음에는 노인인 아버지가 화도 내고 저항도 했지만 마침내 밥을 짓고 빨래하는 법을 배우면서 스스로 독립되고 행복한 삶을 찾아가는 이야기를 감동적으로 그리고 있다.

그 책이 새삼 기억에 떠오르게 된 것은 우리 아파트 앞동에 사는 씩씩한 아주머니의 집을 방문하고부터였다. 돌아가면서 6개월씩 하는 아파트 반장 일을 맡게 되었을 때 통장인 그녀를 처음 만났다. 아무도 이 일을 맡으려고 들지 않아 통장 노릇을 한 지가 몇 년도 넘었다면서 걱실걱실하게 생긴 그녀는 격의 없이 말했다.

"이것도 일이라고 어떤 때는 얼마나 바쁘다구요. 엄마들이 아이들은 반장 시키려고 극성을 떨면서 자기들은 반장이나 통장을 안 하려는 거

있지요."

반상회가 열리는 날 반상회보를 받으러 오라면서 와서 차나 한잔하자고 하길래 오후에 그 집에 들른 적이 있었다. 그랬더니 이게 웬일인가. 부엌도 모자라 거실까지 소금에 절인 배추며 무며 마늘, 고추 등이 크고 작은 그릇에 담겨 있었다. 그리고 할아버지 한 분이 열심히 깍두기를 썰고 있었다. 그렇게 크게 썰면 안 된다며 시범을 보이고 있던 통장님은 나를 반갑게 맞아들이며 소개했다.

"아버님. 이분은 저 앞동 반장님이세요."

내가 속삭이는 어조로 친정아버지냐고 묻자 그녀는 큰 소리로 웃더니 할아버지에게 소리쳤다.

"아버님. 이분이 친정아버지시냐고 묻는데요."

그랬더니 할아버지가 큰 소리로 대답했다.

"아냐. 우리 며느리예요."

나는 조금 당황스러워져서 어물어물 반상회보를 집어 들었다.

"지금 김치 담그느라고 경황이 없으신 것 같은데요."

나는 깍두기 써는 시아버지가 면구스러울까 봐 얼른 떠나려고 했다. 그렇지만 허우대가 크고 건장해 보이는 할아버지는 깍두기 써는 손을 쉬지 않으면서 시원스럽게 말했다.

"아, 경황없어 보이면 좀 일손을 도와주시구랴."

이렇게 되자 떠나기가 더 어려워져 차를 얻어 마시고는 이력저력 마늘 까는 일에 끼어들게 되었다. 며느리도 시아버지도 활기차게 움직이면서 부엌일을 하는데 큰 소리로 웃고 이야기하는 품이 그렇게 즐겁고 편안해 보일 수가 없었다. 부엌 식탁 위에는 큰 냄비에 가득 잰 불고기가 놓여 있었다.

"식구가 많아서 이렇게 김치를 한바탕씩 담근답니다. 김치 담그는 날은 아버님이 얼마나 큰 몫을 하시는지 몰라요."

며느리의 말에 할아버지는 큰 소리로 웃었다.

"이제 내가 너보다 더 김치 담그는 솜씨가 나을 거다."

깍두기를 다 썰자 그녀가 고춧가루를 뿌려 애벌로 버무려놓는 사이에 할아버지와 함께 마늘을 까면서 자연스럽게 이런저런 이야기가 나왔다.

"남자 노인네가 부엌일하는 게 이상해 보이는가?"

할아버지의 말에 당황한 나는 아니라고 손까지 다 내저어 보였다. 그렇지만 내심 이상해 보이는 건 사실이었다. 도시 아파트에서 이런 일은 본 적이 없을 뿐 아니라 시골에서도 별로 본 적이 없었기 때문이었다.

"내가 칠십이 몇 살 넘었는데 집안일을 돕기 시작한 건 작년부터야. 아내가 세상을 떠나구 한동안은 앉아서 차려놓은 밥상만 받았거든. 그러니까 며느리 보기도 미안하고 하루 지내기도 너무 고역스럽구…… 그래서 내가 먼저 제안을 했지. 일하러 일주일에 두 번 오는 아주머니 그만 오라구 그러구 내가 집안일을 돕겠다구 말이야."

전혀 스스럼없이 말하는 바람에 나도 이야기가 저절로 나왔다.

"아드님이 반대하시지 않았어요?"

"왜 아니야. 처음엔 딸들까지 나서서 난리가 났었지. 늙은 아버지 고생시킨다고 말이야. 지들이 도와주지도 않으면서 생각하는 척하기는…… 그런데 며느리는 워낙 화통한 성격이라 금방 내 말을 이해한 거야. 아주 시원스럽거든. 어떤 때는 나하고 한바탕 다투기도 하지. 살림하는 데 의견이 안 맞아 말이야."

나는 그만 웃음이 터져 나왔다. 살림에 의견이 안 맞는다고 부엌에서 며느리하고 싸우는 할아버지 모습이 떠올라서였다. 할아버지도 따라 웃으셨다.

"그러니까 그 다음부터 얼마나 편한지 말이야. 나도 무위도식하는 사람이 아니고 며느리를 도와주고 있다고 생각하니까…… 용돈도 미안한 생각 없이 받을 수 있고……."

"아버님이 워낙 고기를 좋아하셔서 일주일에 한 번은 고기를 한 보따리씩 재서 실컷 구워 먹어요. 얼마나 건강하시다구요."

끼어드는 그녀의 말을 들으며 나는 진심으로 탄복을 했다.

"아주 좋은 일이네요. 서로 도움이 되니까 얼마나 좋으세요."

"아, 그럼. 그전에는 내가 쓸모없는 사람이라는 생각만 들더니 이즈음에는 지가 나 없으면 청소니 빨래니 이 살림을 다 어떻게 하랴 싶어서 아주 저절로 큰소리가 나온다니까……."

우리 세 사람은 함께 큰 소리로 웃었다.

반상회보를 받아 들고 그 집을 나오면서 너무나 흐뭇했다. 사람들이 사는 집의 온기와 일하는 사람의 즐거움이 넘쳐 보여서였다.

누구에게 밀려서가 아니라 스스로 의식을 전환해 새로운 삶의 방법을 찾은 할아버지를 바라보는 것도 즐거웠다. 그 할아버지가 지금처럼 건강하게 오래 사셔서 살림도 열심히 거들어주고 산책도 하고 친구도 만나면서 사는 낙을 누리시기를 바라는 마음이 저절로 들었다.

강요하지 않는 자유로운 노동이 얼마나 사람에게 삶의 의미를 부여하는 것인지 곰곰이 생각해보게 된 아주 좋은 하루였다.

하느님께 보내는 편지

성지 예루살렘에 '하느님께 보내는 편지'가 쇄도하여 우편 당국이 골머리를 앓고 있다고 한다.

궁여지책으로 최근에는 이런 엉뚱한 편지를 배달해주는 부서까지 생겨 '하느님께 보내는 편지'를 '통곡의 벽'으로 배달하고 있다는 것이다. 편지 속 사연은 매우 다양하다고 한다.

"하느님, 얼마 전 투숙했던 호텔에서 재떨이를 훔쳤습니다." 등으로 시작되는 편지처럼 과거의 크고 작은 죄에 대해 용서를 구하는 것도 있고 결혼하게 해달라는 애원이 있는가 하면 암과 같은 불치병에 걸린 친지를 구해달라는 기도의 내용도 있다는 것이다.

얼마 전 〈브루스 올마이티〉라는 영화가 개봉된 적이 있다. 주인공 짐 캐리는 뜻대로 되는 일이 하나도 없어 불평을 입에 달고 산다. 마침내 그토록 간절히 원하던 앵커 자리까지 얻지 못하자 하느님한테 불경스러운 언어를 퍼부으며 항의한다. 쉽게 말해 하느님 노릇 좀 똑똑히 하라는 것이다.

이해심 많고 마음씨 따뜻한 여자친구가 있지만 그 사실을 고마워하기보다는 마음대로 안 되는 세상사에만 노상 분격해 있는 주인공은 어느 날 하느님을 만나게 된다. 하느님은 그에게 자기 대신 세상을 다스리라고 전권을 부여한다.

처음에는 우쭐하는 마음에 헌 차도 새 스포츠카로 만들어보고 여자친구한테 달도 가까이 오게 해서 보여주고, 앙심을 품었던 경쟁자가 방송에서 제대로 말을 못하게 만들면서 그는 한껏 기고만장한다.

그러던 그는 하느님 앞으로 폭주해 들어오는 메일에 경악하게 된다. 그런대로 일처리를 해보려고 이리저리 개입해보지만 일은 번번이 꼬이기만 한다.

복권이 당첨되게 해달라는 기도를 다 들어주었더니 당첨자의 수가 너무 많아 휴지가 되어버리는 식으로 한쪽의 소원을 들어주면 다른 쪽에 문제가 생기는 바람에 골머리를 앓던 그는 마침내 하느님 앞에 두 손 들고 굴복한다.

그리고 이제 여자친구가 어떤 선택을 하든 그녀의 행복을 빌어주는 기도를 하겠다고 하자 하느님은 만면에 미소를 지으며 기도가 좀 나아졌다고 칭찬해준다.

그렇다면 어떻게 기도하는 것이 가장 좋을 것인가. 어린 딸 '세논'의 간절한 기도를 들어주고 싶었던 한 아버지의 글도 대답이 될 수 있다.

그는 어린 딸이 깡통에 귤나무를 심고 그 싹이 나기를 간절히 바라는 모습을 보게 된다. 한밤중에 일어나 딸이 지하실에서 깡통을 들여다보는 모습을 보고 그는 묻는다.

"왜 일어나 있니?"

"귤나무가 싹이 터서 자라기를 기다리고 있어요."

"하지만 나무가 자라는 건 볼 수가 없단다. 나무가 싹이 터서 자라려면 오랜 시간이 걸려야 한단다."

수긍하는 듯하던 아이는 잠자리에 들기 전에 큰 소리로 기도한다.

"그러면 하느님, 내 씨앗을 잘 돌보아주세요. 그리고 크리스마스까지 꼭 쑥쑥 자라게 해주세요."

아버지는 말했다.

"그런데 크리스마스까지는 나흘밖에 남지 않았잖니? 어떤 나무도 그렇게 빨리 자라지는 못한단다."

"하느님께 부탁했는데도요?"

딸은 명랑한 목소리로 말했다.

"하느님은 뭐든지 하실 수 있단 말이에요."

그 다음 날도 싹이 나지 않자 어린 딸은 보통 낙담하는 것이 아니었다. 그러나 딸은 곧 기운을 내어 희망을 토로했다.

"어젯밤에는 하느님이 내 기도를 듣지 못하셨나 봐요. 오늘밤에는 더 큰 소리로 기도해야겠어요."

딱해진 아버지는 딸을 무릎에 앉히고 우주의 섭리를 설명하려는 시도를 해본다.

"내가 잘 설명해줄게. 하느님께서 돌보시는 세상이 굉장히 넓은 건 알고 있지?"

"네, 알아요. 아빠."

"하느님께선 세상을 좀 더 평화롭게 하기 위해 법칙을 만드셨단다. 하느님께서 만드신 법칙 중 하나는 해님이 매일 아침 떠오르는 거야. 또 다른 법칙 하나는 나무들은 천천히 자라야만 하는 거란다. 그러니까 하느님께 너같이 조그만 아이를 위해 그 법칙이 변하게 해달라고 빌어서는 안 되는 거야."

"그렇지만 주일학교 선생님은 신념만 가지면 무슨 일이든지 일어날 수 있다고 하신걸요. 진짜로 열심히 기도하면 하느님은 무엇이든지 해주신대요. 아빠."

"그래, 그렇지만 우리는 이런 조그만 일로 하느님을 괴롭혀선 안 된단 말이야."

"난 그게 작은 일이라고 생각하지 않아요. 아무튼 나는 열심히 기도할래요."

아버지는 이 어린 딸의 완강한 신앙 때문에 크리스마스 전날까지 고심하다가 작은 귤나무 묘목을 사서 몰래 딸의 깡통에 바꾸어 심어준다. 매일 밤마다 더 큰 소리로 기도하는 딸 세논의 어린 마음에 너무 큰 실망과 좌절을 주고 싶지 않아서였다.

문제는 그 다음에 일어났다. 딸은 그 귤나무를 친구에게 자랑하러 가서 풍뎅이하고 바꾸어버린 것이다.

크리스마스 날 새벽에 그 사실을 알게 된 아버지는 너무 놀라서 잠이 다 깨어버렸다.

세논은 성냥갑을 열어 풍뎅이를 보여주었다. 그리고 아빠의 귀에 대고 속삭였다.

"이건 비밀인데요. 나는 이 풍뎅이가 새해 첫날에 새끼들을 낳았으면 좋겠어요. 난 진짜로 더 열심히 더 크게 기도할래요."

아버지는 더 이상 하느님 노릇을 대행할 수 없게 되었다.

토스카의 선택

비극적인 선택을 해야만 했던 오페라 〈토스카〉의 여주인공은 가수이다. 그녀에게는 신이 주신 아름다운 목소리와 애인을 향하는 정열적인 사랑이 있을 뿐이다. 그러나 화가인 애인 카바라도시는 도망쳐 온 혁명가 친구를 숨겨주었다가 체포된다. 폭력적이고 잔인한 경찰서장 스카르피아는 항상 토스카를 갈망해왔던 사람이다. 그는 약혼자의 생명을 구해주는 대가로 자진해서 몸을 바칠 것을 종용한다.

토스카는 그런 조건 없이 애인을 놓아달라고 간청한다. 그러나 강요하지는 않겠고 그저 그녀의 선택에 맡기겠다는 스카르피아의 냉담한 대답에 절망한 토스카는 유명한 아리아, 〈노래에 살고 사랑에 살고〉를 부른다. "비시 다르테, 비시 다모레……" 절망 속에 간절한 염원을 담은 그녀의 노래는 우리의 심금을 울린다.

"나는 열심히 노래하며 살아왔고 그 어느 누구도 해친 적이 없는데 어떻게 이런 운명에 처하게 되었는가." 하고 절규하는 그녀의 호소도

스카르피아의 욕망을 억누르지 못한다. 막다른 골목에 다다른 토스카는 그의 소원을 받아들일 듯 행동하며 카바라도시와 함께 도피할 통행증을 원한다. 회심의 미소를 지으며 부하에게 카바라도시의 위장된 총살 명령을 내린 스카르피아는 통행증에 사인한다. 그리고 그녀에게 다가와 껴안으려고 하자 토스카는 테이블 위에 놓여 있던 칼로 그를 찌른다. 그리고 외친다. "이것이 토스카의 키스다."

그러나 위장 총살을 하라는 명령은 거짓말이었고 카바라도시가 눈앞에서 실제로 처형되는 순간을 목격한 토스카는 높은 성벽에서 뛰어내려 자결한다.

음악과 사랑밖에 모르는 그녀의 손에 칼을 들려준 힘은 무엇이었을까? 여성의 정절을 생명처럼 여기던 시기에 애인의 생명을 담보로 한 스카르피아의 집요한 공세는 그녀에게 목숨을 건 혐오감을 불러일으키기에 충분했다. 그러나 어떻게 할 것인가. 그를 거절하는 선택을 하면 애인이 죽고 그를 받아들이는 선택을 하면 자신의 정절을 지킬 수 없다.

우리도 살아가면서 심각한 갈등 상황에 부딪힐 때가 있다. 이것 아니면 저것, 둘 중 어떤 것도 선택하기 어려운 경우가 그렇다. 갈등에는 토스카의 경우처럼 진정한 갈등도 있고 의사갈등도 있다. 의사갈등은 여러 가지로 해결할 방도가 실제로는 있는데 그 길을 외면하고 풀 수 없는 갈등 속에 있다고 스스로에게 우기는 경우이다. 가령 날씬한 몸매를 유지하고 싶은 갈망과 앞에 놓인 케이크를 먹고 싶은 갈망의 충돌은 진정한 갈등은 아니다. 욕망을 제어하기가 쉬운 일은 아니지만 그 케이크를 안 먹을 수도 있고, 아니면 그 케이크를 먹고 자신의 몸매를 있는 그대로 수용하는 방법도 있기 때문이다.

실상 우리 인생은 크고 작은 갈등의 연속 상황에 놓여 있다고 보아도 과언이 아니다. 특히 사랑이라는 이름에 얽매인 갈등은 우리를 괴로움의 극한 상황까지 몰아넣는 경우가 많다.

젊은이들이 모여 이성문제에 대해 "갈등이다, 정말 갈등이야." 하고 내어놓고 이야기할 때 의사갈등인 경우가 적지 않다. 그 이야기를 하는 사람이 거짓말을 하고 있다는 뜻이 아니라 어렵기는 하지만 해결할 수 있는 선택의 방도를 실제로는 가지고 있다는 뜻이다.

어찌할 수 없는 상황 속에서 칼을 집어 드는 여주인공 토스카의 고통은 우리에게 깊은 공감을 불러일으키지만 과연 내 사랑의 상황이 그처럼 극단적인 처방을 내릴 수밖에 없는 경우일까.

사랑 때문에 불행하다고 말하는 사람들은 대체로 자신이 풀 수 없는 갈등 상황에 놓여 있다고 주장한다. '그를 사랑하고 있으나 부모가 반대한다', '미혼인데 기혼자를 사랑하고 있다', '배우자를 사랑하지 않아 헤어지고 싶지만 아이가 마음에 걸린다' 등 갈등의 상황은 다양하기 짝이 없다. 지루한 소설이나 드라마는 의사갈등을 진정한 갈등인 것처럼 보이기 위해 온갖 상황을 과장해서 우리를 식상하게 만든다.

물론 이성을 사랑하거나 좋아하는 것이 강요로 이루어질 수 있는 감정은 아닐 것이다. 그러나 우리가 한 가지 잊고 있는 것이 있다. 상대방을 낭만적으로 사랑하지는 않더라도 친절할 수는 있다는 사실이다. 친절하고 배려하는 마음이 사랑인가 아닌가 하는 것은 대답하기 어려운 질문이다. 낭만적인 사랑의 좁은 범주에서 벗어난다면 다른 사람을 사랑하는 방식에는 여러 가지가 있을 수 있기 때문이다. '정'이라는 말도 남녀의 마음을 이어주는 독특한 표현이 아닐까 싶다.

부부가 헤어질 것도 아니면서 사랑이 없다는 이유로 장기간에 걸쳐 말도 하지 않고 경멸하며 서로 돕지도 않는 상태에 있다면 최악의 결혼

상태로 진입하고 있다는 것을 의미한다.

 토스카의 애인은 처형을 앞두고 있고 그의 생명의 열쇠를 지닌 남자
는 그녀에게 몸을 바칠 것을 강요하고 있다. 우리가 문학작품이나 음악
을 이성과 논리만으로 받아들이지는 않지만 그들의 선택은 많은 것을
생각하게 하고 자신의 삶을 되돌아보도록 도와준다. 진정한 갈등에 부
딪혔을 때 주인공들이 사랑을 지키기 위해 취하는 태도는 대체로 비장
하거나 아름답거나 처연하다. 그러나 현실 속, 자신의 경우가 토스카가
처해 있던 것처럼 절대절명의 갈등 상황인지 아닌지는 다시 한 번 살펴
볼 필요가 있다.

사막, 그리고 오아시스

영화 〈오아시스〉를 보았다.

《아라비안 나이트》에 나오는 꿈처럼 아름다운 오아시스는 영화의 시작부터 끝까지 어느 곳에도 나타나지 않는다.

중증 뇌성마비 장애인인 여주인공 한공주는 집에 갇혀 하루 종일 라디오만 듣고 벽에 걸린 카펫 속의 오아시스 그림을 보며 인생을 꿈꾸고 상상한다.

전과 3범에 막 출감한 주인공 홍종두는 어리벙벙한 남자로 바삐 돌아가는 이 사회에서 별로 쓸모없어 보이는 인물이다.

가족이 자기 때문에 장애인 아파트를 얻었지만 헌 집에 혼자 버려진 공주나, 형을 대신해 뺑소니 사고의 죄를 뒤집어쓴 종두나 하루하루가 모래바람 부는 사막을 걷는 것 같다. 어느 장면을 바라보아도 이 두 사람의 삶에 오아시스가 나타날 전망은 보이지 않는다.

꽃을 들고 피해자 가족을 찾아갔던 낡은 아파트에서 종두는 충동적으로 공주를 범하려고 들지만 그녀가 놀라고 격분해서 까무러치는 바람에 미수에 그친다.

누구에게도 꽃을 받아보거나 웃음 섞인 다정한 눈길을 받아본 기억이 없는 두 사람은 괴상한 첫 만남 후에 오히려 가까워지기 시작한다. 종두는 공주를 업고 나와 휠체어에 태워 이곳저곳 구경을 시켜주기도 하고 식당에 들어가서 밥을 사주려다가 쌀쌀한 반응에 쫓겨나기도 한다. 배고픈 두 사람은 종두가 일하는 자동차 정비업소에서 자장면을 시켜 나누어 먹는다. 제대로 먹지 못하는 공주에게 종두가 먹여주기도 한다. 두 사람은 노래방에도 가고 길이 막힌 청계고가에서 종두가 공주를 안고 자동차 음악 소리에 맞추어 춤을 추기도 한다.

늦은 밤 마지막 지하철을 놓친 종두는 안고 있던 공주를 휠체어에 앉힌다. 상상 속에서 뒤틀리던 얼굴과 사지가 말짱해진 공주는 종두를 자기 대신 휠체어에 앉히고 그를 어루만지며 노래를 부른다.

내가 만일 하늘이라면 그대 얼굴에 물들고 싶어
붉게 물든 저녁 저 노을처럼
나 그대 뺨에 물들고 싶어
내가 만일 시인이라면
그대 위해 노래하겠어
엄마 품에 안긴 어린아이처럼
나 행복하게 노래하고 싶어
……
세상에 그 무엇이라도
그대 위해 되고 싶어

오늘처럼 우리 함께 있으니

내겐 얼마나 큰 기쁨인지

사랑하는 나의 사람아

너는 아니

이런 나의 마음을.

버려진 삶 속에서 도저히 도달할 수 없으리라고 여겼던 오아시스에 두 사람은 이미 도달한 것 같았다. 오히려 주위 사람들이 더 사막에서 헤매는 군상들처럼 보였다. 영악하고 편견에 사로잡힌 그들은 가감 없이 우리 자신의 모습 그대로였다.

남루한 이야기는 그대로 진행된다. 오아시스 그림 앞에서 사랑을 나누던 두 사람은 가족들에게 발견되어 종두는 성폭행범으로 몰리고 공주는 가엾은 피해자로 전락한다.

그런데도 그 사막 같은 결핍으로 가득 찬 화면에 오아시스가 신기루처럼 떠오르는 건 무슨 연유일까.

우리가 흔히 생각하듯이 오아시스가 한 가지만 있는 것은 아니다. 샘 오아시스, 하천 오아시스, 산록 오아시스, 인공 오아시스 등 그 종류는 아주 다양하다고 한다.

샘 오아시스는 사막 아래 있는 지하수가 솟아 나와 넓게 파인 웅덩이에 저절로 물이 고인 것이다. 영화에 나타나는 오아시스들은 대체로 샘 오아시스라고 한다.

흥미 있는 것은 지하 암반을 뚫어 인공적으로 만든 오아시스다. 인공적으로 사막에 오아시스를 만드는 이유는 태양광선이 강렬해서 물만 얻을 수 있다면 얼마든지 비옥한 농경지로 가꿀 수 있기 때문이다. 이곳에서 대추야자며 면화, 올리브, 무화과, 포도, 레몬 등이 풍부하게 수확되기도 한다.

우리가 몸이나 마음에 장애를 입으면 광대한 사막을 건너가듯 인생의 전망이 더 힘들어진다. 그러나 세상의 아이러니는 사막에서만 오아시스가 나타난다는 점이 아닐까.

아름다움과 추함, 다름과 같음, 정상과 비정상을 구분하는 경계에 대해 질문을 던지고 싶었다는 이 영화의 감독은 세상에 던진 이 영화로 우리에게 인공 오아시스를 만들어준 것 같다.

우리가 두 사람의 사랑 때문에 흘리는 눈물을 모아 그곳을 채울 수 있다면 인공 오아시스가 그대로 샘 오아시스로 생명을 지니고 살아나게 될지도 모른다는 생각이 든다.

부부라는 이름의 사람들

'결혼'이 원하는 바는
화해와 용서일 수도 있고
이해와 대화일 수도 있다.
어떤 때는 절약과 관용일 수도 있다.
아마 '결혼'이 진정으로 원하는 바는
조건 없이 마음을 내어주는 사랑일 것이다.
서로 이런 사랑을 하게 되어 좋아하게 되면
배우자를 보는 것이 즐겁고 기쁘다.

A 플러스 결혼

과연 어떤 결혼이 최고 평점인 A 플러스를 받을 수 있을까?

어려운 질문이다.

결혼이란 인생에 관한 주관식 시험인데다가 사람들마다 그 기준이 다르기 때문이다.

모든 것을 다 갖춘 결혼은 이루어지기 어렵다.

흔히 말하는 돈키호테 형의 남자를 만나도 한동안이 지나면 매력이 사그라지게 마련이다. 돈키호테는 소설의 주인공이 아니라 돈 많고 키 크고 호남이며 테크닉 좋은 남자라는 뜻이라는 속설이 있다.

집안 좋고 학벌 좋고 미인인 여자를 만난 남자는 굴러 들어온 호박에 입을 벌리고 매일 행복에 취해 있으리라고 예측하기 쉽지만 실제 상황은 그렇기가 어렵다. 사람들은 일상 대하는 모든 좋은 일에 심드렁해지게 되어 있기 때문이다.

아무리 좋다는 결혼도 권태라는 예기치 않은 복병을 만날 가능성이 높다. 삶의 의미를 찾지 못한 평탄한 삶은 한동안은 괜찮지만 장기적으로는 몹시 지루하다. 예기치 않은 행동을 해서 지탄받는 사람들도 어쩌면 인생의 지루함에 지쳐 소동을 벌이고 있는 것인지도 모른다.

혁명의 소용돌이 속에서 서른여덟 살의 나이에 처형당했던 마리 앙투아네트는 왕비가 되자마자 의상과 미용과 보석에만 둘러싸여 하루를 보냈다. 그녀에게 왕비란 가장 멋지고 가장 애교 있고 가장 옷을 잘 입고 가장 잘 노는 여자라는 찬사를 받는 것이었다. 오스트리아의 마리아 테레지아 여왕은 이런 딸이 걱정되어 편지를 보내거나 대사를 보내 무수히 타일렀지만 허사였다.

갓 스무 살 왕비는 어머니가 보낸 사신에게 대들었다는 것이다.

"어머니는 무얼 원하시는 건가요? 나는 지루해질까 봐 몹시 겁이 나서 그래요."

지루함을 두려워하는 사람들은 생각하기를 싫어하고 가만히 있지를 못하는 점에서 그녀와 유사한 점이 있다.

그녀가 지루함이 두려워 몸부림치는 사회의 한구석에서 자신과 아이들을 위해 먹을 빵이 필요한 가난한 사람들은 새벽부터 밤까지 일해도 먹을 것을 구할 수 없는 과로에 시달리고 있었다.

급변하는 가치관의 소용돌이 속에서 지루함이나 과로 때문에 가장 위협을 받고 있는 인간관계 중 하나가 결혼이 아닌가 싶다.

"이것저것 생각하기 싫어. 귀찮아."

이즈음 젊은이들의 당돌한 대사다. 오래 멈추어서 생각하거나 천천히 책을 읽는 것은 너무 지루하기 때문이다.

중년의 대사는 더 심각하다.

"너무 바빠서 무슨 생각을 할 시간이 없습니다."

영화도, 심지어는 책까지도 생각 안 하게 해줄수록 전망이 좋다. 그저 아무 생각 없이 두 시간을 보낼 수 있다는 이유로 계속 깜짝 쇼를 보여주는 영화가 대박 행렬에 끼는 경우도 드물지 않다. 영화가 지루하면 화면에서 마음이 떠나 다른 생각을 해야 하는데 그게 그만 끔찍하기 때문이다.

그렇지만 살아가면서 생각하기 싫어도 생각해야만 할 때가 있다.

결혼과 마주쳤을 때가 바로 그렇다.

결혼의 A 플러스는 어느 교수, 혹은 사회가 주는 것이 아니라 스스로 생각해서 매기는 점수이다. 배우자 두 사람의 점수가 비슷하지 않고 자기는 A 플러스 배우자감이라고 주장하는데 배우자는 낮은 평점을 주는 경우도 심상치 않은 위기 상황이다.

남편이 이런 대로 괜찮은데 무슨 불만이 그렇게 많으냐고 비난하는데 아내는 이대로는 못 살겠다고 우기는 경우도 있고 그 반대의 경우도 있다. 한 답안지에 대해 엇갈리는 평가를 내리는 셈이다.

사람들이 아무리 이렇게 저렇게 말해도 결혼에 다른 사람들의 평가가 제일 중요한 것은 아니다. 나와 배우자만이 결혼이라는 대모험의 중심인물이기 때문이다.

유머감각이 있는 한 후배의 말이 걸작이다.

월드컵 첫 경기에서 이기는 순간 너무 기뻐 펄쩍펄쩍 뛰다가 그만 남편과 냉전 상태인 것도 잊어버리고 서로 끌어안았다는 것이다.

그 후배는 그 후 히딩크 감독과 우리 선수들 예찬론자가 되었다. 어느 날은 히딩크와 결혼식을 올리는 꿈까지 다 꾸었다고 했다. 프로이트의 꿈에 관한 이론까지 들먹일 필요도 없을 것이다. 그는 히딩크에게서 이상적인 남편상을 본 것이다.

그 후배는 월드컵 기간 내내 히딩크를 닮아라, 저 사람같이만 해봐라 하는 소리를 달고 다니다가 마침내 남편에게 결정적인 역습을 당했단다.

"당신, 나보고 히딩크, 히딩크 하는데 당신이 먼저 히딩크처럼 나한테 해주면 안 돼?"

후배는 순간 어안이벙벙했다. 남자의 모델은 남자고 여자의 모델은 여자라고 오랫동안 생각해왔기 때문이었다. 그는 찔끔해져서 물었다는 것이다.

"그래, 어떻게 해주기를 바라는데?"

"남의 남자하고 비교하지 말고, 작은 실수 가지고 들들 볶지 말고, 어려울 때도 믿고 격려해주고……."

"알았어. 알았어."

후배는 백기를 들고 말았다. 남편이 자기가 입에 달고 한 소리를 수능시험 암기과목처럼 다 외우고 있더라는 것이다.

어쨌건 두 사람은 함께 울고 웃으며 축구 중계를 보다가 사소한 불화를 극복하고 아주 사이가 좋아졌다고 했다. 아닌 게 아니라 월드컵 경기 동안 축구 덕분에 싸울 시간이 없었다는 부부가 꽤 많다. 이거야말로 축구강국이 부부강국으로 이어지는 좋은 징조가 아닌가.

월드컵에 온 국민이 열망하며 행복의 시간을 맛보았던 이유 중 하나가 지루함도 과로도 잊고 승리를 염원하는 한마음으로 텔레비전 앞에 앉아 있었기 때문이다.

부부도 함께 생각하고 서로 즐거운 일을 나누며 이렇게 사이가 좋아지면 저절로 그 결혼은 A 플러스 결혼이 되지 않을까 싶다.

부처님과 나그네

어느 날 부처님을 찾아온 나그네가 있었다. 나그네는 부처님께 천국으로 가는 길을 물었다. 그러자 부처님은 이렇게 되물었다.

"그대는 왜 천국을 찾는가?"

"이 세상이 지옥과 같기 때문입니다 제발 천국으로 갈 수 있는 길을 인도해주십시오."

나그네의 간청을 듣던 부처님이 미소를 지으면서 대답했다.

"그대는 하는 일이 없거나 하는 일이 있어도 그 일이 즐겁지 않은 사람이다. 천국을 원하거든 즐거운 일부터 찾아보아라."

지금 하는 일이 즐거우면 천국이 바로 그곳에 있다는 가르침이 아닌가.

일전에 어떤 사람이 방송에 출연해서 한 이야기를 감명 깊게 들은 적이 있다. 지금 아내와 사귈 때 정말 마음에 들었던 순간이 있어 결혼을 결심하게 되었다는 것이다. 두 사람 다 학생일 때 만났는데 만난 지 얼마 되지 않아 아내가 자기가 연극에 출연하는데 꼭 구경하러 오라고 하더라는 것이다. 며칠씩 밤을 새우며 연습도 함께했다는 이야기를 들은 터라 자기는 상당히 중요한 역할로 출연하리라고 생각했다는 것이다.

그런데 연극이 상당히 진행되어도 그녀의 모습은 보이지 않았다.

이윽고 새들이 줄을 지어 나타나는 장면에서 보니까 그녀가 새의 분장을 하고 그중에 한 마리로 지나가더라는 것이었다. 그녀가 얼마나 진지한 태도로 열심히 새 역할을 하는지 정말 새 한 마리 같더라는 것이다.

그녀가 새처럼 지나가는 순간 이 사람의 마음에 결심이 선 것이다.

"저 사람을 내 배우자로 맞아야겠다."

정말 중요한 것은 일을 대하는 진지함과 즐거운 마음가짐이라는 것을 이 사람은 알고 있었다. 연극에 나오는 다른 동료들과 어울려 함께 시간을 보내고 그 모든 역할을 다 보면서도 자신의 작은 역할을 중요하게 받아들인 심성이 그대로 마음에 들어왔다는 것이다.

더 중요한 것은 그녀의 그런 마음을 알고 소중하고 귀하게 보아주는 눈을 이 사람이 지니고 있었다는 점일 것이다.

"주연도 아니고 조연도 아니면서 뭘 와서 보라고 이 극성이야."

"그 간단한 역할을 하면서 무엇 때문에 다른 사람들 돋보이러 연습장에는 따라가서 앉아 있는 거야."

혹여 외모나 다른 사람들보다 돋보이는 점만 중요하게 보는 사람이라면 그녀의 심성의 아름다움을 간과하고 실망한 끝에 그렇게 말할 수도 있기 때문이다.

고통을 호소하는 사람들 중에는 경제적인 문제나 질병 때문에 극도로 어려운 시련에 부딪힌 사람들이 많다. 그러나 실제로 어려운 일에 부딪히지 않았는데 자신이나 가족에게 바라는 바가 능력을 웃돌아서 스스로 괴롭고 다른 사람들도 괴롭게 만드는 경우도 많이 보게 된다.

배우자나 자녀, 아랫사람들의 능력과 바라는 바를 헤아리지 못해 강요와 힐책을 일삼으면 겉으로는 평정을 유지하지만 만남의 즐거움에서 오는 진정한 관계는 사라지는 경우가 드물지 않기 때문이다. 이런 일들이 누적되면 겉으로 드러나지 않더라도 숨은 불화의 그림자가 온 집안을 뒤덮게 된다.

이런 사람들일수록 나름대로 천국으로 가는 길을 찾느라고 여념이 없다. 혹시 외모가 천국으로 나를 인도할까 싶어 성형수술을 해보기도 하고 재산이 나를 천국으로 인도할까 싶어 모든 인간관계를 저버리고 치부에만 골몰해보기도 한다.

인기나 명예가 나를 천국으로 인도할까 싶어 골똘히 남을 밀어붙이며 어떤 자리에 올라가 보려고 애를 쓰기도 하고 만난을 무릅쓰고 뚜렷한 목표가 없는 학위취득에 열을 올리기도 한다. 값비싼 명품들이 천국으로 나를 인도할까 하여 무리를 해서라도 명품들로만 자신을 치장해보기도 한다.

그러나 부처님이 미소를 띠고 나그네에게 들려준 "하는 일이 없거나 하는 일이 즐겁지 않은 사람은 천국으로 갈 수 없다"라는 말은 실로 의미심장하다.

자신이 직접 하는 일이 없으면 놀이도 무의미하다. 여기서 일은 어떤 직장에 소속되는 것을 의미하는 것만은 아니다. 진정한 놀이는 육아든 살림이든 남을 돕는 일이든 의미를 부여한 일을 한 다음에 얻는 휴식이어야 하기 때문이다. 낙원 같은 나라에 이민을 왔지만 골프와 낚시의 즐거움도 한계가 있어 권태와 무료가 견디기 힘들다고 호소하는 사람들도 간혹 있다.

방송에 나왔던 그 사람처럼 작은 일을 즐겁게 하는 사람을 알아보는 사람은 역경에 부딪혀도 견디어나갈 힘이 있다. 다른 사람들이 자신을 어떻게 보는가에 일생을 걸지 않고 스스로의 삶에 자신이 가치부여를 하기 때문이다.

자녀가 출연하는 학예회에 가서 너는 왜 주연을 맡지 못하고 곰이나 여우로 왔다 갔다만 하느냐고 속상해하는 모습을 보이는 것은 누구에게도 도움이 되지 않는다. 오히려 자녀가 그 일을 얼마나 성심성의껏 즐겁게 하는가에 초점을 맞추고 격려해주는 것이 자녀가 살아서 천국을 경험할 수 있는 좋은 기회가 될 수도 있다.

모름지기 결혼을 앞두고 있는 젊은이들은 자신과 상대방을 평가하는 기준을 소유에 두지 말고 지금 하는 일을 얼마나 성실하고 즐겁게 수행하는가에 초점을 맞추는 것이 어떨까.

그것이야말로 부처님이 나그네에게 들려주고 싶었던 이야기의 핵심이 아닐까 싶기 때문이다.

마녀의 선택

이즈음 세상이 상상할 수 없이 빠른 속도로 움직이기 때문에 사람들은 혼란을 겪고 있다. 더구나 가부장적인 사회에서 원하든 원하지 않든 그 역할이 정해져 있었던 여성들이 새로운 삶을 받아들이기가 쉽지만은 않다. 그런 삶에는 자유 못지않게 책임 또한 만만치 않기 때문이다.

그렇다면 여성이 진정으로 원하는 것은 과연 무엇일까?

이 문제에 한 가지 답이 될 만한 옛날 이야기가 있다.

옛날 한 옛날에 젊은 왕 아서는 이웃 왕국에 잡혀 포로가 되었다. 이웃 나라 군주는 아서왕을 죽일 수도 있었지만 그의 젊음과 기개에 마음이 움직였다. 그래서 그는 아주 어려운 문제를 내었다. 일 년 후에 그 답을 알아맞히면 목숨을 살려주고 그렇지 못하면 목숨을 내어놓으라는 것이었다.

그 질문은 "여성이 정말 원하는 것은 무엇인가?"였다.

이것은 세상에서 가장 지혜로운 사람에게도 어려운 문제였으니 하물며 젊은 아서왕에게는 말할 것도 없었다. 아무튼 죽음을 피하기 위해 아서왕은 일 년 후에 그 답을 알아 오겠다고 약속을 했다.

그는 자신의 왕국에 돌아와서 공주에서부터 매춘부, 현자, 승려, 농부 할 것 없이 모든 사람들과 이야기를 나누어보았다. 그들은 나름대로 아름다움이며, 사랑이며, 헌신이며, 보석이며, 파티며 등등의 이야기를 했지만 만족할 만한 답을 주지 못했다.

사람들은 그 답을 알고 있는 사람은 마녀뿐인데 거기 가서 상의해보라고 충고했다. 마녀는 괴상한 대가를 바라는 것으로 유명했기 때문에 꺼림칙했지만 일 년 후 마지막 날이 다가오자 아서왕은 마녀에게 가지 않을 수 없었다.

마녀는 그 질문의 답을 알고 있지만 아서왕의 절친한 친구인 원탁의 기사 가웨인과 결혼시켜주지 않으면 말하지 않겠다고 했다. 젊은 아서왕은 기가 막혔다. 마녀는 곱추인데다가 너무나 지저분했고 이라고는 한 개밖에 없었으며 온몸에서는 개수통 냄새가 났기 때문이었다.

그는 친구에게 이런 마녀와 결혼하라고 강요할 수는 없었다. 이제 그는 자신의 운명적인 죽음을 그대로 받아들일 수밖에 없다고 생각했다.

이런 사실을 알게 된 가웨인은 자신에게는 아서왕의 생명과 원탁을 지키는 것보다 더 중요한 것은 없다고 고집했다.

결혼은 공포되었고 마녀는 아서왕에게 답을 주었다.

"여성이 정말로 원하는 것은 자신의 삶의 주인이 되는 것이다."

모두 다 그 대답이 위대한 진실이라고 환호했고 이웃 나라의 왕은 그의 목숨을 살려주고 완전한 자유를 주었다.

그렇지만 가웨인과 마녀의 결혼이라니!

아서왕은 안도감과 불행감 사이에서 마음이 찢기는 것 같았다.

가웨인은 결혼식장에서 늙은 마녀가 고약하기 짝이 없게 굴었지만 예절 바르고 친절했다. 피로연장에서도 마녀는 손으로 음식을 집어먹고 온갖 무례한 언동을 해서 사람들을 불편하게 만들었지만 가웨인은 정중하게 그녀를 대했다.

마침내 결혼식날 밤이 다가왔다. 가웨인은 끔찍한 밤을 각오했지만 기사의 명예를 걸고 한 약속을 지키러 침실로 들어갔다.

그런데 이게 웬일인가.

세상에서 본 적이 없는 아름다운 여자가 침실에 앉아 있는 것이 아닌가. 가웨인은 너무 놀라 어떻게 된 일이냐고 물었다. 그녀가 대답하기를 그가 자기에게 너무도 친절하여 자기 안에 숨어 있던 아름다운 여자가 밖으로 나타나게 되었다고 말했다.

그러나 아직도 반은 마녀고 반은 아름다운 여자이기 때문에 하루의 반은 마녀로 지낼 수밖에 없다는 것이다.

그녀는 선택의 여지를 주는 질문을 했다.

당신은 낮에 마녀이고 밤에 아름다운 여자인 것을 원하는가?

아니면 낮에는 아름다운 여자이고 밤에 마녀인 것을 원하는가?

이런 잔인한 질문이 어디 있다는 말인가.

가웨인은 생각해보았다.

낮에는 주위 모든 사람들에게 자랑할 만한 아름다운 여자이다가 밤에 둘만 있을 때 추한 마녀가 되는 것이 좋은가.

아니면 낮에는 사람들에게 흉측한 꼴을 보이다가 밤에는 아름다운 여자가 되어 함께 즐거운 시간을 보내는 것이 좋은가.

고귀한 가웨인은 심사숙고한 끝에 자기가 정하는 것보다 그녀가 원하는 대로 스스로 선택하는 것이 좋겠다고 대답했다. 이 말을 듣자 그녀는 너무나 기뻐하면서 그렇다면 자신은 하루 종일 아름다운 여자가 되겠다고 선언했다.

그가 마녀를 존중해서 스스로 삶의 주인이 되도록 선택할 권리를 주었기 때문에 그럴 힘이 생겼다는 것이다.

너무나 흥미 있는 이야기가 아닌가.

바벨탑의 부부

옛날 인도에서 목화상인 네 명이 동업을 하게 되었다.

그런데 목화 창고에 쥐가 들끓자 네 사람이 돈을 모아 고양이 한 마리를 샀다. 그러고는 각자가 고양이 다리를 하나씩 맡아 그 임자가 되었다.

그러던 어느 날 고양이가 뒷다리를 다쳐 붕대를 감게 되었다. 고양이는 붕대를 감은 채 난롯가에서 놀다 붕대에 불이 붙었다. 뜨거움을 견디다 못한 고양이는 목화더미에 가서 뒹굴었고 창고에 쌓아둔 목화는 불에 타 못쓰게 되었다.

세 상인은 격분해서 붕대 감은 다리의 주인을 고소했다. 불낸 다리의 주인이 세 상인에게 변상해주어야 한다는 것이었다.

재판관은 어려운 일이 닥쳤을 때 힘을 합해 불행을 극복할 생각을 하지 않고 동업자에게 죄를 떠넘기는 태도가 마땅치 않았다.

곰곰이 생각하던 재판관은 마침내 다음과 같은 판결을 내렸다. 세 상인이 붕대 감은 다리의 주인에게 피해를 변상해주라는 판결이었다. 아연실색한 세 상인에게 재판관은 판결 이유를 설명했다.

붕대 감은 다리는 움직일 능력이 없는데 다른 세 다리가 목화더미로 끌고 갔기 때문에 책임은 바로 그 나머지 세 다리에 있다는 것이다.

흥미 있는 판결이 아닌가.

판사는 세 상인과 정반대의 관점에서 사건을 바라본 것이다.

우리도 어떤 때 붕대 감은 다리를 정죄하듯 배우자의 취약점이 모든 불행의 원인이라고 몰아붙이고 있는지 모른다. 하지만 배우자의 취약점을 그 지점까지 몰고 간 데는 세 다리처럼 복합적인 다른 요인이 가세했을 가능성도 적지 않다.

아마 이런 이유 때문에 부부간의 갈등이 생길 때 누가 가해자이고 누가 피해자인가 하는 것을 가려내는 일이 그토록 어려운 작업인 것 같다.

상대방은 가해자이고 자신은 피해자라고 보는 단순논리가 큰 불화의 기폭제가 되는 경우도 드물지 않다.

출장 갔다 돌아온 남편에게 "그동안 너무 편했다"라고 한 아내의 말이 도화선이 되어 관계가 악화된 부부가 있다. 물론 그 도화선 끝에는 두 사람 사이에 누적된 앙금 같은 다이너마이트가 달려 있었을 것이다.

어쨌든 남편은 그 말을 듣고 격분했다.

"내가 없는 게 너무 편하다니, 그럼 나는 힘들게 돈이나 벌어주고 집에 오지도 말란 말이야?"

"그냥 잘 지냈다는 이야긴데 왜 이렇게 화를 내요? 왜 그렇게 마음이 꼬인 거야?"

이제 구약성경 속의 바벨탑을 쌓던 사람들처럼 격분한 부부 사이에 의사불통이 일어나기 시작한 것이다.

"워째 이제 온다냐, 이 썩을 놈아."

"하이고, 이 문딩이 좀 보소."

이런 말이 대단한 친근감의 표현일 수도 있다.

"정말 간절히 뵙고 싶었습니다."

"부장님은 제가 처음 뵙는 훌륭한 분이시네요."

이런 반듯한 말이 오히려 내용 없는 사교적인 언사인 경우도 많다. 가장 가까워야 할 부부가 이 지경으로 사교적이 되어버리면 출장에서 돌아오는 남편을 맞는 현관에서 이런 대화가 오갈지도 모른다.

"이 더운 날 며칠씩 출장 다녀오느라고 얼마나 피곤하세요. 당신을 정말 사랑하며 당신의 노고를 진심으로 치하합니다."

"아니야, 당신이야말로 이 더운 날 살림하고 아이 기르느라고 얼마나 힘들었소. 당신은 진실로 내가 처음 보는 현모양처요."

이런 대사가 나오는 드라마는 아무도 보고 싶어 하지 않는다. 너무 썰렁하기 때문이다.

불화한 부부는 오래된 영화의 제목처럼 '만날 때는 언제나 타인'이 되기 쉽다. 바벨탑의 사람들처럼 서로 불통하는 언어로 말을 걸며 의사소통이 안 되는 것은 다 상대방의 탓이라고 몰아붙이는 경향이 있기 때문이다. 늘상 만나는 사람과 '만날 때는 언제나 타인'이어서야 누구한테도 도움이 되지 않는다.

상대방이 못 알아듣는 언어를 쓰고 있다고 비난하지 말고 그 말을 잘 들어보는 것도 의사소통에 도움이 된다. 어린 아기들이 울어도, 옹알이를 해도, 그저 소리를 빽빽 지르기만 해도 엄마들은 나름대로 그 의사를 다 알아듣지 않는가. 그 의사를 알아듣고자 하는 배려와 사랑이 밑바탕에 깔려 있기 때문이다.

어느 소아과 의사가 하는 이야기처럼 아기들이 괜히 보채는 경우는 없다. 자기가 원하는 바가 이루어지지 않아서 애타게 나름대로 전달하려고 노력하고 있는데 우리가 그 의도를 이해하지 못할 때 괜히 그런다고 생각한다는 것이다.

그래서 아기를 기르는 수칙 중에 이유 없이 아기가 이렇게 할 때, 저렇게 할 때 병원을 찾으라는 내용이 있다. 일반 사람들의 눈에는 그 이유가 보이지 않지만 전문가가 보면 반드시 어딘가 불편한 곳이 있기 때문에 그렇다는 것이다.

모든 문제의 원인이 상대방에게 있다고 몰아붙이는 목화상인들처럼 배우자를 대하면 바벨탑의 붕괴는 시간 문제인 것이다.

결혼이 앉을 자리

한 남자가 동료에게 하소연을 했다.

"우리 마누라 때문에 미치겠어. 정말……."

"왜 그러는데?"

"맨날 돈을 달래요. 돈을……."

"아니, 그 돈을 다 어디다 쓰는 건데?"

"모르지. 쥐본 적이 없으니까……."

유사한 이야기가 부부간의 다른 대화에도 해당될 수 있다.

"맨날 이해해달래서 미치겠어."

"뭘 이해해달라는데?"

"모르지. 물어본 적이 없으니까……."

부부가 이런 상태에 이르면 인생은 너무나 힘들어진다.

우리가 염두에 두어야 할 것은 목마르지 않은 사람이 물을 청하지는 않는다는 점이다.

동냥은 주지 못할망정 쪽박은 깨지 말라는 옛말이 있다. 청하는 것을 주지는 못해도 그 마음을 무찌르지는 말라는 이야기이다.

원하는 걸 주지도 않으면서 비난만 일삼으면 부부 사이에 시베리아의 찬바람이 불게 된다.

서로 이해하지 못하면서 주고받는 비난에 지치면 우리는 인생이란 여행길에서 더 걸어갈 힘을 잃게 된다. 여행길에 나선 사람들은 힘든 방황에 지치고 피곤할 때 잠시 나무 그늘이나 아늑한 자리에 앉아 휴식을 취하고 다시 기운을 얻어 먼길을 떠난다.

남편과 아내가 삶의 여행길에서 서로 의견이 다르고 원하는 바가 다를 때, 손을 내밀면 닿을 만한 거리에 마주 앉아보는 것이 좋다.

두 사람이 합의에 이르기 어려울 정도로 갈등이 증폭되어 있을 때는 한 사람을 더 동석시킬 자리가 필요하다. 바로 '결혼'이라는 의인화된 사람이 앉을 자리다. 세 사람의 자리가 삼각형이 되도록 앉으면 이제 이야기를 나눌 준비는 마친 셈이다.

내가 원하는 바를 말하고 배우자가 원하는 것을 들은 다음에 '결혼'이 원하는 바는 과연 무엇인지 부부가 함께 물어볼 수 있다.

아마 '결혼'이라는 '사람'은 그 오랜 시간 동안 온갖 과정을 거쳐 차지한 자리를 내어놓고 소멸되어 사라지고 싶지는 않을 것이다.

부부가 진심으로 물어보면 '결혼'은 의외로 순순히 그 대답을 해준다.

'결혼'이 원하는 바는 화해와 용서일 수도 있고 이해와 대화일 수도 있다. 어떤 때는 절약과 관용일 수도 있다.

아마 '결혼'이 진정으로 원하는 바는 조건 없이 마음을 내어주는 사랑일 것이다.

서로 이런 사랑을 하게 되어 좋아하게 되면 배우자를 보는 것이 즐겁고 기쁘다.

우리가 쉽게 보여주는 기쁨의 표시는 활짝 웃는 것이다.

불화한 관계에 들어간 부부는 서로 바라볼 때 웃지 않는다. 혹 웃더라도 냉소나 실소에 가깝다.

"그래, 당신이 그렇게 이해심이 많다구?"

"말 하나는 비단결같이 잘하네."

이럴 때 입가에 매달리는 미소는 냉소로 가득 차게 마련이다.

이런 웃음은 오히려 상대방에게 불행하고 절망적인 느낌만 더해준다.

기쁨은 살아 있는 것이 참으로 즐겁고 의미 있다는 느낌이라고 볼 수 있다. 엄마는 웃는 아기를 볼 때 기쁘고 아기는 자기를 꼭 안아주는 엄마를 느낄 때 기쁘다. 실상 이런저런 사소한 삶의 기쁨은 눈을 크게 뜨고 보면 일상생활의 주변에 얼마든지 놓여 있다.

생활에서 기쁨이 사라지기 시작하면 결혼은 사막처럼 메마르고 삭막해지게 마련이다. 이럴 때 웃는 얼굴은 사막의 오아시스가 될 수 있다.

배우자가 웃지 않으면 내가 먼저 웃어주는 것도 좋다. 나는 아무런 노력도 하지 않고 모든 문제의 탓을 배우자에게 떠맡기면 결혼의 기쁨은 어느덧 사라지고 결혼의 슬픔만 내 곁에 남게 될지도 모르기 때문이다.

부부가 된다는 것은 모든 측면을 서로에게 드러내지 않을 수 없을 만큼 가까운 사이가 된다는 것을 의미한다.

그런데 마음을 주고받는 창문에 먼지가 쌓여 앞이 보이지 않으면 부부는 안개가 내리듯 고독한 관계로 접어든다. 가끔 사람을 불러 고층 아파트의 창만 닦을 것이 아니라 서로 시간을 내어 두 사람 사이의 창에 쌓인 먼지를 닦는 작업을 해야 한다. 이렇게 하기 위해서는 '결혼'이라는 의인화된 실체를 두 사람과 함께 앉게 할 필요가 있다.

서로 창문을 닦고 결혼을 바라보기 시작하면 우리가 오래 잃어버리고 있던 결혼의 기쁨을 어렵사리 되찾을 수 있을지도 모르니까.

좋은 결혼 있으면 소개시켜줘

결혼생활의 불화에 심각하게 부딪힌 사람들은 한탄처럼 부르짖는다.

"도대체 이러고 살려면 뭐하러 삽니까. 이건 사는 것도 아니에요. 하루하루가 지옥 같아요."

그렇기도 할 것이다. 전쟁에서 아무리 백병전이 일어나더라도 적군과 아군은 일단 일정한 거리를 유지하게 마련인데 이건 한집에서 적군과 대치하고 있는 상태니 말이다. 이렇게 되면 언제 복병이 쏟아져 나올지 모르는 베트남의 늪지대를 헤매고 있는 것과도 같다. 불화가 깊어지면 잘해보려고 하는 모든 일들까지도 화근이 되기 일쑤기 때문이다.

일전에 그런대로 심각한 문제 없이 살아가고 있는 중년 여성들과 '결혼 세미나'의 제목을 논의한 적이 있었다.

한 사람이 '결혼의 환상과 현실'은 어떠냐고 제안했다.

그러자 다른 사람이 말했다.

"환상은 무슨 얼어 죽을 환상이에요? 결혼한 여자들은 그런 거 버린

지 옛날이에요. 미혼자라면 혹시 속아 넘어갈지 모르지만……"

다른 사람이 말했다.

"결혼은 축복인가, 재앙인가, 이거 어때요?"

이건 거의 재난 영화의 제목감이었다. 그러자 다른 사람이 말했다.

"아이구, 축복 좋아하네요. 그런 건 주례사에나 나오는 말이에요."

그러자 다른 사람이 말했다.

"그럼 이건 어때요. 결혼은 재난인가, 재앙인가?"

사람들 사이에 폭소가 터졌다. 이런 이야기를 하면서 즐거워하는 사람들은 결혼생활에서 오는 중압감을 유머러스하게 과장하면서 스트레스 해소를 하고 있는 중이라고 볼 수 있다.

사람들이 폭소와 박수를 터뜨렸던 제안은 '좋은 결혼 있으면 소개시켜줘'였다. 〈좋은 사람 있으면 소개시켜줘〉라는 로맨틱 코미디 영화 제목을 패러디한 셈이다.

모두들 너무나 실감 나는 제목이라고 이구동성으로 말했다. 도대체 이즈음에 좋은 결혼은 어디에 있는지 좀 소개받고 싶다는 것이었다.

문학작품에 나타난 결혼을 예로 들어보면 이 문제를 좀 더 쉽게 이해할 수 있을지 모른다.

《바람과 함께 사라지다》의 여주인공 스칼렛은 선량한 여자도 아니고 남을 배려하지도 않으며 자신이 원하는 것을 손에 넣기 위해서는 물불을 가리지 않는 성격이다. 그런데 전혀 그 시대에 맞지 않는 이런 불같은 기질을 가진 여주인공이 사람들의 마음을 들끓도록 매혹시켰던 것이다. 아마도 가장 중요한 이유는 위선적인 삶보다 그렇게 솔직하게 살고 싶다는 원망의 일부분이 우리 마음속에 남아 있기 때문일 것이다.

스칼렛은 남편들의 애정과 헌신을 감사하게 생각하지 않고 손에 들어온 기득권 정도로 생각하며 잔인할 정도로 짓밟았던 것이다. 흥미 있는 사실은 세 번째 결혼은 정말 좋은 결혼이 될 만한 부분을 갖추고 있었는데 그녀의 눈에는 그것이 보이지 않았다는 점이다. 그 사실을 깨달은 순간에 그 모든 부분이 물거품처럼 사라져버리고 만 것이다.

이런 이야기가 있다.

파리 세느 강변에 앞 못 보는 걸인이 있었는데 수입이 신통치 않았다. 어느 봄날, 그 앞을 지나가던 사람이 별로 돈이 놓여 있지 않은 통을 보고 물었다.

"내가 이 앞에 한마디 써 붙여놓아도 괜찮겠습니까?"

"무슨 이야기를요?"

"당신에게 도움을 줄 수 있는 이야기인데요."

그거야 뭐 손해 볼 일도 아니라고 생각한 걸인이 그렇게 하라고 하자 그 사람은 무엇인가 써서 그 앞에 놓아주고 떠났다.

그런데 그 후 한 주일 동안 수입이 다섯 배나 늘었다. 걸인은 그 남자가 다시 오자 궁금해하면서 물었다.

"대체 여기다 뭐라고 써놓으셨습니까?"

그 사람은 이렇게 써놓았다고 대답했다.

"나는 봄이 와도 볼 수가 없습니다."

아마 사람들은 아름다운 봄이 와도 연녹색의 잎이며 아름다운 꽃이며 반짝거리는 세느 강을 보지 못하는 사람에 대해 가엾은 마음이 움직여 더 적선을 했는지도 모른다.

그 걸인이 따뜻한 봄이 찾아온 것을 온몸으로 느끼고 있지만 시력으로는 보지 못하는 것처럼 우리도 좋은 결혼이 이미 내게 와 있는데 보지 못하고 있는 것은 아닐까?

누가 알겠는가.

우리도 자기 결혼이 소개해줄 만한 좋은 결혼인데도 앞 못 보는 걸인 처럼 그것을 알아보지 못하고 있는지…….

사랑과 결혼

사람들은 누구나 다 출구가 열려 있는 곳에 살기를 원한다. 나가든 나가지 않든 밖에서 잠긴 문 안에 갇혀 있다는 것은 인간이 경험할 수 있는 최악의 상태이다.

자물쇠로 잠긴 철창 안에 중한 죄를 지은 사람을 가두는 것은 그것이 사람에 대한 가장 중한 처벌이라고 생각하기 때문이다.

결혼을 철창 안에 갇히는 삶이라고 보는 젊은이들도 이즈음에 드물지 않다. 그렇게 생각하는 한 그런 결심을 자발적으로 하기는 어렵다.

실상 엄밀하게 말해서 이성 간의 사랑의 속성은 스스로 그 사랑 안에 자기를 가두고자 하는 마음이다.

사랑의 정점에 이르렀을 때는 둘이 만든 감옥에 함께 들어가 세상과 문을 닫고 싶어진다. 가벼운 트렌디 드라마에 나오는 사랑이 고전적인 명작에 나오는 사랑처럼 우리 가슴을 치고 지나가지 못하는 이유가 이해관계를 따지는 사랑은 사랑의 정점에 이르렀다고 보기 어렵기 때문이다.

낭만적인 사랑에 빠진 사람은 죽음도 두려워하지 않는다.

유명한 오페라의 주인공 '아이다'는 스스로 자유와 생명을 포기하고 무덤 안으로 들어가 사랑하는 사람인 라다메스 장군과 함께 죽음을 선택한다. 그녀의 연적이었던 암네리스 공주는 살아남지만 절망에 빠진다.

오페라를 보는 사람들은 사랑하는 사람과 함께 죽는 아이다보다 사랑을 잃고 살아남은 암네리스 공주가 더 행복하다고 생각하지 않는다. 사랑의 정점을 이루는 두 사람의 노래가 우리 마음속에 깊이 가두어두었던 사랑의 갈구를 끌어내기 때문이다.

사람들은 나름대로 누구나 행복한 사랑을 꿈꾼다.

행복한 사랑을 꿈꾸는 마음은 추운 겨울에 난롯가의 온기를 그리는 심정과 유사하다.

사랑과 일과 놀이, 이 세 가지 요소는 인생의 행복도에 가장 크게 기여하는 부분이다. 현대사회에서 우리들은 일과 놀이에서도 어려움을 겪지만, 사랑을 하고 사랑을 받는 일에 가장 큰 어려움을 겪는 것 같다.

사랑하고 사랑받는 능력은 난롯불 쬐기와 유사한 점이 있다. 특히 결혼에서 경험하는 관계가 그렇다고 볼 수 있다. 함께 있는 사람에게서 따뜻한 온기를 느낄 수 있는 적정 거리가 있기 때문이다. 난롯불에 너무 가까이 가면 데일 우려가 있고, 너무 멀리 있으면 춥다.

의처증이나 의부증 증세로 스스로를 괴롭히는 사람들은 난롯불에 너무 가까이 다가가는 사람들이라고 해석할 수 있다. 배우자와 완전한 심정적 일치가 이루어지지 않으면 도저히 마음의 평화가 오지 않는 것이다.

그와 반대로 배우자에게 온기를 느낄 수 있을 만큼 다가서지 않는 부부들이 있다. 외로움의 원인은 냉담한 배우자에게 있다고 주장하면서 자신이 한 걸음 더 난로로 다가서려는 생각은 하지 않는 것이다.

이즈음 결혼 파탄이 많이 일어나고 있는데, 이런 상황을 보면서 젊은 사람들의 결혼 기피 또한 만만치 않게 늘어나고 있다. 행복해지는 데 필요하다고 옛사람들이 믿었던 가족이며 자녀의 울타리가 현대사회에서는 필요악의 역할조차도 못하는 존재로 전락하고 있다.

가족이라는 울타리가 외부의 환란에서 나를 막아주기보다 오히려 내가 성장하는 데 장애가 된다고 느끼는 젊은이들이 늘어나기 시작한 것이다.

문제는 우리가 결혼하지 않는다면 자유로운 이성 관계에서 깊이 배려하는 사랑을 얻을 수 있는가 하는 점이다.

안데르센의 인어공주가 왕자를 만나기 위해 인간이 되고자 했을 때 마녀는 그 대가로 목소리를 빼앗고, 걸을 때마다 두 다리가 찌르는 듯한 아픔을 느끼도록 만들어준다. 우리가 간절히 원하는 것이 있으면 신화나 동화의 이야기처럼 무엇인가 제물을 바쳐야 하는 경우가 많다.

과연 결혼의 제단 앞에 내가 서야만 하는가? 선다면 내 삶의 어느 부분까지 제물로 바쳐야 하는가? 이런 질문이 결혼을 앞둔 요즘 젊은이들의 화두가 아닌가 싶다.

황혼의 화해

여보

얼마나 훌륭한 새벽이오.

우리는 몇억만 년을 두고 우리의 생활에서 너무나 오래오래 잊어버리었
다 하는

그 푸른 하늘을 찾으러 가지 않으렵니까?

신석정의 시의 한 구절이다.

이즈음 세칭 황혼이혼이 늘어나고 있다고 한다.

하루의 시작이나 마무리도 우리 인생과 거의 비슷한 단계를 밟는다.

새벽에 해가 뜨면 희망을 지니고 인생을 시작해서 황혼이 질 무렵이
되면 주섬주섬 삶을 정리하고 어두운 밤 속으로 들어갈 준비를 시작하
는 게 노년기의 준비 단계라고 볼 수 있다.

서글픈 황혼과 결별을 상징하는 이혼이라는 단어를 합해 만든 황혼

이혼이라는 말은 삶과 인간관계에 대한 허무감을 느끼게 한다.

무엇이 인생을 마무리해야 할 단계에 있는 사람들이 헤어질 결심을 하도록 했을까.

사연이야 모두 다르겠지만 지금과 다른 삶을 시작해보고 싶다는 열망이 대부분 그 주조를 이루고 있다. 결혼의 부당함을 견디다 못한 여성의 이혼 청구가 더 많다는 점도 시사하는 바가 크다.

한때 남편이나 아버지의 자리를 잃어버린 중년 남자가 불치병으로 죽어가면서 몰이해의 늪을 건너는 모습을 보여주었던 《아버지》라는 작품이 폭발적인 베스트셀러가 되었던 적이 있다.

아마 억압받는 아내, 차별받는 여성들의 입장에 저항과 분노를 표시한 여성 작가들의 글이 대부분 베스트셀러의 자리를 차지했던 데 대한 반작용이었는지도 모른다.

현대사회에서 우리가 앓고 있는 '행복해지지 못하는 불치병'의 근원은 남편의 잘못이나 아내의 잘못에만 그 뿌리를 두고 있는 것은 아니다.

결혼의 현실에 대해 아내가 받는 처우가 부당하다는 여성들의 항의가 거세지만 실제로 남성들의 삶도 나이 들어가면서 초라한 양상을 띠게 된 것이 자본주의 사회의 특징이다.

자기 자신을 팔아서 살아가며 힘겨운 생존경쟁의 시장에서 투쟁을 벌여나가야 하는 우리들 삶의 양상 자체가 우리에게 '행복해지지 못하는 병'을 선사하고 있는지도 모른다.

위엄도 권력도 갖추지 못하고 초라해져가는 아버지와 남편의 위상을 극명하게 그려낸 작품이 있다.

아서 밀러의 희곡 〈세일즈맨의 죽음〉이다. 작가는 모든 것을 걸고 살아온 인생의 꿈이 좌절되는 한 시민의 이야기를 선명하게 묘사하고 있다.

월리 로먼은 63세의 나이 든 세일즈맨이다. 그는 본래 목가적인 전원 생활을 꿈꾸는 평범한 사람이었지만 크게 성공해보겠다는 꿈을 안고 젊어서부터 세일즈의 길에 들어선다. 그는 노력하면 성공할 수 있다는 아메리칸 드림의 꿈을 믿고 사람들로부터 호감을 얻고 열심히, 또 꾸준히 일하기만 하면 언젠가는 성공하리라고 믿어왔다.

그의 곁에는 가정적인 좋은 아내 린다가 삶의 동반자로 자리 잡고 있고 월부로 산 집도 한 채 있다. 빚을 다 갚으면 집은 자기 것이 될 것이다. 게다가 그에게는 미래의 희망을 걸기에 충분한 두 아들까지 있다. 젊은 시절 그의 가정은 언제나 밝은 웃음이 넘쳤다. 자신의 미래와 아들의 미래에 대한 꿈이 있었기 때문이다.

그러나 로먼의 이런 꿈은 급격히 밀려오는 변화와 함께 점점 무너져 내린다. 나이가 들어가면서 아무리 노력해도 세일즈맨으로서의 실적에 따른 수입은 점점 줄어들기만 한다. 게다가 30년 이상 근무해온 회사로부터 뚜렷한 사유도 없이 갑작스러운 해고를 당한다. 희망을 품었던 자식들도 부모의 뜻을 이루지 못하고 다른 길로 가는 데 대해 그는 인생의 배반감을 느낀다.

월리 로먼은 항상 샘플이 가득 든 무거운 가방을 양손에 들고 집으로 돌아오는 사람으로 등장한다. 그의 지친 어깨에는 생활의 피로가 서려 있다.

그 가방에 무엇이 들어 있는지는 분명히 언급되지 않는다. 그 품목을 일일이 드러내지 않는 것은 월리가 파는 것이 특정한 어떤 상품이 아니라 바로 자기 자신이었음을 상징한다고 볼 수 있다.

월리처럼 현대의 남성들도 자신의 일부를 조금씩 떼어서 팔다가 결국 사라져가는 셈이다.

이제 돌이킬 수 없이 늙어버린 육체를 바라보는 절망감, 무너져버린 기대에 대한 슬픔과 쉬지 않고 걸어온 삶의 피로, 끝나가지만 이루어놓은 것이 없는 인생에 대한 회한…… 그의 혼란스러운 머릿속에서는 좋았던 시절인 과거의 환영과 현재의 비참한 생활이 마구 뒤엉키며 그를 절망 속으로 밀어넣는다.

결국 그는 한밤중에 차를 전속력으로 몰고 나가 사고로 목숨을 잃는다. 그의 죽음으로 인해 받은 보험금은 집의 마지막 월부금을 내는 데 쓰인다. 그토록 원했던 집도 이제 우리 것이 되었지만 이 집에는 아무도 살 사람이 없다고 아내 린다는 목이 메어 운다.

황혼이혼을 황혼의 화해로 바꾸기 위해 필요한 것은 그녀가 보여주는 것처럼 삶의 길을 함께 걸어온 지친 사람에 대한 연민이 아닐까.

린다가 둘째 아들에게 하는 말이 우리 가슴을 뭉클하게 한다.

"아버지를 위대한 사람이라고는 할 수 없지. 윌리 로먼은 큰돈을 번 적도 없고, 신문에 이름이 난 적도 없으니까. 하지만 그 사람은 인간이야. 그러니 우리가 아껴드려야 해. 늙은 개처럼 길가에 쓰러져 죽게 할 수는 없단다."

세 번의 결혼

우리가 한 사람을 잘 알게 되기까지 얼마나 시간이 걸릴까?

과연 첫눈에 반한다는 일이 누구에게나 일어날 수 있는 일일까?

소설이나 영화를 보면 이런 일이 자주 일어난다. 만난 지 얼마 되지 않지만 당신을 아주 잘 알고 있는 것 같은 느낌이 든다는 이야기는 지루한 일상적인 삶에 잠겨 있는 우리를 더없이 매료시킨다. 맞선을 보러 나갈 때 '혹시나'와 '역시나'를 수없이 되풀이하면서도 우리가 버리지 않는 꿈은 바로 이런 기적 같은 일을 바라는 점일 것이다.

그와 반대로 몇십 년을 함께 살았지만 배우자의 속을 모르겠다고 말하는 사람도 있다. 첫눈에 반하는 사랑도, 몇십 년에 이르는 무지도 행복한 결혼을 유지하기에 걸림돌이 될 수 있다. 지속적인 사랑이 있는 결혼을 유지하기 위해 몇 가지 필요한 점이 있다.

우선 배우자의 심리적인 특성을 확실하게 알고 있어야 한다는 점이다. 그리고 더 중요한 것은 상대방의 그 특성을 싫어하기보다 좋아해야 한다는 점이다. 나이 든 사람들이 젊은 사람들의 불붙는 사랑에 우려를 보이는 이유 중의 하나는 상대방의 특성을 잘 알지 못하고 용모나 직업의 후광에 둘러싸인 부분만 보며 거기에 맹목적으로 빠져 있다고 보여서인 경우가 많다.

《바람과 함께 사라지다》의 여주인공 스칼렛의 결혼과 사랑은 우리에게 시사해주는 바가 크다.

스칼렛 오하라의 첫 번째 남편인 찰스는 순진무구하고 귀여운 여자로만 스칼렛을 보며 그녀의 내면에 숨어 있는 삶의 활기와 도전을 전혀 파악하지 못한다. 프러포즈를 받아들인 이유가 애슐리의 거절에 대한 복수 때문인 것을 모르는 그는 첫날밤에 자기를 거부하는 스칼렛의 태도를 숙녀다운 수줍음 때문이라고 생각한다. 착하고 사람을 잘 믿는 그의 특질을 스칼렛은 전혀 좋아하지 않았다.

두 번째 남편인 프랭크는 농장 타라를 구할 돈을 마련하기 위해 접근하는 스칼렛을 예쁘고 헌신적인 여자로만 받아들인다. 그러나 돈에 집착하는 아내를 전혀 이해하지 못하고 전전긍긍하며 불행한 삶을 살아가다가 파멸에 이른다.

스칼렛은 찰스나 프랭크의 특질을 잘 파악하고 있었고 전혀 그 점을 좋아하지 않으면서도 자신의 삶에 이용하는 도구로 삼았던 것이다.

그녀의 마음은 애슐리에게만 머물러 있었다. 그러나 그녀는 실상 애슐리의 어떤 측면을 전혀 모르고 있었다. 애슐리와 멜라니가 서로를 잘 알고 있고 그 특질을 서로 좋아한다는 생각은 그녀의 염두에도 없기 때문에 왜 그 허약한 멜라니를 좋아하고, 매력 있고 생기가 넘치는 자기를 거부하는지 도저히 이해하지 못하는 것이다.

그녀의 곁에 그림자처럼 보호자로 남아 있었던 레트 버틀러는 항상 그녀를 제대로 알고 있는 사람은 자기뿐이며 그 이기적이고 탐욕스럽고 불같은 성격을 알고도 좋아하는 사람도 자기뿐이라고 이야기한다.

전쟁과 빈곤을 겪으며 스칼렛이 자신을 보호하기 위해 성격이 바뀌어 돈과 일에 집착하게 되었다고 보기는 좀 어렵다. 셰익스피어가 갈파한 것처럼 운명의 수레바퀴가 내 마음까지 다 지배할 수는 없기 때문이다.

어려운 상황도 본질적인 우리 자신을 완전히 바꾸어놓는 것은 아니다. 역설적으로 오히려 어려운 상황이 우리 본질을 더 극명하게 드러내는 데 기여한다고 볼 수도 있다. 불행한 결혼은 창고 속에 숨어 있던 자신의 어두운 부분을 사정없이 드러나게 하는 배우자를 만나는 결혼이다. 아마 행복한 결혼은 창고 속에 숨어 있던 밝은 부분을 드러나게 해주는 배우자를 만나는 결혼일 것이다.

스칼렛의 마음은 애슐리에게 향하는 소녀 같은 첫사랑으로 가득 차 있지만 그 사랑은 실체가 없는 환상이라는 것을 레트는 냉정하게 간파하고 있다. 애슐리는 스칼렛의 특성을 잘 알고 있기는 했지만 그 기질을 좋아하기보다는 두려워했다.

애슐리의 아내인 멜라니가 죽자 비로소 스칼렛은 자기를 잘 알고도 사랑해준 사람은 레트밖에 없다고 생각하며 그에 대한 사랑을 깨닫지만 이미 때는 늦었다. 그녀의 냉담함 때문에 받은 상처는 오랜 시간 긴 그림자를 드리워 레트가 그녀의 기질을 더 이상 좋아할 수 없게 만들어버렸던 것이다.

안개 낀 정원으로 걸어 나가는 레트는 울며 매달리는 스칼렛에게 냉정한 작별인사를 던지며 당신이 어떻게 되든 전혀 관심이 없다고 말한다.

나를 잘 알고 있다는 생각은 드는데 그 사람을 사랑하는지 확실하지 않은 경우가 있다. 레트에 대한 그녀의 감정이 그렇다.

나를 좋아한다고 덤비지만 나를 잘 알고 있는 것 같지는 않다는 생각이 들 때도 있다.

찰스에 대한 그녀의 감정이 그렇다.

이런 경우 우리는 결혼을 결심하기가 상당히 어려워진다.

결혼한 후에 갈등이 두 사람 사이에 그늘을 드리우기 시작할 때도 마찬가지이다. 대체 이 사람은 내가 누구인지 알고 있기는 한 것인가 하는 의문이 들 때 문제가 시작되는 것이다.

나를 잘 알고 변함없이 좋아해주는 사람, 그 사람을 잘 알면서도 내가 그 특질을 변함없이 사랑할 수 있는 사람, 그런 사람은 내 주위에 없는 것일까. 혹시 레트의 진심을 알면서도 태연히 무시해버렸던 스칼렛처럼 우리도 바로 주위에 귀한 사랑을 두고도 깨닫지 못하고 있는 것은 아닐까.

우리가 꿈꾸는 행복한 이혼은 없다

'과연 이 결혼을 지속해야 하는 것일까.'

결혼한 사람들이 살아가면서 적어도 한 번쯤 던져보는 질문일 것이다.

이제 사람들은 불행한 결혼을 어쩔 수 없는 운명이라고 받아들이지 않고 그 틀을 깨뜨리고 나가 새로운 삶을 시작할 수 있다고 생각하기 시작했다.

아마 이혼을 고려하는 사람들을 가장 먼저 가로막는 문제가 자녀에 대한 죄책감일 것이다. 이혼한 후에 자녀들이 살아가면서 받게 될 고통과 불이익이 클 것이라고 생각하지 않는 사람은 없기 때문이다.

《우리가 꿈꾸는 행복한 이혼은 없다》라는 책은 그 제목이 아주 적절한 것 같지는 않다. 내가 만난 불행한 부부들 중에 행복한 이혼을 꿈꾸는 사람들은 거의 없었다. 결혼의 불행이 너무 커서 이혼이라는 다른 불행이 오더라도 그 상태를 감수하겠다는 경우가 대부분이었다. 마치 불이 난 고층건물에서 생존의 가능성이 전혀 없는데도 불구하고 뛰어

내리는 태도와 비슷하다.

많은 부부들이 이혼을 결심할 때 비참한 결혼생활을 영위하는 것보다는 헤어지는 것이 자녀에게도 더 낫다는 학설들을 새삼 믿고 의지하고 싶어 한다.

이 책은 그런 의미에서 자녀가 겪을 문제에 대해 낙관적으로 치우쳐 있는 정보의 균형을 바로잡아주는 역할을 충실하게 수행한다.

월러스타인과 블레이크슬리, 그리고 루이스가 이혼 가정의 자녀들 131명 중 다섯 명을 25년간 추적한 연구 결과를 저술한 이 책은 우리에게 새삼스러운 충격을 안겨준다. 이혼의 문제에서 파생되는 자녀의 문제를 애써 최소화하려는 측면에 날카롭게 메스를 들이대고 해부하고 있기 때문이다.

저자는 자신이 이혼을 반대하는 사람은 아니라고 서문에서 밝히고 있다. 그러나 저자는 이 책에서 이혼이라는 소용돌이의 한쪽 구석에서 어두운 그늘에 가려진 자녀의 문제를 가감 없는 목소리를 통해서 생생하게 우리에게 들려주고 있다.

이혼 후 자녀의 영혼과 육신이 겪어나가는 문제가 결코 일회성이 아니라며 이혼 과정만 지나가면 새 삶에 저절로 적응이 되리라고 믿는 것은 안이한 생각이라고 저자는 주장한다.

스스로 부모를 돌보아야 한다고 생각했던 어린 카렌, 구타하는 아버지와 이혼한 어머니를 용서할 수 없었던 래리, 네 살 때 이혼한 부모 때문에 보살핌을 박탈당하고 불안했던 파울라, 자신 때문에 부모가 이혼했다는 죄책감에 시달리던 빌리, 마음의 상처를 숨겨왔지만 왜곡된 결혼관을 지니게 된 리사…… 이들은 모두 성인이 된 후에도 어떤 측면에서 부적응증을 겪고 있었다.

이들의 공통점은 부모가 이혼한 이유를 사실상 이해하기 어려워한다는 점이다. 그렇기 때문에 부모를 잃었다는 상실감과 죄책감, 버림받았다는 소외감에 시달리며 치유하기 어려운 상처를 입었다.

만약 부모 대신에 자녀가 이혼 결정에 대한 투표권을 가진다면 거의 모든 자녀는 부모가 결혼생활을 계속하는 데 찬성할 것이라는 저자의 이야기는 시사하는 바가 크다.

자녀들에게 이혼의 충격은 시간이 지날수록 커지고 성인이 되어 진정한 사랑과 성적인 관계를 찾아 나설 때 가장 잔인하게 그들을 공격한다고 저자는 보고 있다.

이 책이 가뜩이나 힘겨운 짐을 지고 가는 이혼 부모나 자녀에게 지나치게 부정적인 예측과 좌절을 안겨줄 수도 있다. 그러나 어떤 일을 과거에 겪은 사람은 반드시 미래에 이렇게 되리라는 것이 오븐에 굽는 요리과정처럼 명백하고 단순한 것은 아니다.

저자도 이런 점에 비중을 두고 다행히 이혼한 가정의 자녀들이 20대 후반에서 30대에 이르면서 상실과 배신에 대한 두려움을 극복하는 경우가 많았다고 밝히고 있다.

이혼이 자녀에 미치는 영향을 추적한 이 책은 이혼이라는 최종 결정을 내리기 전에 충분히 자녀의 문제를 고려해야 한다고 역설한다. 결혼이 당사자끼리만의 문제가 아닌 것처럼 이혼도 개인적인 사안에 그치는 것은 아니기 때문이다.

그러나 개인의 인권과 안전이 위협받는 결혼은 진정한 의미의 결혼이라고 보기 어렵다. 상습적인 구타나 외도 등의 폭력에 시달려 어려운 결정을 내린 약자를 질타하는 데 이 연구 결과를 적용해서는 안 된다고 생각하는 이유가 여기에 있다.

그렇다면 이런 문제에 대한 대안은 없는 것일까.

이 책의 뒷부분에는 자녀와 부모, 사회에 전하는 메시지가 실려 있다.

이혼하기로 결심한 부모에게 저자는 절대 충동적으로 행동하지 말라고 권한다. 한순간의 감정에 휘말려 섣부르게 결정하면 후회할 수 있고 이혼의 충격은 자녀에게 가장 크다는 점을 염두에 두어야 한다는 것이다.

이 책이 전하고자 하는 핵심 아이디어는 부모의 편의에 따른 이혼이 자녀들에게는 큰 손실을 의미할 수 있다는 점에 대한 재조명이다.

아이들은 부부의 미래이고 우리의 희망이기 때문에 부모의 일방적이고 성급한 결정 때문에 상처받는 아이들이 더 이상 없기를 바란다고 저자는 자신의 말을 끝맺고 있다.

험한 세상의 다리가 되어

어린 시절, 충분히 사랑받지 못했던 기억 때문에 완전한 사랑을 이성에게 요구하는 사람들이 있다.

오노레 드 발자크가 쓴 《계곡의 백합》의 주인공 펠릭스 드 방드네스 백작은 성년이 되기까지 어머니의 사랑을 받지 못하고 고독하게 지낸다. 어머니의 사랑에 목말라하는 다른 자녀들의 경우처럼 그가 하고 싶은 이야기를 그의 어머니는 전혀 들어주지 않는다.

정원에 누이들이 장난으로 틀어놓은 물이 넘치자 별을 보려고 나가 있던 펠릭스가 누명을 쓰고 호된 벌을 받게 된다. 자신이 한 일이 아니라고 주장하지만 오히려 거짓말까지 한다고 더 야단만 맞는다.

마침내 그의 마음을 헤아리지 못하는 어머니는 최악의 처벌을 내린다. 별을 좋아하는 아들의 취미까지 비웃으며 저녁 때 정원에 나가는 것도 금지시킨 것이다.

그런 기억들은 점점 더 펠릭스를 고독하고 내성적인 사람으로 만들어간다.

그는 학창시절에 만났던 수많은 친구들 중 자기처럼 부모의 무관심과 냉대 속에서 자란 사람은 보지 못했다고 생각한다.

그런 일을 한 이유는 무엇인가.

네가 원하는 것은 무엇인가.

그런 일을 할 때 기대했던 것은 무엇인가.

덮어놓고 야단치거나 비난하지 않고 이런 질문들을 부드럽고 따뜻하게 해주기를 바라던 펠릭스는 점점 세상을 향해 마음의 문을 닫기 시작한다.

대부분 부모들은 사춘기 자녀들의 진술을 있는 그대로 받아들이지 않는 경우가 많다. 그런 작은 일을 마음에 품고 있는 것은 마음이 비뚤어졌거나 속이 좁기 때문이라며 도리어 야단치는 경우까지 있다.

전쟁터에서 용맹을 과시했던 미국의 장군 패튼은 전쟁터의 공포와 두려움을 울면서 호소하는 군인의 나약함에 격분해서 그를 구타한 사건으로 물의를 일으킨 적이 있다.

어떤 일에 대해서 어떻게 느끼고 생각해야 한다는 단 하나의 정답을 지닌 부모나 윗사람을 만나게 되면 마음이 여린 사람들은 극도로 상처받게 된다. 자살이나 가출 같은 극단적인 사건을 일으키는 청소년들이 보통 때는 다른 사람들보다 오히려 더 온순해 보이는 경우가 많다는 사실은 눈여겨볼 만한 일이다. 드러내지 못하고 누적된 상처가 폭발하면 그런 일을 저지르게 되기 쉽기 때문이다.

정서적인 보호를 받지 못하고 자란 펠릭스는 성장한 후 어머니 연배와 거의 비슷한 모로소프 부인에게 지극한 사랑을 느낀다.

어머니에 대해 품고 있던 동경과 갈증을 이성애와 뒤섞인 심정으로 다른 여인에게서 풀어보려고 했던 것이다. 그는 자신을 조건 없이 사랑해주는 인자한 어머니처럼, 그리워 견딜 수 없는 누이처럼 그녀를 사랑한다고 고백한다.

모로소프 부인은 그의 열정을 처음에는 뿌리치다가 마침내 그를 사랑하게 되었을 때도 육체적인 접근은 허용하지 않는다. 낙담한 그는 다른 여자와 육체적인 관계를 맺게 되고 모로소프 부인은 그 사실을 알고 깊이 상심하여 병들어 세상을 떠난다. 그러나 펠릭스는 어려서부터 그토록 갈망하던 어머니의 사랑을 느끼게 해주었던 모로소프 부인의 망령에서 벗어나지 못한다.

가끔 남편이 아내를 원하는지 어머니를 원하는지 모르겠다는 불평을 들을 때가 있다.

배우자도 나처럼 욕구와 약점이 있는 인간이라는 사실을 받아들이지 못하고 완벽하고 헌신적이며 사랑으로 가득 찬 비현실적인 아내를 원할 때 그런 불만이 싹트게 된다.

배우자가 변화해야 한다고만 주장하고 자신은 변화할 생각이 없는 남편과 아내가 한집에 살게 되면 점차 불화의 그림자가 집안을 뒤덮게 된다.

"결혼의 문제 유형은 세계 어디서나 다를 바 없다. 곧 배우자를 마음에 드는 사람으로 변화시키려고 들면서 자신은 변화하지 않으려고 하는 것이다."라고 현실치료의 창시자인 윌리엄 글라써는 갈파하고 있다.

결혼이라는 관문은 한 남자와 한 여자 이외에 친척, 친구, 친지 등 광범위한 관계로 이어지기 때문에 헤어질 결심을 하기도 쉽지 않다. 그러나 이제 이혼이라는 결정을 내려 모든 관계를 다 끊어버리고 새출발을 하겠다고 주장하는 젊은이들의 숫자는 점점 더 늘어만 간다. 이런 일을 막기 위해 결혼하기 전에 우리는 깊이 생각해볼 필요가 있다.

내가 배우자에게 험한 세상의 다리가 되어 풍랑을 헤치고 가도록 도와줄 의사가 있는가. 아니면 풍랑을 헤치는 다리의 역할을 배우자에게만 요구하고 있는 것은 아닌가.

사랑을 갈구하는 원인은 한두 마디로 설명되는 간단한 것은 아닐 것이다. 그러나 과거에 겪었던 마음의 상처를 다 씻어줄 이성을 원하고 있다면 그런 바람은 무리한 것이다.

인간은 천사도 아니고 전지전능하지도 못하기 때문이다.

좋은 결혼의 의미는 두 사람이 힘을 합해 험한 세상의 풍랑을 함께 다리가 되어 건너가려는 의지를 갖는 데 있다.

모성애 섞인 완벽한 사랑을 갈구하다 비극적인 결말을 맞는 펠릭스의 이야기는 우리에게 시사해주는 바가 크다.

가족을 찾는 사람들

자녀와 나 사이에 가장 중요한 시간은
바로 지금 이 시간이 아닌가.
미래의 행복한 삶을 준비하기 위해
지금 사랑하고 수용하는 대신에
야단과 꾸중을 일삼으며
지금의 행복한 순간을 놓치고 있는 것은 아닐까.
가장 중요한 사람은 지금 내 곁에 있는 가족이고
그들에게 사랑을 베푸는 것이야말로
우리가 해야 할 가장 중요한 일이다.

차별하는 어머니

아이들이 가장 고통스럽게 생각하는 것 중 하나가 어머니에게 사랑받지 못한다고 느끼는 것이다. 아이들은 자기가 어떻게 행동하든 간에 어머니가 자기를 변함없이 사랑해주기를 바라기 때문이다.

일찍 어머니를 잃은 경우에 아이들의 그리움은 승화의 형태로 자라나기도 하지만 함께 살고 있는 어머니가 전혀 자기를 사랑해주지 않고 못마땅하게 여기고 있을 때 아이들이 겪는 마음속의 상처는 상상할 수 없을 정도로 크다.

게다가 이런 심정을 지닌 아이들은 누구에게도 그 마음을 털어놓기 어려워 이 상처가 마음속에서 점점 자라나 굳어져버리기 쉽다.

대부분의 글을 보면 이상적이고 사랑에 넘치는 어머니를 묘사하는 경우가 많다. 그런데 별다른 뚜렷한 이유가 있는 것도 아닌데 자녀들 중 유독 한 아이에게만 잔인할 정도로 냉혹하게 구는 어머니의 경우는 어떻게 이해하는 것이 좋을까.

그런 어머니의 대표적인 전형이 줄 르나르의 《홍당무》에 나오는 르픽 부인이다.

이 소설에는 차별하는 어머니의 모습이 적나라하게 드러나 있다. 예를 들면 이런 식이다.

하녀가 하루 일을 끝내고 닭장 문을 닫는 것을 잊어버려 가족들 중의 누군가가 캄캄한 밤에 그 문을 닫으러 나가야 한다.

르픽 부인은 먼저 큰아들에게 가서 좀 닫고 오겠느냐고 물어본다. 게으르고 겁이 많은 큰아들은 자기는 닭이나 돌보는 사람이 아니라며 거절한다. 그녀는 그런 태도를 별로 나무라지 않는다. 그러고는 딸에게 묻는다. 딸은 자기는 너무 무서워서 나갈 수가 없다고 대꾸한다.

그러자 어머니는 '홍당무'라는 별명이 붙은 둘째 아들에게 문을 닫고 오라고 명령한다. 나도 역시 무섭다고 말하는 홍당무에게 어머니는 다 큰 녀석이 무섭긴 뭐가 무섭냐고 윽박지른다. 큰아들과 딸을 대하는 태도와 너무 달라 앞뒤가 맞지 않지만 늘 일어나는 일이라 모두들 심드렁하게 생각할 뿐이고 아무도 홍당무를 편들어주지 않는다.

더 이상 떼쓰기를 단념한 홍당무는 무서운 생각을 잊으려고 애쓰며 달려 나가 온몸을 떨며 닭장 문을 닫고 나서 집 안으로 뛰어든다. 너무나 하기 싫고 무서운 일을 하고 왔기 때문에 이제 홍당무가 바라는 것은 그 어려운 일에 대해 가족들이 인정해주는 것이다.

홍당무는 큰일을 하고 왔다는 가족들의 칭찬을 기대하지만 형과 누나는 책만 읽고 있다. 그런 일은 으레 그의 차지라고 생각하기 때문이다. 어머니는 홍당무를 쳐다보지도 않으면서 이제부터는 매일 밤 닭장 문은 네가 닫아야 한다고 말한다. 어린 아들의 느낌이나 입장 같은 것은 누구도 고려해주지 않는 것이다.

빨간 머리에 귀염성 없는 얼굴인 홍당무는 매일 어머니의 심술궂은 대우가 계속되는 가운데 점차 반항심이 생겨 집을 싫어하게 된다.

닭이 먼저냐, 달걀이 먼저냐 하는 질문은 끝이 없는 논쟁을 불러일으킬 뿐이다. 홍당무의 행동 때문에 어머니가 그렇게 대하게 된 것인지, 어머니가 그렇게 대하기 때문에 행동이 그렇게 된 것인지 설명하기는 어렵다. 어쨌든 홍당무의 어머니나 식구들은 그 아이가 사랑받지 못하게 굴기 때문에 그런 대우를 받는다고 생각한다. 홍당무는 사랑을 받아보려고 나름대로는 미친 듯이 노력하지만 그 노력은 항상 어긋나는 결과로 끝나고 만다.

문제를 일으키는 아이들은 한 번만 내 마음을 따뜻이 헤아려주려고 애쓰기만 했어도 자기 마음의 얼음이 녹았을 거라고 이야기하는 경우가 많다.

누나나 형은 다 아무 문제가 없는데 온 가족 중에서 가장 심술궂고 쓸모없는 사람은 자신이라고 홍당무는 점점 생각하게 된다. 어머니가 쉴새없이 그가 게으르고 냉혈동물이며 오줌싸개이고 거짓말쟁이라고 몰아붙이기 때문이다. 한 번도 자기를 사랑해주지 않는 것처럼 느껴지는 어머니와 한집에 사는 것은 어린 자녀에게 견디기 힘든 불행인 것이다.

홍당무로서는 항상 최선을 다하려고 노력하는데 어째서 그런 일이 일어나는지 이해하기가 어렵다. 더구나 그렇게 몰아붙이는 쪽이 가장 가까운 엄마이기 때문에 반박도 하지 못하고 자신이 그런 아이라는 것을 스스로 받아들일 수밖에 없게 되는 것이다.

아버지는 홍당무를 괴상하고 나쁜 아이로 몰아붙이지는 않지만 그를 이해하거나 다정하게 대해주지 않는 점에서는 다른 식구들과 다를 것이 없다.

식구들 중 아무도 홍당무의 괴로움을 헤아려주지 못한다. 홍당무는 가출을 꿈꾸기도 하고 심지어는 자살을 생각한다. 고독한 아이들이 대개 그렇듯이 온갖 부정적인 공상을 하던 그는 마침내 아버지에게 마음을 털어놓는다.

괴로움이 극에 달한 그는 아버지에게 "어머니는 나를 사랑해주지 않고 나도 어머니를 사랑하지 않는다"라고 말하기에 이른다.

아이러니하게도 그의 마음을 위로해준 것은 어머니를 사랑하지 않는 것은 너뿐이 아니라는 아버지의 고백이었다.

그러니까 너도 어머니에게만 감정적으로 얽매이지 말고 마음을 단단하게 무장하고 어른이 되어 자유를 얻을 때까지 떳떳하게 행동하라고 아버지는 진지하게 충고해준다.

아버지가 자기에게 어른처럼 이야기를 나누어준 것은 처음이라 소년은 처음으로 가족의 일원이 된 것 같은 남모를 기쁨을 느낀다.

차라리 고아가 되고 싶다고 생각하는 홍당무는 말을 뒤퉁스레 하지만 사랑받고 싶어 하고 어머니를 본질적으로는 사랑하고 있다. 다만 괴팍하고 히스테리가 심한 어머니와 맞지 않을 뿐이다.

이런 불행을 가슴에 안고 살아가는 아이들이 의외로 많이 있다. 가장 가까워야 할 어머니가 사랑해주지 않을 때 아이의 마음의 등불은 빛을 잃게 된다.

작가 르나르는 자신의 인생 경험을 모델로 삼았다. 간절히 사랑받고 싶지만 사랑받지 못하는 소년의 슬픔을 독특하고 단순한 문체로 표현한 그의 글은 성인이 된 아들의 입장에서 쓰여 있어 많은 사람들의 공감을 얻고 있다.

사랑해주지 않는 아버지

아들 때문에 거의 격분 상태에 이른 아버지를 만나게 될 때가 있다. 크나큰 기대에도 불구하고 기대의 반도 따라오지 못하는 아들에 대한 불만이 반목으로 이어지면서 불화의 극을 달리는 경우이다.

열일곱 살 난 아들의 모든 행동이 다 마음에 들지 않는다는 아버지를 만난 적이 있다. 공부를 못하는 것은 말할 것도 없고 자는 버릇, 앉는 태도, 밥 먹는 모습까지 너무나 마음에 들지 않는다는 것이다. 게다가 당당해지라고 입이 닳도록 일렀건만 자기만 보면 쭈뼛쭈뼛하는 태도가 너무 싫다는 것이다.

이 아버지는 아들이 자유롭게 말하고 행동할 수 있으면 그런 버릇이 사라질 수 있다는 생각은 하지 못한 채 강요와 비난만 일삼고 있었다.

자수성가한 아버지는 못마땅해하는 아버지의 그늘 아래 아들의 마음이 병들어가는 데 대한 이해는 전혀 없었다. 할 수 있는 일을 하라고 하는데 듣지 않는 아들의 문제는 오로지 아들 자신의 나쁜 마음 때문이라고 해석하는 것이다.

　사랑해주지 않는 아버지 때문에 고통받는 아들의 이야기 가운데 대표적으로 꼽히는 것 중 하나가 존 스타인벡의 《에덴의 동쪽》이다.

　이 작품은 구약성서에 나오는 아담과 그의 아들 아벨과 카인을 모델로 삼고 있다.

　아담 트래스크는 20세기의 에덴 동산으로 상정된 살리나스 계곡에서 살며 여러 가지 삶의 희망을 꿈꾼다. 그러나 그 꿈은 자유분방한 여자인 캐시의 등장으로 무너지게 된다. 그녀는 칼과 아론이라는 쌍둥이 형제를 낳은 후 곧 집을 나가 떠도는 삶을 살다가 창녀가 된다.

　두 아들 중 형 아론은 아버지 아담을 닮아 순종적인 인간이었으나 동생 칼은 어머니의 기질을 받아 반항적인 인간이었다. 아담은 자연스럽게 아론을 더 좋아하고 칼을 멀리하게 된다.

　칼은 아버지의 이유 없는 애정의 거부에 더욱 반항적인 아이로 자라게 되고 이러한 반항과 미움은 그대로 형에게로 옮겨져 간다.

　칼은 아론을 타락한 어머니에게 데려가고 충격을 받은 아론은 대학을 그만두고 군대에 자원 입대했다가 전사하고 만다. 사랑하는 아들 아론의 전사 소식을 들은 아버지는 충격으로 쓰러져 중태에 빠진다. 그런 아버지에게 칼은 아론의 죽음과 그로 인한 아버지의 중병이 자기 때문임을 고백하고 용서를 구한다.

　이 소설은 아버지의 사랑을 갈망하지만 타고난 기질 때문에 형제와 비교당하며 사랑을 거절당하는 자녀의 비극을 예리하게 포착하고 있다. 사랑받지 못하는 자녀의 고통이 그대로 드러나 있다.

　첫 기억을 떠올려볼 때 칼도 여느 사람들처럼 온정과 애정을 갈망하고 있었다. 그가 외아들이었거나 아론이 그런 형이 아니었다면 칼도 정상적인 대인관계가 원만했을 것이다. 사람들은 처음부터 아론이 용모가 수려하고 순진해 보이기 때문에 그에게 매료되었다. 그래서 칼은 사람들의 관심을 끌기 위해 아론과 경쟁을 해야만 했다. 그는 아론을 흉내 내려고 애썼다. 아론이 하면 매혹적으로 보이는 일도 칼이 하면 불쾌하고 밉게 보였다. 오히려 그는 형 아론을 흉내 내기 때문에 설득력이 전혀 없었다. 똑같은 행동을 해도 아론은 칭찬을 받고 칼은 욕을 먹기 일쑤였다.

강아지도 콧등을 몇 차례 맞으면 기가 죽듯이 소년도 몇 번 거절을 당하면 수줍어지게 마련이다. 강아지라면 비실거리며 뒷걸음치거나 드러누워 뒹굴기라도 했겠지만 어린 소년은 조심스런 마음을 태연한 태도나 허세로 가장하거나 은밀히 숨기게 되는 것인지도 모르겠다. 소년이 몇 번 거절을 당하면 실제로 그렇지 않아도 거절당한 것으로 생각할지도 모르고, 더욱 나쁜 것은 지레 거절당하리라고 예상하고 일부러 거절을 유인할 수도 있다.

아주 어렸을 때 칼은 한 가지 비결을 알아냈다. 아버지가 앉아 있을 때 살며시 아버지 옆으로 가서 아버지 무릎에 살짝 기대면 자동적으로 아버지는 칼의 머리를 쓰다듬어주었다. 그 행동은 아버지가 무의식중에 하는 것인지도 모른다. 그러나 칼은 이 애무에 크게 감격했기 때문에 특별히 고이 간직했다가 필요할 때에만 사용했다. 그것은 일종의 마술과도 같았다. 이것은 확고한 존경과 애정이 상징하는 하나의 예식과도 같았다.

칼이 장성했을 때 아버지에게 애정과 능력을 보이고 인정을 받고 싶었다. 그는 아버지를 도우려 피땀을 흘리며 노력해서 돈을 벌어 선물로 드린다. 아버지는 그러나 그를 인정하지 않고 선물을 받지 않는다.

칼은 침을 한번 삼키고 말했다.

"이건 제가 번 돈이에요. ……아버지께 드리려고…… 아버지가 상추 사업을 해서 잃은 돈을 보충해드리려고요."

어떻게 콩을 팔아서 돈을 벌었는가를 설명하는 칼에게 아버지는 말한다.

"이 돈을 돌려주어라."

그는 이어서 말했다.

"네가 노략질한 농부에게 주란 말이야."

"노략질이라고요? 나는 시세보다 1파운드에 2센트씩 더 주었단 말예요. 난 훔치지 않았어요."

아담은 한참 후 말했다.

"나는 젊은이를 전쟁터로 보내고 있다. 내가 서명만 하면 그들은 전쟁터로 가게 되어 있어. 그 젊은이들 중에는 성한 몸으로 돌아오는 사람은 단한 명도 없다. 칼, 그런데 너는 그 피의 대가로 돈을 벌었단 말이냐?"

칼이 말했다.

"아버지를 위해서 번 거예요. 저는 아버지의 손해를 보충해드리고 싶었어요."

"나는 그 돈을 받지 않겠다. 만일 네가 형처럼 자신감이나 자기 발전에 대한 기쁨 같은 것이 있다면 나는 더없이 기뻤을 것이다. 네가 아버지에게 선물을 주고 싶으면 너의 훌륭한 생활태도를 보여다오. 나는 그것이 가장 중요하다고 생각한다."

칼은 숨이 막히는 것 같았다. 이마에서는 땀이 흐르고 혀가 바짝 마르는 듯했다. 그는 울고 싶었으나 머릿속이 달아올라서 눈물도 나지 않았다.

깊은 인간애를 지닌 스타인벡은 인간이 가장 무서워할 일은 사랑받지 못할 때 갖게 되는 두려움이라고 보고 있다. 사랑을 거부당할 때 분노가 터져 나온다. 그리고 그 분노는 어떤 종류이건 간에 복수를 획책하게 되고 거기서부터 우리의 죄가 시작된다는 것이다. 이것이 인간이 살아가는 이야기라고 그는 믿었다.

가끔 우리나라에서도 사회를 뒤흔드는 부모 자녀 간의 끔찍한 사건들은 거의 이 전형을 따르고 있다. 사랑을 거부당하는 두려움이 분노를 낳고 그 분노가 그대로 범죄로 직결되는 경우가 드물지 않다.

그러나 그는 모두에게 버림받은 듯한 칼이 악에 빠져들면서도 선을 향한 노력을 버리지 않는 것을 우리에게 보여주고 있다. 인간의 길을 선택할 가능성을 지닌 자만이 살아남을 권리가 있음을 시사해주는 것이다.

열일곱 살 난 아들에게 거의 증오에 가까운 감정을 품고 있었던 아버지는 몇 번의 만남을 통해 아들과 가까워지는 문을 열게 되었다.

집에 돌아가 한번 아들을 안아주면 어떻겠느냐는 제안에 그는 기가 막히다는 표정을 지었다. 고민 끝에 그는 그날 머뭇머뭇 현관에 나오는 아들을 엉성하게 장난인 것처럼 한번 안아주었다고 했다. 어색해하며 얼굴을 돌리는 아들의 눈에 눈물이 핑 도는 것을 보고 그는 가슴이 찌르르해지더라는 것이다. 어릴 때 그 아이를 안아주던 기억이 떠올라서였다고 그는 말했다.

아들들이 아버지에게 사랑과 인정을 받고자 하는 갈망은 상상할 수 없이 크다.

"아버지가 지금 용서해주지 않으면 칼은 앞으로 살아갈 수 없게 된다"고 눈물로 호소하던 여주인공의 절규는 바로 그런 아들의 심경을 그대로 대변해주고 있다.

효도를 강요하는 부모

효도가 인간의 최대 덕목으로 여겨지던 시절에 불효라는 말은 자녀를 내리치는 철퇴와 다름없었다. 그러나 어떻게 하는 것이 과연 효도인가에 대해 이제 사람들의 생각은 많이 달라졌다.

자녀의 효도를 기대하는 부모와, 강요된 효도는 거추장스러운 일이라고 믿는 자녀 사이의 갈등 때문에 결혼에까지 부정적인 그림자가 드리우는 경우가 많아지고 있다.

실제로 결혼생활에 문제가 일어난 경우, 상당히 많은 사람들이 배우자의 부모가 효도라는 이름으로 간섭하고 압박을 가하기 때문에 상황이 더 악화된다고 호소한다.

부모의 반대를 무릅쓰고 마음대로 결혼하는 것은 큰 불효이기 때문에 그렇게 할 거면 집을 나가라고 했다는 어떤 부모의 말을 들으며 효도의 의미를 다시 생각해보게 되었다.

현대사회에서 자녀가 부모에게 바치는 효도는 어디까지가 적정선일까. 특히 결혼한 경우에 그 효도의 선은 어디까지여야 하는가.

셰익스피어 비극의 주인공인 리어왕은 자녀들에게 완전한 효도의 말을 기대하다가 잘못된 판단을 내린 아버지의 전형으로 나타난다.

인간관계에서 거짓이 진실을 이길 때 불행한 관계가 시작된다. 더구나 인간의 관계는 가까운 사이에서 더 불행할 때가 많다는 것을 역사나 여러 사례에서 살펴볼 수 있다.

가끔 고부갈등을 호소하는 여자들에게서 문제를 일으키는 시어머니보다도 달콤한 효도의 말을 과장하며 이간을 시키는 시누이나 동서들이 더 싫고 밉다는 이야기를 많이 듣게 된다.

리어왕의 딸인 거너릴과 리건의 거짓이 막내딸 코델리어의 진심을 이기는 비극은 세 딸에게 효심을 행동이 아닌 말로 표현하도록 한 데서 시작되었다고 볼 수 있다.

마음속 깊이 진심을 간직하고 있지만 쉽게 말로 표현하지 못하는 기질의 사람들도 있기 때문이다.

두 언니의 입에 발린 과장과 아양을 보고 질려버린 막내는 극히 이성적이고 당연한 말을 한다. 그러나 이미 듣기 좋은 말에 익숙해진 리어왕의 귀에는 오만한 불효의 발언으로 받아들여진다.

"아버님, 아버님은 저를 낳으시고 기르시고 그리고 사랑해주셨습니다. 그 은혜의 보답으로 저는 당연히 할 의무를 다하겠습니다. 아버님께 복종하고 아버님을 사랑하고 아버님을 누구보다도 공경합니다. 언니들은 오직 아버님만을 사랑한다고 하면서 왜 남편을 맞았을까요. 아마 저는 결혼한다면 저의 맹세를 받아줄 남편을 위해 저의 애정과 의무의 절반을 바칠 것입니다. 언니들처럼 오직 아버님만을 사랑하려면 저는 결혼 같은 건 하지 않겠어요."

이 거짓 없는 진실한 말 때문에 코델리어는 격분한 부왕 리어로부터 당연히 받게 되어 있던 영지의 삼분의 일을 받지 못하고 프랑스 왕에게 지참금도 없이 시집을 가게 된다.

애정과 의무의 절반은 배우자에게, 애정과 의무의 절반은 부모에게 바치겠다는 코델리어의 합리적인 발언이 아버지 리어왕의 미움을 샀기 때문이다.

그러나 리어왕은 영토를 절반씩 나눠준 두 딸로부터 효도는 고사하고 말 못할 학대를 받고 폭풍우 치는 황야를 헤매다가 정신이상을 일으킨다. 언니들의 비인간적인 처사에 격노한 코델리어는 아버지를 구하려 군사를 일으켜서 쳐들어온다.

그러나 몇 명 남지 않은 충신들과 코델리어의 군사는 리어왕의 원한을 풀어주기에 힘이 미치지 못했다. 그들은 패배하고 리어왕과 코델리어는 포로가 되었다. 코델리어는 뒤늦게 정신이 든 리어왕의 비탄 속에서 죽음을 맞는다.

효도의 절대가치가 퇴색해가는 현시대에서 부모와 자녀 사이에 가장 중요한 것은 무엇인가를 새삼 생각해보게 하는 이야기이다.

더구나 자녀가 성장해 결혼을 한 후에는 부모의 지나친 기대도 자녀의 지나친 냉담함도 결혼생활의 행복을 잠식하게 된다.

그렇다면 배우자의 부모에게 우리는 어디까지 양보하고 헌신해야 하는 것일까.

전에는 그 규칙이 사회적으로 상당히 엄격하게 정해져 있었다. 남편의 부모에게 무조건 순종하고 따르는 아내의 도리는 어려서부터 여자들이 배우고 실천하던 덕목이었다. 그러나 아내의 부모에게 무조건 순종하고 따르라는 규칙이 남편에게 있었던 것은 아니었다. 아이러니하게도 강요 없는 관계 때문에 사위 사랑은 장모라는 말이 있듯이 처갓집과 사위의 관계는 대체로 편하고 극진했다.

강요는 대체로 사랑하는 마음이나 좋은 동기를 사라지게 하는 성향이 있다.

격변해가는 시대에 결혼을 앞두고 있거나 결혼한 사람들은 배우자와 허심탄회하게 이야기를 나누어볼 필요가 있다.

무조건적인 헌신이나 입에 발린 순종의 말보다는 참된 사랑에 대해 이야기하고자 했던 정직한 딸 코델리어의 말은 지금도 우리에게 시사하는 바가 크다.

가장 가까운 이웃으로 자녀의 배우자나 배우자의 부모를 바라보는 발상의 전환도 도움이 될 수 있을지 모른다. 문을 닫아거는 이웃이 아니라 사랑을 나눌 수 있는 이웃으로 여기고 서로 배려하고 예의를 지킬 수 있다면 더 바람직한 관계가 될 수 있지 않을까.

거짓된 딸들의 달콤한 말에 귀가 멀어 진실한 코델리어의 말에 마음을 열지 못했던 리어왕의 비극은 이미 때늦은 후에야 막내딸의 진심을 깨달았다는 점에 있다.

우리도 너무 늦기 전에 말로 표현하지 못하는 자녀의 깊은 마음을 헤아려보는 연습을 해보는 것이 어떨까 싶다.

희생적인 어머니

우리는 살아가면서 인생에 변화를 주는 만남을 여러 번 경험하게 된다. 태어나자마자 입양되거나 버려지는 불행한 아기들도 있지만 인생에서 가장 중요한 첫 만남은 말할 것도 없이 어머니와의 만남일 것이다.

뛰어난 고전소설들은 우리에게 다른 사람과의 만남에 대해 깊이 생각해보게 하는 기회를 제공해준다.

빅토르 위고의 소설 《레미제라블》의 주인공 장발장은 인생에 큰 영향을 미치는 몇 번의 만남을 경험한다. 배고파 우는 어린 조카를 위해 빵을 훔쳤다는 죄로 감옥에 들어간 그는 19년이라는 세월을 복역하고 46세가 되어서야 세상에 나올 수 있게 된다.

초라하고 수상한 그의 행색에 마을 사람들은 모두들 문을 걸어 잠그지만 거리끼지 않고 하룻밤 잠자리를 제공해준 사람이 미리엘 신부였다. 감옥생활의 악습에 물든 그는 신부의 은식기를 훔치고 다시 체포된다. 그러나 신부는 장발장을 정죄하지 않고 용서한다.

그는 장발장을 끌고 찾아온 경찰에게 그 은그릇은 자기가 준 것이라고 말하면서 왜 은촛대는 가지고 가지 않았느냐고 그의 손에 쥐어준다.

이 만남은 그의 인생의 전환점을 이룬다.

이 소설의 숨은 주인공 중 하나는 코제트의 어머니인 가련한 여인 팡틴이다.

이 소설의 가장 눈물겨운 정경 중 하나는 불행한 여인 팡틴이 아기를 돌볼 비용을 마련하기 위해 몸을 팔러 나가는 장면이다. 당시의 사회상에서 여자가 가진 것이 없을 때 할 수 있는 방법은 중노동을 하거나 매춘을 하는 길밖에 없었던 것이다.

팡틴을 만나면서 장발장의 마음에 연민의 감정이 싹튼다. 팡틴의 아이에 대한 절대적인 사랑에 감명받은 장발장은 그녀에게 약속한 대로 학대받는 어린 딸 코제트를 악인의 손에서 구해낸다.

사랑하고 사랑받는 관계를 처음 경험해보는 장발장과 코제트 두 사람의 만남은 우리 마음을 뭉클하게 한다.

그리고 냉혹한 자베르 경감과의 만남이 있다. 그는 죄를 지은 자는 꼭 그 죗값을 치러야 한다는 생각에 사로잡혀 장발장을 끝까지 추적한다.

장발장은 똑같은 한 사람이었지만 만나는 사람들에게 다 다른 의미를 지닌 사람으로 투영된다.

그의 영혼을 구원한 만남은 어떤 것이었을까.

굶주림 때문에 훔친 빵 한 조각이 장발장 인생의 비극의 시초였듯이 철모르는 나이에 사랑에 빠져 갖게 된 아이는 팡틴의 불행의 근원이 된다.

그러나 그녀에게는 오직 어린 딸만이 있을 뿐이다. 그 아이 또한 이 세상에서 어머니 외에는 아무도 없는 가엾은 존재이다. 딸을 맡아 길러

주는 사람들은 악독한 인간의 표본으로 어린 딸을 학대하고 일을 부려 먹으면서도 터무니없는 이유를 대며 끝없이 돈을 요구한다. 순진한 팡틴은 딸을 위해 그 어떤 고통도 마다하지 않는다. 처음에는 긴 금발 머리를 잘라서 팔고 그 다음에는 앞니 두 개를 판다. 일에 지쳐 건강은 악화되고 아이가 위독하다며 재촉하는 돈을 다 댈 수 없게 되자 팡틴은 마침내 거리에 나서 몸을 판다.

병든 그녀는 장발장이 변신한 시장 마들렌느를 만나게 된다. 그러나 딸을 데려다주겠다고 약속한 그가 전과자인 장발장이라는 자베르 경감의 선언을 듣고 그녀는 충격을 이기지 못해 숨을 거둔다. 장발장은 체포되기 직전에 잠깐만 기다려달라고 청한다.

장발장은 침대 가로장 꼭지에 팔꿈치를 짚고 이마를 손에 괴고서 가만히 죽어 있는 팡틴을 들여다보기 시작했다. 그는 그렇게 멍하니 말없이 서 있었다. 그리고 분명히 세상 일은 아무것도 생각하고 있는 것 같지 않았다. 그의 얼굴과 표정에는 형언할 수 없는 연민의 정밖에는 보이지 않았다.

그렇게 잠시 명상에 잠겨 있다가 그는 팡틴 쪽으로 몸을 구부리고서 나지막한 목소리로 말했다. 그는 여자에게 무슨 말을 했을까? 이 세상에서 버림받은 그 사나이는 죽어 있는 여자에게 과연 무슨 말을 했을까. 그가 한 말은 무엇이었을까. 그것은 이 세상의 아무한테도 들리지 않았다. 죽은 여인에게는 그것이 들렸을까?

이 세상에는 아마도 숭고한 현실일지도 모를 감동적인 환영이 있는 법이다. 의심할 수 없는 사실은 이 광경의 유일한 목격자인 샘플리스 수녀가 가끔 말한 바에 의하면 장발장이 팡틴의 귀에 대고 무슨 말을 했을 때, 무덤의 놀람에 가득 찬 그 창백한 입술 위와 흐릿한 눈망울 속에 형언할 수 없는 미소가 떠올랐다는 것이다.

그가 들려준 말은 분명 그 아이의 미래에 대한 약속이었을 것이다. 그녀 마음속에 살아 있던 모성의 힘이 끝내 한 사람의 마음을 움직여 감동시켰던 것이다.

아무것도 얻지 못하면서, 심지어는 아이를 자기 품 안에 안아보지도 못하면서 끝없이 희생하는 가련한 어머니로 팡틴은 우리에게 다가온다. 그러나 그녀의 모성애는 마침내 딸의 구원을 가져오는 기적을 일으킨다.

아무 대가도 바라지 않는 희생적인 어머니의 사랑은 세상 그 어느 것보다도 더 우리를 구원한다는 메시지를 이 책은 장발장의 이야기와 함께 전해주고 있다.

맹목적인 부성애

가끔 신문지상을 장식하는 뉴스를 보면 금전적인 도움만 아낌없이 베풀어 마침내 자녀의 인생을 파괴하는 사건이 드물지 않게 나타난다.

손만 내밀면 모든 것이 마음대로 될 수 있다는 오만한 마음이 금전이나 지위에 대한 의존으로 이루어져 있을 때 인간성이 받는 폐해는 심각한 지경에 이른다. 호사스러운 물질과 낭비가 인간관계를 귀하게 여기는 마음을 소진시켜버리는 경우도 많기 때문이다.

빈익빈 부익부의 격차가 더 심해지는 사회에 사는 가난한 사람들의 마음은 절망하기 쉽다. 그러나 아무리 물질을 많이 소유한 사람이라도 그 물질을 자녀에게 맹목적으로 퍼붓는다면 자녀가 영혼의 뿌리를 제대로 내리지 못할 수도 있다.

물질만을 인간을 가늠하는 척도로 삼는 젊은이는 물질적인 배경이 사라지는 경우에 아무런 인생의 대비도 없이 길가에 버려지게 된다.

자녀에게 금전적으로 남김없이 베풀기만 하는 아버지 상의 하나로 등장하는 사람이 오노레 드 발자크의 소설 《고리오 영감》에 나오는 주인공이다.

상당한 부를 누리며 금전적인 혜택은 아낌없이 주지만 정신적인 유대나 영혼의 교류는 끊어진 상태로 사는 부모와 자녀들의 모습이 여기에 극명하게 드러나고 있다.

극진한 노력이 좋은 결과를 내는 쪽으로 진행되는 경우도 많지만 명분과 유대감이 사라진 물질적 투자가 그대로 가족 해체로 이어지는 경우도 드물지 않기 때문이다.

과연 부모는 어디까지 자녀를 위해 희생해야 하는 것일까. 게다가 맹목적인 희생이 자신에게도 자녀에게도 도움이 되지 않는다면 어떤 방향으로 나아가야 할 것인가.

이 책은 그런 문제에 관해 깊이 생각해볼 계기를 마련해준다.

파리의 초라한 하숙집 보켈 장에는 여러 하숙생들이 살고 있다. 그중에 고리오 영감이라는 노인과 다른 등장인물들이 나타난다.

고리오는 한때 제분업으로 많은 돈을 벌었지만 지금은 은퇴한 사람이다. 그는 다른 일에는 거의 관심이 없고 귀족과 결혼시킨 지극히 사랑하는 두 딸에게서만 생의 보람을 찾고 있다.

그러나 아이러니하게도 허영이 가득한 두 딸은 평민인 아버지를 부끄럽게 여겨 늘 피해 다닌다. 그러면서도 아버지에게서 자신들이 물 쓰듯 쓰는 사치와 방종에 드는 돈을 갖은 수단을 다 동원해서 받아낸다.

고리오 영감 자신은 딸들의 결혼에 문제가 생길까 봐 드러내고 딸들의 집에 찾아갈 수 없는 처지이다. 그렇지만 딸들에게 돈을 주기 위해 점점 자신이 갖고 있는 돈이나 물건들을 소진해간다.

고리오 영감은 분별력 없고 허영심에 가득 찬 딸들의 낭비를 다 감당하지 못해 마침내 무일푼의 처지가 되고 돈 때문에 악귀처럼 싸우는 두 딸들의 모습을 보고 충격을 받아 쓰러진다.

병에서 회생하지 못한 아버지는 죽기 전에 간절히 딸들을 다시 보기를 원했지만 두 딸은 나타나지 않는다. 그는 무심한 딸들을 원망하기는 했지만 그래도 용서하고 축복해주며 간호하던 다른 여자를 딸로 착각하고 "나의 천사들"이라는 말을 남기고 죽어간다.

딸들은 아버지의 장례식에조차 오지 않고 다른 하숙생이 그의 유해를 묘지로 운반한다.

'부성애의 그리스도' 처럼 묘사되고 있다는 평을 받는 고리오 영감은 딸들을 열렬히 사랑해서 애정과 금전을 끊임없이 쏟아붓고 목숨까지도 희생한 셈이 되었다. 그러나 그 숭고하고 맹목적이기도 한 애정을 끝내 보상받지 못하는 아버지의 전형이다.

고리오 영감은 주위 사람들에 대한 열정 때문에 결국 파멸로 다가가는 인간으로 나타난다. 이 작품에서 그의 열정의 대상은 딸들이었던 것이다.

부모의 방향 없는 맹목적인 열정이 부모와 자녀의 삶과 심성을 함께 파괴할 수 있다는 점에서 우리들 자신을 되돌아보게 해주는 작품이 아닐 수 없다.

자유를 추구하는 아버지와 딸

만약에 부모의 자격을 심사해 시험에 통과하는 사람만 아기를 갖게 하는 제도가 생긴다면 부모자격 심사에 합격하게 해주겠다는 학원들이 우후죽순 격으로 난립할 것에 틀림없다.

그렇게 된다면 그 학원에서는 무엇을 가르칠 것인가.

실로 궁금한 일이 아닐 수 없다.

우선 자녀를 사랑하며 자녀에게 모범이 되는 인간이 되어야 하며 재정적으로 자녀를 자립할 때까지 돌볼 힘이 있어야 하며…… 등등의 조항이 틀림없이 나붙을 것이다.

그렇다면 어떤 인간이 모범이 되는 부모로서 자격이 있는 것일까.

재정적인 힘도 있고 자녀를 사랑하기도 하지만 모범이 되는 도덕적인 인간형을 보여주지 못하는 주인공 중의 하나가 프랑수아즈 사강의 소설 《슬픔이여, 안녕》에 나오는 여주인공 세실의 아버지이다.

이 책의 주인공인 세실은 남부러울 것이 없는 소녀이다.

아버지는 독신이고 플레이보이지만 이해심이 많고 딸을 사랑하는 사람이다. 그는 자유분방한 삶을 살며 딸과 거리낌 없이 모든 이야기를 나누는 다정한 아버지이다. 세실은 아버지의 삶의 방식을 즐겁게 받아들이며 때로는 아버지가 여자를 사귀는 데 공범자 노릇을 기꺼이 하기도 한다.

아버지는 자기가 사귀는 여자들의 특징이며 만난 경험들을 숨기지 않고 세실에게 이야기를 털어놓기도 한다.

어느 여름 아버지의 애인 엘자와 셋이서 지중해 연안으로 피서를 떠난 세실은 그곳에서 시릴이라는 청년을 만나 서로 사랑하게 된다. 아름다운 풍광과 푸른 하늘 아래 바닷가에 누운 세실은 자연의 일부가 되는 느낌으로 아무 죄의식 없이 자신의 본능을 따라간다.

그곳에 우연히 죽은 어머니의 옛날 친구로 총명하고 이성적인 여인 안느가 나타난다.

세실은 그녀를 부러워하고 선망하는 점도 있지만 이성적이고 반듯한 태도에서 감도는 냉기 때문에 불안감을 느긴다. 그러나 아버지는 지적 세련미를 갖춘 아름다운 안느에게 빠져 그와 결혼할 계획이라고 밝힌다.

세실은 세상과 사회에 모델이 되는 사람이 되도록 자기를 양육하려는 태도를 보이는 안느에게 강렬한 거부감을 느끼게 된다. 공부를 강요하고 세상의 도덕을 따라 시릴과 멀어지게 만든 안느를 그녀는 너무나 싫어하게 된다.

또한 친구처럼 다정한 아버지가 안느와 결혼하게 되면 아버지도 자신도 자유분방한 삶을 잃고 지루하고 평온한 삶으로 돌아가게 될 것이 몹시 두려워진다.

겉으로 평온해 보이는 세실은 자신과 아버지의 삶에서 안느를 떼어버리려고 잔혹한 계획을 세운다.

그녀는 아버지와 헤어진 순진한 애인 엘자를 부추긴다. 그리고 우유부단한 아버지와 엘자가 다시 만나 밀회를 하도록 음모를 꾸미고 우연인 것처럼 안느를 유도해 현장을 목격하도록 만든다.

엘자와 아버지가 키득거리고 웃으며 밀회하는 장면을 보고 절망한 안느는 차를 몰아 별장을 떠난다. 그녀는 돌아가는 길에 자동차 사고로 죽는다.

세실과 아버지는 두 사람 다 자동차 사고라고 믿고 싶어 하지만 그것이 자살이었을 거라는 생각을 하면서도 입 밖에 내지는 않는다.

다시 도시로 돌아온 아버지와 딸은 방탕하고 자유로운 시절로 되돌아간다.

그렇지만 두 사람 사이에 말하지 못하는 서먹한 무엇인가가 끼어들어 있음을 서로 느끼게 된다.

일 년이 지난 후에도 잠들지 못하는 밤이면 세실은 반듯하고 단정하며 나무랄 점이 없었던 안느를 기억한다. 아버지도 이제는 자유롭고 멋진 독신자라기보다 쓸쓸하고 외로운 한 남자로만 보인다. 이제 세실은 전에는 이해하지 못했던 슬픔이라는 감정을 마음속 깊이 느끼게 된다.

'슬픔이여, 안녕' 이라는 이 제목도 사실 슬픔과의 결별을 나타낸 제목이 아니라 '슬픔이여, 안녕하세요' 라는 뜻으로 인생의 비애에 눈뜨는 소녀의 감정을 드러내고 있다.

도덕적인 훈육이 결여된 부모와 자녀의 관계에서 나타나는 삶의 균열과 불행의 시작에 대해 이 글은 세련된 필치로 우리에게 말해주고 있다.

방탕한 아버지와 아들들

아버지가 지나치게 권위적이고 도덕적일 때 일어나는 문제도 있지만 아버지가 지나치게 부도덕하고 방탕할 때 자녀가 겪는 정체성의 문제도 실로 심각하다고 하지 않을 수 없다.

이런 경우에 자녀는 있는 힘을 다해 아버지의 도움 없이 자신의 길을 개척해나가려 노력해야 하고 그 과정에서 자립하는 사람도 있지만 불행의 나락으로 떨어지는 사람도 있다.

방탕하고 탐욕스럽고 무절제한 아버지의 전형으로 도스토예프스키의 소설 《카라마조프가의 형제들》의 표도르처럼 정형화되어 있는 사람도 많지 않다.

이야기는 1860년대 러시아의 지방 도시에 사는 벼락부자 카라마조프가의 사람들을 둘러싸고 전개된다.

아버지 표도르는 지주이며 귀족이라는 허울 좋은 이름을 달고 있지만 선술집이나 고리대금업 등의 좋지 못한 사업으로 돈을 번 사람이다.

그는 도덕이라는 것 자체에 냉소를 퍼붓는 태도를 지니고 있으며 억제하지 못하는 물욕과 성욕의 소유자이다. 게다가 그는 자신뿐만 아니라 주위 사람들까지도 타락시키는 발언을 아무렇지도 않게 내뱉는 시니컬한 독설가이기도 하다.

장남인 드미트리는 아버지가 지닌 격렬한 정열을 물려받았지만 동시에 러시아적인 인간적 순수함을 지닌 인물이다. 겉으로는 아버지의 방탕한 행동을 답습하는 것 같지만 그의 마음속 깊은 곳에는 고결하고 순수한 것에 대한 동경이 숨 쉬고 있다.

그는 정열적인 여인 그루센카의 아름다움과 매력에 빠져 약혼녀를 버리려 들고 아버지를 적대시하면서 죽이고 싶을 만큼 증오하는 인물로 등장한다.

차남인 이반은 총명한 청년으로 비상한 두뇌를 지니고 있다. 그는 기독교의 신을 부정하며 신을 인정하지 않는다면 인간에게는 모든 것이 허용될 수 있다는 독자적인 이론을 갖고 있다. 그는 철저한 무신론자이며 동시에 허무주의자이지만 그에게도 역시 카라마조프의 피가 흐르고 있다. 드미트리가 감정적으로 아버지를 증오하고 있다면 이반은 논리적으로 아버지를 증오한다는 공통점이 있다.

셋째 아들인 알료샤는 수도원에서 사랑의 가르침을 설파하는 조시마 장로에게 경도된 순진무구한 청년이다. 그는 누구에게나 사랑을 받으며 심지어 비인간적인 아버지한테까지 천사라고 불린다. 그러나 그의 내부에도 카라마조프가의 격렬한 피가 흐르고 있다는 사실은 누구보다 그 자신이 더 잘 알고 있다.

겉으로 드러나지 않는 사생아인 스메르자코프는 표도르가 백치 여인에게서 낳은 아들로 알려져 있으며 심한 간질병을 앓고 있다. 하인처럼 일하며 겉으로는 정직하고 순종하는 척하지만 천박하고 간교한 성품을 지니고 있다. 게다가 다른 아들들과 달리 하인처럼 괄시와 차별을 받는 만큼 아버지인 표도르를 미워하는 마음은 형제들 가운데 그 어느 누구보다도 강렬하다.

그리고 어느 날 밤 아버지가 살해된다.

그 시간에 그 장소에 찾아왔던 드미트리가 모든 정황 때문에 살인자 혐의를 받는다. 실상 아버지를 죽인 사람은 신만 없다면 모든 것이 허용된다는 이반의 이론에 부추김을 받은 어리석은 스메르자코프였다.

판결이 내리기 전날 스메르자코프는 이반을 찾아가 이 사실을 털어놓으며 이반을 극도의 혼란 속에 던져 넣는다. 그는 경악하는 이반에게 결국 자신의 손을 빌려 아버지를 죽인 사람은 이반이라는 말을 남기고 자살한다.

감옥에 갇혀 있으면서 많은 생각을 하게 된 드미트리는 실제로 죄를 지은 것은 아니지만 마음속으로는 죽인 것이나 마찬가지라고 하며 자신의 죄를 담담하게 인정한다. 그는 여기서 자신의 불같은 감성을 억누르고 상황을 받아들이려고 한다.

둘째 아들 이반은 자신이 그 사생아를 부추겨 아버지를 죽이게 한 것이라고 외치며 법정에서 이성을 잃고 광기로 가득 찬 발작을 일으킨다.

선의를 지닌 알료샤가 이 책의 희망으로 나타난다. 그가 섬기고 숭배하는 조시마 장로는 겸허한 사랑은 무서운 힘을 갖고 있다며 그의 마음에 희망의 빛을 불어넣어준 것이다.

여기에 나타나는 아들들은 지금도 우리가 흔히 만날 수 있는 인간의 유형들을 상징적으로 나타내고 있다. 감성적인 인간 드미트리, 이성적인 인간 이반, 선의의 인간 알료샤, 무지의 인간 스메르자코프 등이다.

우리 자녀들도 이러한 성향 가운데 어느 한 측면이 더 두드러지는 경우가 있다. 그것이 부모의 성향과 다르다고 심각한 억압이나 냉대를 가할 때 그들의 행동은 자신과 사회에 도움을 주지 못하는 방향으로 흘러갈 가능성이 높다.

이즈음에 여러 가지 종류의 성향 검사들이 인기를 얻고 있지만 실제로 인간의 내면을 흐르고 있는 기질은 단일체로만 구성되어 있는 것은 아니다.

광기의 인간 드미트리가 이성을 되찾는 모습이나 이성적인 인간 이반이 광기에 차 발작을 일으키는 모습, 선량한 알료샤가 자신의 삶에 회의를 느끼게 되는 장면들은 우리에게 인간의 내면에 숨어 있는 끝도 없는 심연에 대해 생각해보게 만든다.

부도덕하고 방탕한 부모는 자녀의 내면에서 더 좋은 것을 끌어내도록 도와주기에는 역부족인 경우가 많기 때문이다.

아들에게 모든 기대를 거는 어머니

일전에 수도생활을 하는 분의 이야기를 인상 깊게 들었다.

인간관계는 주기만 하거나 받기만 하는 단선적인 것이 아니라는 것이다. 어머니가 아기를 돌보는 것같이 보이지만 사실은 아기의 맑고 순수한 사랑과 심성이 어머니를 돌보는 점도 크다는 것이다. 아닌 게 아니라 무거운 물건이라면 절대로 못 든다는 가냘픈 젊은 어머니도 그 무게의 두 배가 넘는 아기를 안고 업고 거뜬히 다니는 것을 보면 무게라는 것은 물리적인 것만은 아니라는 생각이 든다.

어머니는 아기를 극진히 사랑하지만 너무 힘든데 아기가 자꾸 울거나 할 때면 간혹 귀찮은 마음이 들기도 한다. 그러나 아기가 어머니를 귀찮아하는 경우는 전혀 없다는 것이다. 그런 절대적인 의존이 어머니의 마음에 사랑을 되돌려준다는 것이다.

그러고 보면 미운 네 살이니, 일곱 살이니, 사춘기니 하는 나이들이 전부 다 아기들이 혼자 자기 세상을 탐색해나가기 시작하면서 "싫어."

"혼자 할래." "글쎄, 간섭 좀 하지 말라니까요."라고 말하기 시작하는 순서에 다름 아니다.

성장하는 과정으로 어머니가 이 단계를 받아들이지 못하면 어머니를 귀찮아한다는 배신감으로 받아들여질 수도 있다.

아닌 게 아니라 마마보이의 큰 특성은 어머니를 절대 귀찮아하지 않아 분화가 덜 된 경우가 많다는 점이다. 오히려 배우자를 귀찮아할지언정 사랑을 베푸는 어머니는 온전히 받아들이려는 남자로 생각하면 이해가 더 쉬울지도 모른다.

문제를 일으키는 마마보이들은 어쩌면 어머니가 세상을 떠날 경우에 대비해 예비 엄마를 입양하는 심정으로 아내를 얻는지도 모른다.

흔히 어머니와 아들, 그리고 그의 연인으로 나타나는 삼각관계의 갈등은 아직도 가족 불화의 큰 위치를 차지하고 있다. 어머니의 애정 때문에 한 남자로 독립하는 데 장애를 느끼는 아들의 이야기는 우리들 주위의 삶에서도 많이 볼 수 있다.

D. H. 로렌스의 소설 《아들과 연인》에 나오는 주인공 폴도 바로 그런 경우이다.

이 소설의 중심 무대가 되는 잉글랜드 중부에 위치한 베스트우드 주변에는 광부용 조합 주택이 늘어서 있다.

주인공 폴의 아버지인 모렐도 이 탄광에서 일하는 평범한 광부 중 한 사람이다. 하지만 그의 아내는 광부의 아내로서 어울리지 않는 교양을 갖춘 여자였다.

젊었을 때 남자는 세련되고 우아한 자태를 보이는 숙녀에게 반했고 여자는 지적인 속박에 얽매이지 않고 생명력 넘치는 남자에게 끌려 결혼하였던 것이다. 그러나 대부분의 결혼이 그렇듯 냉엄한 현실 앞에 환상은 곧 깨지고 두 사람 사이에 그칠 줄 모르는 부부싸움이 시작되어 장기적인 불화의 상태로 들어가게 된다.

결혼하기 전에 좋게 보였던 점이 결혼한 후에는 치명적인 약점으로 보이게 되는 것은 정말 결혼의 수수께끼가 아닐 수 없다.

태어나는 아이들의 장래에 대해서도 두 사람은 생각이 달랐다. 남편은 아들들 역시 광부가 되는 것이 당연하다고 생각한다. 인생에 대한 이상적인 꿈 따위는 꾸지 않는 것이 좋다는 것이 현실적인 그의 사고방식이다.

그러나 아내는 아들들이 지적인 직업에 종사해 이런 답답한 삶의 굴레를 떨쳐버릴 수 있기를 바란다.

세월이 흘러가면서 아내는 남편에 대한 모든 기대를 버리게 된다. 그리고는 오로지 큰아들에게 희망을 걸고 살아가지만 큰아들은 폐렴에 걸려 회복하지 못하고 갑작스레 죽고 만다. 상심과 비탄에 잠겼던 어머니는 둘째 아들 폴에게 모든 사랑과 기대를 쏟아붓는다.

인간이 지닌 특질 중 하나는 무엇인가를 사랑하지 않고는 견딜 수 없다는 점일 것이다.

폴 역시 지적인 어머니를 마음속 깊이 사랑했고 무능하고 투박한 아버지에 대해서는 설명하기 어려운 적개심과 증오심을 느끼고 있다. 그가 보기에 아버지는 산업의 근대화에 뒤처지고 인생에도 뒤처진 패배자였던 것이다.

폴은 큰 회사에 입사하고, 전람회에 출품한 그림도 입상하여 어머니의 기대에 보답한다. 그리고 그는 근처 농장주의 딸인 미리엄에게 사랑을 느끼게 된다. 미리엄은 낭만적인 처녀로 교양이 있는 폴에게 끌리지만 그의 모든 요구에 맹목적으로 따르지는 않는다. 폴은 그녀의 정신적인 사랑에 채울 수 없는 갈증을 느껴 괴로워한다. 어머니 역시 미리엄을 달갑게 여기지 않았으므로 두 사람의 사랑은 결국 좌절되고 만다.

이후 폴은 남편과 별거하며 진보적인 여권운동에 참가하고 있는 연상의 여인 클라라를 사랑하게 된다. 하지만 폴에게는 미리엄에 대한 사랑의 미련이 남아 있고 클라라 역시 남편을 완전히 잊지 못해 두 사람의 사랑도 결실을 맺지 못한다.

그러면서 그는 어머니가 자신의 마음속에 너무도 깊이 자리 잡고 있음을 어렴풋하게 감지한다.

폴이 25세가 되었을 때 어머니가 세상을 떠나자 그는 모든 것을 잃은 듯한 완전한 고독에 빠진다. 그러나 폴은 그러한 고독감 속에서 비로소 어머니의 그늘을 벗어날 수 있었다. 그는 이윽고 한 인간으로, 한 남성으로 자립의 길을 찾아 나선다.

주인공 폴 모렐은 섬세한 감수성을 지니고 있어 남편에게 절망한 어머니에게 아들인 동시에 연인이었던 입장을 저버리지 못했던 것이다.

우리들 주위에서 가장 흔히 볼 수 있는 유형이다. 결혼을 깨뜨리지 않고 겉으로라도 유지하기 위해 남편에게 향할 애정이나 인생의 기대가 다 아들에게로 기울어져 가는 경우이다.

이런 경우 어머니는 아들과 정신적인 동맹을 맺고 아버지에게 함께 저항하게 되기 쉽다. 마침내 폴은 "어머니가 계신 한 저는 절대로 결혼하지 않겠어요."라고 말하기까지 한다.

왜곡된 어머니와 아들의 사랑 때문에 다른 이성을 자유롭게 사랑하지 못하는 과정이 이 글에 치밀하게 그려져 있다. 불행한 결혼을 경험하는 어머니의 맹목적이고 기대에 찬 사랑이 아들의 애정문제에 어떤 그늘을 드리우는가 하는 것을 이 소설은 보여준다.

아버지와 아들의 사랑

　세계적인 명작으로 알려진 작품들 속에 나타난 부모 자녀 관계는 의외로 갈등에 싸인 경우가 많다. 펄 벅의 작은 작품인 〈아버지를 위한 선물〉에서 우리는 부모와 자녀가 서로 원하고 바라고 있는 바를 간명하게 알아볼 수 있다. 부모와 자녀 간의 모든 허물과 강요를 덮는 곳에 사랑이 살아 숨 쉬고 있는 것이다.

　주인공의 나이가 열다섯이고 아버지의 농장에서 살고 있을 때의 일이었다. 새벽에 잠에 취해 있을 때마다 일하자고 깨우는 아버지에게 그는 강한 거부감을 느꼈다. 그는 아버지가 자신을 사랑하고 있다는 사실을 크리스마스 며칠 전 아버지가 어머니에게 하는 말을 듣고 나서야 비로소 깨달았다.

　"여보, 나로서는 아침에 로브를 깨우는 것이 너무 가슴 아픈 일이야. 그 애는 한창 자랄 나이라서 푹 자야 하거든. 내가 그 애를 깨우러 갔을 때 아이가 얼마나 곤히 자고 있는지 당신은 모를 거요. 나 혼자서 일을 해낼 수 있다면 얼마나 좋을까."

그러나 어머니는 이제 그 애가 어린아이가 아니라 자기 몫을 해야 할 나이라고 대답했다. 아버지는 그 말이 맞는다고 하면서도 천천히 말했다.

"하지만, 정말이지 그 애를 깨우기가 싫소."

이런 말을 들었을 때 그의 마음속에서 무엇인가 눈뜨는 것이 있었다. 아버지는 나를 진심으로 사랑한다. 그러니 앞으로는 아침에 늑장을 부리지 말아야겠다는 생각이었다.

그리고 진작 이런 말을 들었으면 싸구려 넥타이가 아닌 좀 더 좋은 크리스마스 선물을 샀을 텐데 하고 후회하다가 갑자기 뛰어 일어난다. 크리스마스 선물의 아이디어가 생각난 것이다. 그는 크리스마스 날 새벽 4시가 되기 훨씬 전에 아버지보다 먼저 일어나 헛간에 가서 소젖을 혼자 몽땅 다 짜고 헛간도 말끔히 청소하는 것으로 크리스마스 선물을 하기로 작정한 것이다.

그렇게 하기 위해 소년은 그날 아마 스무 번도 더 깨었을 것이다. 깰 때마다 그는 성냥을 그어 낡은 시계를 들여다보았다. 마침내 3시가 지나자 소년은 서둘러 일어나서 옷을 입었다. 마루 판자가 삐걱거리지 않도록 조심조심 계단을 내려가서 밖으로 나간 그는 부지런히 소젖을 짰다. 일은 전혀 지겹지 않았다. 다른 때와 달리 자기를 사랑하는 아버지를 위한 선물이었기 때문이었다.

방에 돌아온 그는 허둥지둥 어둠 속에서 옷을 벗고 이불 속으로 파고들었다. 곧 아버지가 계단을 올라오는 소리가 들렸다.

그는 가쁜 숨소리를 죽이기 위해 이불을 뒤집어썼다. 방문이 열렸다.

"애야. 일어나야지. 크리스마스라 안됐다만……."

알았다고 소년이 졸린 목소리로 대답하자 아버지는 먼저 내려가서 일을 시작해야겠다고 하면서 그냥 내려갔다. 한참 시간이 흐른 후 다시 발소리가 들려왔다. 문이 열렸지만 소년은 꼼짝하지 않고 누워 있었다.

"로브!"

"……네. 아빠."

"이런 녀석 봤나."

아버지는 웃음을 터뜨렸다. 흐느끼는 듯한 아주 묘한 웃음소리였다.

"누가 속을 줄 알고?"

아버지는 침대 옆에 서서 소년을 덮고 있는 이불을 걷어냈다.

"크리스마스 선물이에요. 아빠!"

그는 아버지의 허리를 끌어안았다. 아버지의 팔이 그의 몸을 감싸는 것이 느껴졌다. 캄캄해서 서로 얼굴은 볼 수 없었다.

"얘야. 고맙다. 아무도 이보다 더 흐뭇한 일을 하지는 못할 게다."

"아, 아빠. 난 아빠가……."

말이 저절로 튀어나왔지만 그는 어떻게 다음 말을 이어야 할지 몰라 말끝을 흐렸다. 그의 가슴에는 사랑이 넘쳐흐르고 있었다.

아버지가 어머니와 어린 동생들에게 그 이야기를 했을 때 그의 가슴은 자랑스러움과 수줍음으로 가득 찼다.

"내가 이제까지 받은 가장 훌륭한 크리스마스 선물이구나. 그리고 내가 살아 있는 한, 해마다 크리스마스 아침이면 이 선물을 기억할 게다."

아버지는 이렇게 이야기했다.

그 후 어른이 되어 그는 생각한다. 사랑할 수 있다는 것, 그것이야말로 인생의 진정한 기쁨이라는 것을 그는 새삼 깨달았다. 진정으로 사랑할 수 없는 사람들이 있다는 것을 그는 나이 들어가면서 알게 된 것이다. 그러나 그의 내면에는 사랑이 여전히 살아 있었다.

그의 마음속에 사랑이 살아 있는 것은 오랜 옛날 아버지가 자기를 사랑한다는 사실을 깨달았을 때 그것이 자기의 내면에 생겨났기 때문이라는 생각이 문득 떠올랐다.

사랑만이 사랑을 일깨울 수 있다는 자각이 우리 마음을 채울 때 우리는 구원에 한 걸음 더 가까이 다가가는 것이 아닐까 싶다.

인생에서 가장 중요한 것은 무엇인가

인생이 마음대로 되지 않을 때 우리는 멈추어 서게 된다.

그리고 생각해보게 되는 것이다.

과연 나는 무엇을 위해 이렇게 달려오는 삶을 살고 있는 것일까.

무엇이 과연 내 인생에서 제일 중요한 것일까.

톨스토이의 우화 〈세 가지 의문〉은 우리에게 그에 관한 메시지를 전해주고 있다.

옛날 어떤 왕이 있었다.

어느 날 그는 문득 이런 생각을 하게 되었다. 무슨 일을 하는 데 있어서 언제 시작하는 것이 좋은가. 누구와 더불어 하는 것이 좋고 누구와 더불어 하는 것이 좋지 않은가. 그리고 무엇이 가장 중요한 일인가. 이 세 가지만 미리 알 수 있다면 어떤 일을 하든 절대로 실패하지 않을 것이 아닌가.

수많은 학자들이 몰려와 다투어 자신의 복잡한 생각을 말했지만 모두들 의견이 달랐고 왕은 그 어떤 의견도 받아들이기가 석연치 않았다. 그는 자신의 의문에 대한 확실한 대답을 얻기 위해서 지혜롭기로 이름난 현자를 찾아가 보기로 마음먹었다.

현자는 깊은 숲 속에 살면서 바깥 세상에 전혀 나가지 않고 일반 사람들 이외에는 누구도 만나지 않았다. 그래서 왕은 수수한 옷을 차려입고 호위하는 병사들도 중간에서 기다리게 하고 말에서 내려 현자의 거처가 있는 곳까지 혼자 걸어갔다.

숲 속 현자의 집에 이르렀을 때 현자는 마침 집 앞의 밭을 갈고 있었는데 왕에게 가벼운 인사만 보내고는 밭 가는 일에 몰두했다. 나뭇가지처럼 여윈 현자는 일하는 것이 몹시 힘들어 보였다.

왕은 그에게 다가가 자기가 세 가지 의문이 있어 현자를 찾아왔다고 말하고 그 세 가지를 이야기했다.

현자는 이렇다 저렇다 대답하지 않고 그저 가래질을 하고 있었다.

"몹시 힘들어 보이는군요. 가래를 이리 주십시오. 제가 도와드리지요."

왕이 말했다.

"고맙소."

왕은 현자가 쉬는 동안 밭을 갈다가 일손을 멈추고 다시 질문을 해보았지만 현자는 달리 대답을 하지 않고 내가 일을 하겠으니 가래를 돌려달라고 말했다.

그러나 왕은 가래를 돌려주지 않고 일을 계속했다. 시간이 지나 어느덧 해가 뉘엿뉘엿 지기 시작했다. 그는 대답을 얻지 못하면 돌아가야겠다고 말했다.

그때 누군가가 이쪽을 향해 급히 달려오고 있는 것이 보였다. 한 남자가 두 손으로 배를 움켜쥐고 달려오는데 손 아래로 피가 철철 흘러내리고 있었다. 왕이 서 있는 곳까지 달려오더니 그는 땅바닥에 쓰러져 그대로 정신을 잃고 말았다. 왕은 상처를 여러 번 닦아주고 상처를 싸매어주었다. 간신히 피가 멎자 맑은 물을 떠서 먹이고 간호해주었다.

그동안 해는 완전히 지고 왕은 남자를 집 안으로 옮긴 다음 자신도 곧 잠이 들었다. 왕은 밭일을 하느라 고단해서 정신없이 잠이 들었다가 아침이 되어서야 깨어났다.

그의 앞에는 한 남자가 무릎을 꿇고 있었다. 어제 상처를 치료해주었던 남자였다.

그는 자기 형제들이 왕 때문에 죽고 재산까지 몰수당해 복수를 하려고 했다는 것이다. 어제 왕이 돌아갈 때 죽이기로 결심하고 기다렸지만 왕이 오지 않아서 숨어 있던 장소에서 나왔다가 왕의 호위병에게 발견되어 칼에 찔렸다는 것이다. 그런데 바로 왕이 자신을 구해주었다며 허락해주신다면 평생 죽는 날까지 왕을 충성으로 섬기겠다고 용서를 빌었다.

왕은 뜻하지 않게 원수와 화해하게 된 것을 기뻐하며 기꺼이 그를 용서했을 뿐 아니라 몰수했던 재산을 되돌려주고 시종과 의사를 보내 상처를 치료해주겠다고 약속했다.

남자와 이야기를 마친 왕은 떠나기 전에 현자에게 다시 한 번 그 세 가지 질문에 답해달라고 마지막으로 간청했다.

"그 대답은 이미 끝난 것 같습니다."

현자는 대답했다.

"당신이 내가 힘들어하는 것을 보고 가엾이 여겨 밭 가는 일을 도와주지 않았으면 돌아가다 저 남자의 손에 목숨을 잃었을 것이니 가장 적절한 시기는 나를 도와 밭일을 하고 있었을 때입니다. 그때 당신에게 가장 중요한 사람은 나였지요. 그리고 가장 중요한 일은 남에게 선행을 베푸는 것이었습니다. 또 당신이 이 남자를 치료해주지 않았으면 화해는커녕 언제라도 당신을 죽이려고 했겠지요. 그 순간에 가장 중요한 사람은 그 남자였고 치료한 그 시간이었고 선행을 베풀었던 것이 가장 중요한 일이었지요."

그는 이어서 말했다.

"가장 적당한 순간이란 오직 '지금 이 순간' 뿐이며 그 이유는 지금이라는 시간만 우리 인간이 통제할 수 있기 때문입니다. 가장 필요한 사람은 '지금 당신 앞에 있는 바로 그 사람' 이라는 걸 명심해야 합니다. 가장 중요한 일은 '타인에게 선행을 베푸는 것' 입니다."

현자의 대답을 들은 왕은 크게 깨닫고 왕궁으로 돌아갔다.

현대사회의 부모들은 자녀에게 가장 중요한 때가 언제인가, 가장 중요한 사람은 누구인가, 가장 중요한 일은 무엇인가에 대해 쏟아지는 정보의 홍수 속에서 살고 있다.

그러나 실상 자녀와 나 사이에 가장 중요한 시간은 바로 지금 이 시간이 아닌가 하는 생각을 하게 만드는 이야기이다.

나중에 더 나은 삶을 살도록 도와준다는 명분 아래 우리는 자녀들을 여기저기 학원이며 과외로 내몰고 있는 것은 아닐까. 미래의 행복한 삶을 준비하기 위해 지금 사랑하고 수용하는 대신에 야단과 꾸중을 일삼으며 지금의 행복한 순간을 놓치고 있는 것은 아닐까.

가장 중요한 사람은 지금 내 곁에 있는 가족이고 그들에게 사랑을 베

푸는 것이야말로 우리가 해야 할 가장 중요한 일이 아닌가 하는 것을
이 이야기는 들려주고 있다.

추억이 소중한 사람들

모든 추억은
오랜 세월이 지난 후에야
희미한 기억과 상상을 뒤섞으며
그 흔적을 드러내는 것 같다.
헤라클레이토스의 말처럼
만물은 변화하고
우리는 지나간 강물에
다시 발을 담글 수 없는지도 모른다.

어머니의 노래

중고등학교 시절을 함께 보낸 동창 친구의 딸 결혼식이 있었다.

결혼식장에는 예식 시간보다 한 시간도 더 일찍 분홍색 옷을 곱게 차려입은 친구가 나와 있었다. 하나씩 둘씩, 삼삼오오 모여든 친구들은 예식장 안에 자리 잡고 앉으면서 서로 소식들을 나누느라고 여념이 없었다.

학교 다니던 때 중고등학교 내리 육 년을 한 번도 수석을 놓치지 않았던 신부의 어머니는 오랫동안 동창회장 일을 맡아왔다. 게다가 동창회보 만드는 일이며 산행이나 여행을 주선하는 어려운 일들을 많이 해왔다.

동창 친구들이 모두 그녀에게는 개혼인 첫 번째 결혼식에 관심을 지니고 참석해준 것은 놀라운 일이 아니었다.

눈이 예쁘고 아담한 신부와 듬직하고 믿음직한 신랑이 입장하고 서로 상견례를 하고 주례사가 이어지는 과정은 다른 결혼식과 다를 바 없이 진지하고 엄숙했다.

신랑 신부의 젊은 친구 두 사람이 나와서 팝송으로 이어지는 축가를 불러 결혼식의 흥을 돋우었다.

이어서 신랑과 신부가 양가 부모님들께 몸을 깊이 숙여 인사를 드린 후 돌아서서 내빈들에게 인사를 하려는 순간이었다.

내빈께 인사를 하기 전에 신부 어머님 친구분들의 노래가 있겠다는 사회자의 말에 사람들은 호기심 어린 모습으로 웅성거리기 시작했다.

주례를 보던 분도 수많은 주례를 보았지만 이런 일은 처음이라고 이야기했다.

참석자인 하객들에게도 너무나 뜻밖인 일이었다.

뒷자리에 앉아 있었던 나와 다른 친구들은 앞자리에 앉아 있던 이십여 명의 친구들이 일어서는 모습을 바라보았다. 신부 어머니와 함께 합창단을 이끌던 동창 친구들이었다.

바라보는 뒷모습의 친구들 머리는 검은색도 있었지만 흰빛이 서리처럼 내려앉은 모습도 보였다. 앉았던 자리에서 일어선 그들은 하객들에게는 뒷모습을 보인 채 신랑과 신부를 바라보면서 노래를 시작했다.

이 세상 어딜 가든지 어디서 무얼 하든지
주는 항상 나와 함께 동행하여 주시네
......

순간 장내는 고요함과 숙연함으로 가득 찼다.

아름다운 화음과 깊은 신앙심이 담긴 노랫말도 그랬지만 이제 초로의 고개를 넘고 있는 어머니들이 극진한 마음으로 내 자녀들에게 주는 마음을 노래하는 모습은 우리들의 가슴을 찡하게 만들었다.

신부의 어머니와 함께 노래하던 합창단원들이었던 어머니들은 교내 합창 콩쿠르에서 대상을 수상한 경력이 있는 쟁쟁한 실력자들이었다. 전에도 여러 번 그들의 노래를 들을 기회가 있었지만 이렇게 마음속에 스며드는 감동을 주기는 처음이었다.

젊은이들은 다투어 이민을 떠나고 싶어 하고 인간관계는 마른 모래처럼 부서져가는 이 어려운 시기에 어머니들의 간곡한 기원은 메아리처럼 울려 퍼졌다.

우리가 어머니의 살냄새 같은 고향의 푸근한 정서를 잊고 살아온 지 얼마나 되었을까.

자녀가 있는데도 결혼을 쉽게 해체하려고 들거나 아이를 낳지 않으려고 하는 작금의 세태는 모성의 상실을 우리에게 보여주고 있지 않은가.

새삼스럽게 어머니라는 말이 우리에게 주는 감동을 잊어버리고 살아온 세대가 아니었던가 하는 생각이 들었다. 하염없이 아이들을 감싸며 자기를 잊고 살아왔던 어머니의 모습이 희미해가는 시기에 어머니들의 기원은 하늘로 그대로 올라가 닿을 것 같았다.

하객들은 함께 점심을 나누며 감동적이던 결혼식 장면을 이야기했다. 이제부터 아주 합창단을 조직해 결혼식마다 노래하러 다니자는 이야기까지 나왔다.

결혼식이 끝난 후 가까운 친구와 결혼식장 앞에 있는 도산 공원을 찾아갔다. 우리는 잔디밭에 놓인 작은 바위 위에 한참 동안 앉아서 이야기를 나누었다.

오랜만에 청명한 날씨의 토요일이라 사진을 찍으러 나온 신랑 신부들의 모습이 눈에 많이 띄었다.

공원을 걷다가 돌이 갓 지난 듯한 어린 아기가 뒤뚱뒤뚱 걸으면서 장난감 수레를 밀고 가는 곁에 젊은 어머니가 웃으며 따라가고 있는 장면과 마주쳤다.

우리가 젊은 엄마 노릇을 하느라고 아기를 안고 업으며 동분서주하던 시절이 어제 같은데 언제 이렇게 나이 들었을까.

젊은 엄마를 보며 같은 생각을 했는지 친구가 혼잣말처럼 말했다.

"내가 인생에서 제일 행복했던 시기는 첫아이를 낳고 기르던 이 년간이었던 것 같아. 작은 집에 살면서 내가 얼마나 큰 소리로 하루 종일 아기와 이야기를 나누었는지 이웃 사람들이 우리 집에 누군가 다른 사람이 사는 줄 알았다지 뭐니."

아이들을 기를 때 가장 살아 있는 기쁨이 생생했다면서 이제 아이들이 다 성장하고 나니까 그 시절의 순수하던 시간들이 그립다고 이야기했다.

현대사회에서 자라난 아이들은 주관이 뚜렷한 자기들의 길을 걷고자 하기 때문에 어머니에게 기대는 것을 정서장애의 일종쯤으로 여기는 경향도 있다.

우리가 지금 나이 들어서도 어느 때는 어머니의 품에 안기고 싶은 그 심정을 다음 세대도 그만큼 진하게 간직하고 있을까.

합리성이라는 이름으로 쏟아져 들어오는 서구 문명의 홍수 속에서 우리는 전통적인 헌신과 인내의 어머니 상을 너무 한꺼번에 파기하고 있는 것은 아닐까.

아기를 쉽게 떼어놓고 재혼하는 젊은 어머니들을 볼 때면 지금도 마음 한구석이 싸아하다. 아이들의 마음속에 어머니의 기원과 노래가 담기지 않으면 인생의 어둡고 추운 고비가 닥칠 때 어느 곳으로 가서 안길 마음의 품을 찾을까 하는 슬픔 때문이다.

뒤뚱거리며 걷는 어린아이와 젊은 엄마 곁을 친구와 함께 천천히 걸어가면서 어머니의 기원을 새삼 생각해보았다.

　　　이 세상 어딜 가든지 어디서 무얼 하든지
　　　어머니는 항상 나와 함께 동행하여 주시네

라는 노랫말로 바꾸어도 그대로 가슴에 와 닿을 것 같은 토요일 오후였다.

선유실리의 추억

대학 생활의 추억은 내게 결코 달콤하지 않다.

60년대 후반의 대학은 어두운 혼돈 속에 차 있었다. 데모와 최루탄, 유월도 되기 전에 실제로는 문을 닫아버리던 강의실, 경제발전을 이유로 내리밀던 가혹한 침묵의 강요…….

학교 시절 내내 나는 도서관에서 살다시피 했다. 수업을 빼먹고 도서관 한쪽 구석에서 나는 외국 미술사 책들을 들추며 그림 하나하나를 오랫동안 바라보았다. 그러고는 소설이며 신화, 역사에 나오는 주인공들의 이야기에 빠져들어 몇 시간씩 그 환상의 세계를 따라가고는 했다.

방학이 되면 농촌봉사대를 따라 두 주일이 넘게 강원도의 오지마을을 찾아다녔다. 날씨는 너무 덥지 않으면 너무 추웠다. 그러나 집 안에 갇혀 지내던 내게 산과 계곡이 어우러진 산골은 경이로움으로 다가왔다. 순박하고 정이 많은 사람들과 함께 지내며 다른 세상을 배웠던 것도 또 다른 놀라움이었다.

학교를 졸업할 무렵 농촌봉사대 지도교수님은 학교 선배가 운영하고 있던 선혜학원에 가서 일 년만 아이들을 가르쳐줄 수 없느냐고 의사 타진을 해왔다.

나는 그런 깊은 산속에 가서 혼자 모든 책임을 지는 일을 감당하기는 어렵다고 대답했다. 선생님은 간단히 이야기했다.

"어렵게 생각할 거 없어. 그저 거기 가서 낮에는 아이들을 가르치고 저녁에는 책 읽고 그렇게 지내면 돼. 잘 생각해보고 대답해다오."

그 당시 우리 집안 사정은 여러 가지로 복잡했고 사회는 희망과 절망의 사이에 끼여 앞을 내다보기 어려웠다. 며칠 동안 곰곰이 생각해본 후 나는 선생님에게 그곳에 가겠다고 대답했다. 아마도 어디론가 우선 떠나버리고 싶다는 소망이 가장 컸던 것 같다. 선생님은 그렇지 않아도 다음 후임자를 구하지 못할까 봐 걱정이 많았다며 말할 수 없이 기뻐했다.

나는 산속을 찾아가 일 년 동안 지냈다. 집의 보호를 떠나 혼자 산속에서 살아나갔던 경험은 세상을 보는 시각을 많이 바꾸어주었다.

자연 속에서 사는 단순한 삶은 거의 수도자의 생활 같았다. 새벽이면 일어나 샘에서 물을 긷고 장작불을 때서 아침, 저녁을 지었다. 낮에는 아이들을 가르치고 밤에는 석유 등잔불의 심지를 돋우어가며 책을 읽었다. 전기는 들어오지 않았다.

지금 생각해보면 그 시절, 자연 속에서 숨 쉬면서 세상과 사람들을 향해 닫혀 있던 마음의 문이 서서히 열리기 시작했던 것이 아닌가 싶다.

강원도 간성에서 버스를 내려 산속을 두어 시간 정도 걸어 들어가야 하는 곳에 이화여대 횃불회에서 세운 선혜학원이 서 있었다. 계곡 물이 웅성거리며 흘러내리고 바윗덩어리가 들끓고 옛날 바람이 그대로 부는 듯싶은 화전민 마을이었다.

교사 안에는 두 개의 교실, 사무실 하나, 베틀처럼 낡은 풍금, 오래된 책들이 꽂혀 있는 마을 문고, 가다 말다 하는 기둥시계 하나가 있었다. 낡은 교실의 유리창 밖으로는 폭이 넓은 시냇물과 큰 바위, 숲의 그림자가 바라다보였다.

교사 뒤쪽 낮은 언덕 위에 사택인 오두막집 한 채가 있었다. 작은 방 두 개와 검은 무쇠솥이 부뚜막에 걸린 부엌이 있는 집이었다. 그 앞으로는 상당히 넓은 텃밭도 있었다.

학생은 전 학년을 모두 합해 오십 명이 조금 넘었고 나하고 젊은 여선생 한 사람이 아이들을 나누어서 가르쳤다. 선유실리라는 이 마을은 간성국민학교에서 이십 리도 더 떨어져 있었다. 마을 이름처럼 신선이 되어 구름이나 타고 다니기 전에는 아이 걸음으로 하루에 왕복하기 어려운 거리였다. 이화여대 농촌계몽대가 그 사정을 알고 힘을 모아 선혜학원을 세운 후 어린아이들도 다 취학하게 되었다고 했다.

거기서 공부도 가르치고 농사도 짓고 그렇게 일 년을 지냈다.

가난하지만 눈빛이 맑은 아이들은 내게 새로운 희망의 모습을 보여주었다. 그러나 아이들에게 나는 과연 어떤 모습이었을지 지금도 가끔 궁금하다. 나는 투사도 상록수도 구도자도 아니었기 때문이다. 나는 그곳에서 그저 소박하게 일하며 단순하게 살았고 신기하게도 삶은 그것으로 충분했다.

학원을 떠나기 전에 작별 기념으로 교실에 병풍과 담요를 둘러치고 춘향전을 공연했다. 나는 월매 역할을 맡았고 눈매가 고운 여선생은 춘향이 역을 맡았다. 윗마을에 사는 허우대 좋은 총각이 이도령이 되고 마을 사람들이 변학도며 향단이가 되었다. 아이들은 입은 옷 그대로 아무 때나 남원 마을 사람이나 잔치 손님으로 뛰쳐나오는 즐거운 단역배우들이었다. 얼마나 많이 공연을 보러 몰려들었는지 교실 안은 물론이고 교실이 들여다보이는 유리창 틈새마다 사람들이 발을 돋우고 서서 울고 웃으며 공연을 보았다. 그 모든 장면들이 어느 꿈속에서 보았던 일처럼 아련하고 그립기만 하다.

그날 밤 초가집에서 짐을 챙기며 나는 여선생과 함께 지나간 시간들의 추억을 더듬었다. 닷새마다 서는 장에 따라나서던 것, 간성 공보실에 가서 졸라 학원 운동장에서 영화를 상영하던 것, 누에를 치느라고 뽕을 따러 다니던 것, 비가 억수로 퍼부어서 계곡물이 불어나 윗마을과 고립되었던 여름날……

그리고 산속을 서성거리던 바람소리들, 가을에 아이들이 꺾어 와 온 교실을 장식하던 단풍나무 잎들, 아이들이 고무신에 시냇물과 함께 담아 오던 물고기들, 오후 내내 기다리던 자전거 탄 우체부, 집 앞 텃밭에서 거두던 오이며 감자 호박들…… 숨이 막히도록 아름다운 생명의 빛으로 숲과 시내를 비추며 떠오르던 보름달, 그믐이 가까워지면 깜깜한 하늘에 청청하게 빛나던 별들……

미국에서 십 년 동안 살다가 귀국했을 때 제일 먼저 찾아보고 싶었던 곳이 바로 선혜학원이었다.

그러나 찾아간 자리에는 낯선 분교가 서 있었고 군부대가 시냇물 바위 앞까지 철조망을 치고 주둔해 있었다.

모든 추억은 오랜 세월이 지난 후에야 희미한 기억과 상상을 뒤섞으며 그 흔적을 드러내는 것 같다. 헤라클레이토스의 말처럼 만물은 변화하고 우리는 지나간 강물에 다시 발을 담글 수 없는지도 모른다.

낯익은 얼굴들이 사라진 마을을 되돌아 나오면서 나는 먼 옛날의 그림자처럼 실감이 나지 않는 선혜학원의 추억에 빠져들었다. 찾아 헤매던 나의 참모습과 삶의 방향을 처음으로 가늠할 수 있게 도와주었던 장소가 바로 그곳이었다는 생각이 새삼 들었다.

캠퍼스의 풍요로운 환경 속에서는 찾을 수 없었던 깨우침이 그 산속에서 나를 기다리고 있었던 것이다.

그렇게 해서 선유실리는 내게 관념적인 몽상에서 벗어나 생생한 삶의 광장으로 나가는 길을 우회해서 보여준 이정표가 되었다.

뗏목을 타고

만주 목단강가에서 어린 세 아들을 두고 나를 임신해 산달이 가까웠던 어머니는 일본 군대에 끌려 나갔던 아버지의 전사 통보를 해방 직전에 받았다.

눈앞이 아득해진 어머니는 경황이 없는 중에 아들이건 딸이건 상관없다는 이웃 부자 중국인에게 태내 입양을 했다. 아기가 태어나자마자 그 집에 양자로 주기로 한 것이다. 그러나 해방이 되고 팔로군이 들어오는 바람에 부자 중국인 식구들은 다 도망가거나 죽고 그 집안은 풍비박산이 되었다.

해방이 되자 일본 사람들은 하나둘 철수했다. 어머니는 몸을 풀기만 하면 아이들을 데리고 고향인 황해도 사리원으로 내려가리라고 벼르며 해방의 소용돌이 속에서 집을 지키고 있었다.

태어나는 아기를 어떻게 해야 할지 근심은 어머니의 마음을 무겁게 내리누르고 있어 별별 궁리를 다 해보았다고 했다. 어떤 생각을 해도 뾰족한 대책은 없어 그저 막막한 상태에서 세월이 지나가기만 기다리는 형편이었다.

그러던 9월 어느 날 검게 탄 얼굴의 까칠한 남자가 휘적휘적 집 안으로 들어서더라는 것이었다.

아버지였다.

아버지의 시계와 옷을 빼앗아 간 탈영병이 폭사하는 바람에 그 유류품만 보고 전사 통지를 냈던 것이다. 반가워하고 이야기를 나누고 할 시간도 제대로 없이 식구들은 보따리를 이고 지고 길을 나섰다. 네 살 된 셋째 오빠까지 짐을 짊어졌다.

서둘러 삼팔선을 넘어 이남 땅에 가야 한다. 이북 땅에 남으면 출신 성분 때문에 숙청당한다는 소문이 파다하다고 몸을 풀고 떠나면 안 되겠느냐고 간청하는 어머니를 아버지는 다그쳤다. 기다릴 시간이 없으니 가는 곳까지 가서 아기를 낳아야 한다고 아버지는 주장했다.

목숨을 걸고 사지를 헤쳐 가족을 데리러 그곳까지 온 아버지는 온 신경이 곤두서 있어 다른 사람처럼 보였다고 어머니는 그 후에도 이야기하곤 했다.

잠깐씩 차를 얻어 타기도 했지만 타박타박 걷는 아이들과 임산부를 격려하며 남쪽으로 남쪽으로 걸어 내려오던 아버지 일행은 며칠 후 저녁 무렵에 함경도 고원에 도착했다.

마을에 몇 개밖에 없는 작은 여관들은 올망졸망한 아이들 셋과 만삭의 임부가 딸린 일행에게 방을 주려고 하지 않았다. 두 군데서나 거절당한 아버지는 어머니와 셋째 오빠를 밖에 숨겨두고 큰오빠와 둘째 오빠만 데리고 다른 여관으로 들어섰다. 전에 병원이었다는 이층 양옥 건물을 개조한 여관에서 아버지는 창문이 큰 아래층 방을 얻었다. 날이 어두워질 무렵 셋째 오빠를 앞세운 어머니는 무거운 몸을 끌고 창문을 넘어 여관방으로 숨어들었다.

식구들이 걷기에 지쳐 죽은 듯 잠든 새벽 두 시 반쯤 어머니는 산기를 느꼈다. 어머니는 아버지를 깨워 해산 도움을 받으며 수월하게 아기를 낳았다. 걷느라고 고생한 끝인데다가 경산부여서 산기가 있고 삼십 분 만인 새벽 세 시에 아기는 세상에 나왔다. 아버지가 아기를 받아 준비해 왔던 가위로 탯줄을 끊고 깨끗이 빨아놓았던 아버지의 헌 옷으로 아기를 감쌌다.

아침에 소식을 전해 들은 여관집 할머니는 다행히 후덕한 사람이어서 미역국을 끓여주고 소창으로 끊은 기저귀감을 내어주며 사흘을 쉬게 해주었다. 그 집에서 해주는 마지막 국밥을 얻어먹고 온 식구는 짐을 이고 지고 다시 남쪽을 향해 걸었다.

어머니는 몸조리도 제대로 하지 못한 채 아기를 안고 식구들을 따라 길을 나섰다.

그리고 다시 이어지는 대장정이 시작되었다. 그때로서는 자유와 희망을 찾아가는 길이었다.

삼팔선이 칼처럼 그어졌다고 했지만 그러다가 풀리려니 하고 머뭇거리는 사이에 삼팔선은 점점 더 굳어져가기만 하는 시기였다.

임진강에 다다라 남하하는 마지막 관문을 건널 때는 혼란 속에서 배도 구할 수 없었다. 아버지 일행은 베어놓은 큰 통나무를 얼기설기 얽어놓은 어설픈 뗏목을 겨우 구해 남하하다 만난 사람들 십여 명과 합세해서 어두운 강을 건넜다. 이쪽에 갓난아이가 있다고 태우기를 꺼린 일행도 있었지만 어머니가 절대 울지 않는 아이라고 사정사정하며 애원을 했다.

나는 얼마나 순한 아기였는지 눕히면 눕힌 채로, 안으면 안은 채로 가만히 있어 우는 법이 없었다고 했다. 그 당시 이북군은 월남하는 이탈자를 막는 본보기를 보인다며 들키기만 하면 남하하는 사람들에게 무차별 공격을 가한다는 소문이 흉흉했다.

뗏목이 강을 건너는 동안 아기는 울지 않았다.

달도 뜨지 않고 별만 총총한 밤, 아기는 눈을 뜨고 골똘히 별을 바라보고 있는 것 같았다고 아버지는 회상하곤 했다.

세상은 뒤숭숭하기는 했지만 활기에 차 있었다. 혼란 통에 첨단 기계며 자동차들을 감당할 능력이 있는 일본 사람들은 철수하고 기술자들의 숫자는 적었다.

젊어서부터 새로운 기계문명에 관심이 많던 아버지는 처음으로 차를 몰고 다닐 때 고향 사람들을 놀라게 했던 솜씨를 발휘해 자동차 관련 사업에 손을 대었다. 자동차 사업을 하면서 아버지는 막대한 부를 누리기도 하고 몰락을 경험하기도 했다.

원래 낭만적인 성향이 강해 기타 치기를 즐겨 하고 700매 분량까지 소설을 쓴 적도 있었던 아버지에게 애당초 사업은 맞지 않는 일이었는지 모른다. 아버지는 소설 읽기를 좋아하는 내게 책장이 가득 차도록 책을 사주고는 했다.

어려서 가장 되고 싶었던 것은 비행사였고 그 다음으로는 배우가 되고 싶었다는 아버지에게 사업은 원래 다른 세상의 일이었을 것이다.

해방둥이라는 이름으로 불리었던 첫딸을 아버지는 애지중지했고 이제 곧 통일이 되기만 하면 고향으로 돌아갈 수 있으리라는 희망의 상징으로 딸을 대했다.

그 후 남북은 분열된 채 해방둥이라는 애칭이 우리 모두에게 부끄러운 징표로 남을 만큼 오랜 세월이 흘렀다.

월남한 이후 한국전쟁을 겪고 어지러운 정세와 상황의 격변을 겪으면서 생존의 어려운 길을 헤쳐 온 아버지는 십여 년 전 여주 땅에 잠들었다.

한 사람의 인생이 꿈만 같다는 이야기가 아기를 안고 강을 건넌 이야기를 들려주던 아버지 생각을 할 때면 저절로 떠오른다. 아기 때 임진강을 건너는 뗏목을 스치던 찰브락거리는 물결 소리를 마치 들었던 것 같다.

나는 문자 그대로 아버지가 자유를 찾아가는 길에서 태어난 아기였다.

세상이 혼란스러워지면 낙담하면서도 남한 상황이 아무리 나빠도 이북에서 노예처럼 꼭두각시로 사는 것보다는 자유가 있어 백 배 낫다고 늘 말씀하시던 아버지가 그립다.

자유는 억압과 강제를 제일 싫어하셨던 아버지가 목숨을 걸고 추구했던 가치였다.

이제 아버지는 타향 땅에 누워 계시지만 소원대로 안식과 자유를 함께 찾으셨기 빈다.

시인의 혼

전송하면서
살고 있네.

죽은 친구는 조용히 찾아와
봄날의 물속에서
귓속말로 속살거리지
죽고 사는 것은 물소리 같다.

그럴까. 봄날도 벌써 어둡고
그 친구들 허전한 웃음 끝을
몰래 배우네.

젊은 시절 마음을 열고 들어오던 마종기의 연작시 〈연가〉 중 한 부분이다.

20대를 거치며 인생의 방향을 찾아가는 일은 힘겨운 작업이었다. 지속되는 데모와 이른 휴학으로 점철되는 혼란스러운 대학시절을 보낸 후 60년대 후반에 발견한 그의 시는 내게 큰 위로가 되어주었다.

그 당시 나는 그 시인이 누구인지 알지 못하고 그의 시만 만났었다. 어쩌면 그렇게 만나는 시가 바로 자신만의 생명을 지니고 사람들의 마음에 들어오는 것이 아닐까.

그 시인은 이 땅을 떠나 먼 나라에 살고 있다는 이야기를 누군가가 들려주었다.

그 후 철학을 공부하는 유학생이었던 남편과 결혼한 후 우리는 미국에서 거의 10년의 세월을 보냈다. 미국에 사는 동안 그리워했던 것들은 도시의 추억이 아니라 햇살이 내려쪼이는 툇마루며 밭과 마당이 어우러진 시골집의 정경이었다. 산골에 있는 화전민 학교에서 일 년여 가르쳐본 일도 소중한 기억으로 자리 잡고 있었다.

나이 들어 쓴 그 시인의 시에서 고향의 사람과 산과 물을 그리워하는 심정이 그대로 드러나는 것도 외국에서 오래 살아 더 짙어진 향수 때문이 아닐까 하는 생각이 든다.

인연의 길은 따로 있는지 그 후 삼십 년이 지난 여행길에 오하이오의 한적한 동네에 살고 있는 시인과 아내를 방문할 기회가 있었다.

나는 내 글에 그의 시를 인용한 적이 있다는 이야기를 했다. 시인은 웃으며 자신의 시를 인용해주는 것은 언제나 고마운 일이라고 말했다.

우리는 차를 마시고 과일을 함께 들었다.

어떤 시가 좋을 때 그 시인을 안 만나는 것이 훨씬 더 그 시의 여운을 간직하게 해준다고 말하는 사람들도 있다.

그러나 시인과 그의 시는 동떨어지지 않고 거리감 없이 어울려 보였다. 오랫동안 좋아하던 시를 쓴 시인을 만나보는 일은 처음이라 나는 좀 어색하고 당황스러웠다.

그 후 나는 그의 시가 담긴 내 책을 보냈고 시인은 책을 읽은 후 편지를 보내왔다.

그 만남이 이어져 그는 창작집 《당진 김씨》의 발문을 써주었다. 농촌 사람들의 일상의 애환을 보여주면서 인간과 인간의 역학관계를 아름다운 삶의 진실로 승화시키고 있다는 그의 글은 내게 큰 격려가 되었다.

두 해 전 큰아이가 결혼을 하고 삶이 노년기로 첫걸음을 떼기 시작했을 때 귀국한 시인 부부를 다시 만났다.

집에 초대받은 시인은 우리 부부에게 새로 나온 시집을 선물했다.

이국 땅에서 가까운 곳에 살던 동생을 잃은 후 쓴 시들이 여러 편 담겨 있었다.

　　……
　　나는 이제 살아 있는 꽃을 보면
　　가슴 아프다.
　　며칠이면 시들어 떨어질 꽃의 눈매
　　그 눈매 깨끗하고 싱싱할수록
　　가슴 아파진다.
　　살아 있는 모든 것이 아프다.

새벽 해부실의 느낌으로 탁월한 감수성을 보여주었던 젊은 시인은 이제 나이 들어 꽃잎에 기우는 아픔의 느낌으로 인생의 관조를 보여주었다.

그는 저녁을 마치고 차를 마시면서 바닷가에 오래 서서 구상했다는 시를 들려주었다. 아직 세상으로 나가지 않은 그의 시는 아름다웠다.

우리들은 외국에서의 생활과 모국어에 대해 많은 이야기를 나누었다. 낯선 외국 땅에서 모국어에 대한 마음은 더 깊어진다는 생각은 모두 같았다.

아직까지 나는 한 줄의 시를 써본 기억이 없다. 그러나 문학의 가장 아름다운 형태는 시라는 생각은 지금도 변함이 없다.

소설을 쓰거나 수필을 쓸 때 시가 그 자리에 있어야 모든 것이 살아날 수 있을 것 같은 느낌이 들 때가 있다. 그럴 때 나는 마음에 간직했던 시들을 인용하는 버릇이 있다. 시의 영롱한 언어들은 잡다한 일상의 이야기에 살풋 내려앉아 글을 맑게 하는 역할을 해주기 때문이다. 우리 영혼이 정화되는 한 순간 그 위에 깃털을 접고 내려앉는 흰 새처럼 그의 시들은 내게 다가온다.

젊어서 만났던 그의 시도 그 후 잡다한 일상생활 속에 묻혀 들어가려는 감수성을 지탱해준 자양분의 일부가 되어주었다.

그는 〈별, 아직 끝나지 않은 기쁨〉이라는 시에서 이렇게 노래한다.

사랑하는 이여,
세상의 모든 모순 위에서 당신을 부른다.
괴로워하지도 슬퍼하지도 마라
순간적이 아닌 인생이 어디에 있는가
내게도 지난 몇 해는 어렵게 왔다.
그 어려움과 지친 몸에 의지하여 당신을 보느니

별이여, 아직 끝나지 않은 애통한 미련이여,

도달하기 어려운 곳에 사는 기쁨을 만나라.

당신의 반응은 하느님의 선물이다.

문을 닫고 불을 *끄고*

나도 당신의 별을 만진다.

　시인의 혼을 담은 시는 삭막한 기계문명에 시달리고 있는 우리들에게 따뜻한 위로를 주는 아름다운 노래처럼 스며든다.

한빛 쉼터, 제주도

며칠 전에 강연이 있어 제주도에 내려간 적이 있다. 낮에는 제주시에서 강의를 하고 늦은 오후에 서귀포에 있는 한빛 쉼터에 도착했다. 한적한 곳에 자리 잡은 한빛 쉼터의 큰 대문을 들어서자 마당 하나 가득 바다처럼 넓은 마음이 느껴졌다. 현관을 들어서자 안쪽 벽에 걸려 있는 풋감 물들인 황토색 갈옷들이 푸근하고 정다웠다.

3층에 있는 정갈한 손님방 창문으로 작은 섬이 떠 있는 바다가 내다보여 평화로운 느낌을 주었다.

사람들은 누구나 다 살아가면서 이제 좀 쉬고 싶다는 생각을 할 때가 있다. 심리적인 갈등이나 사회적인 실패 때문일 수도 있고 육체적인 피곤이나 병으로 지쳤을 때도 그렇다.

젊은 시절에 보고 아직도 잊혀지지 않는 영화 중에 하나가 〈슬픔은 그대 가슴에〉라는 영화다.

대배우가 되려는 야망을 좇는 백인 미망인과 헌신적인 흑인 미망인의 만남이 주축을 이루는 이 영화에서 흑인 여성의 인고하는 삶의 모습이 인상적이었다. 그녀의 딸은 혼혈이지만 외양으로는 거의 백인이어서 자신이 흑인의 혈통을 지니고 있다는 것 자체를 부인한다. 백인으로 살고 싶다는 딸은 자기 자신을 부끄러워해서는 안 된다는 흑인 어머니에게 반항하고 집을 뛰쳐나가 큰 도시에서 유흥가를 전전한다. 백방으로 딸을 찾아 집으로 데려오려다 실패한 흑인 어머니는 거부하는 딸에게 조용히 말한다.

"나는 정말 너무 지쳤다. 이제는 조금 쉬고 싶구나."

마침내 몸과 마음에 깊은 병이 든 흑인 어머니는 세상을 떠나게 된다. 평소의 검소한 태도와는 달리 화려하고 장엄한 장례식을 원하는 그녀의 뜻에 따라 백합으로 뒤덮인 영구차의 행렬이 교회 앞을 떠날 때 돌아온 딸은 관을 붙잡고 몸부림치면서 절규한다.

"엄마, 나도 사실은 얼마나 집에 돌아오고 싶었다구요."

반항과 일탈을 일삼아 어머니의 가슴을 숯처럼 타게 만들었던 딸도 사실은 쉼터를 찾아 헤매던 가엾은 영혼이었던 것이다.

이곳 한빛 쉼터에 오게 되는 여성들은 삶의 고통에 지친 사람들이다. 특히 구타나 폭언으로 이어지는 악순환을 끊어볼 도리를 찾지 못해 마침내 이곳의 문을 두드리게 된 사람들이 많다. 이곳에서는 쉴 수 있는 정갈한 방을 마련해주고 아이도 함께 기거하게 해준다.

고향집의 맛이 담긴 따뜻한 식사와 휴식이 우선 이 사람들을 맞는다.

이곳은 쉰다는 것이 어둠 속에 육신을 눕히고 조용히 있는 것이 아니라 빛이 내려오는 방향을 찾는 시간을 갖는 것이 아닌가 하는 생각이 들게 하는 장소이다.

그런 의미에서 한빛 쉼터라는 이름은 그 의미에 맞게 적절하다는 생

각이 든다. 한라산으로 올라가는 중턱의 나무 숲 아래 모여 원장 부부
와 함께 명상과 수련을 하기도 하고 서로 허심탄회하게 이야기를 나누
기도 하면서 이들은 지친 몸과 마음을 다시 추스를 힘을 얻게 된다고
한다.

사라져버린 아내를 찾으러 이곳에 나타나는 남편들도 있다고 한다.
분노와 수치 같은 감정들이 복잡하게 엉클어진 남편들도 그동안 얼마
나 놀랍고 당황했는가, 식사며 의복 같은 것도 불편했을 거라는 원장의
위안의 말에 금세 수그러든다고 한다.

제주 토박이인 원장은 물질도 곧잘 하는 해녀의 딸이다. 이번 결혼
강연은 월드컵 운동장 곁에 큰 교회를 준공한 목사님과 힘을 합해 서귀
포 사람들을 위해 준비한 행사였다. 교회의 넓은 뜰에는 바다 냄새가
섞인 바람이 부드럽게 불었다.

강의가 끝난 후 목사님 두 분과 한빛 쉼터 원장 부부, 목사님의 어린
딸 등 몇 사람이 어울려 한치배가 바로 들어온다는 포구로 향했다. 남
포처럼 생긴 등을 무대의 조명등처럼 줄줄이 달고 있는 작은 배들이 닻
을 내리고 있는 바닷가의 정경은 아름다웠다.

우리들은 싱싱한 한치회가 놓인 테이블 앞에 앉아 여러 가지 이야기
를 나누었다.

격변하는 사회에서 길을 잃은 사람들을 어떤 방향으로 인도해야 하
는가 하는 이야기들이 주로 화제가 되었다. 우리는 모처럼 일과 사랑과
고독에 관한 이야기들을 진지하게 나누었다.

오징어 배에 그렇게 불을 밝혀놓는 이유가 오징어들이 미칠 듯이 불
빛을 좋아하기 때문이라는 이야기를 하면서 함께 웃었다. 우리들 또한
어떤 때는 미칠 듯이 불빛에 홀려 따라가는 오징어 떼와 크게 다를 바

가 없다는 생각이 들어서였다. 바로 곁에 한치잡이 배들이 서 있는 밤의 포구에서 오징어 배의 불빛이 바라다보이는 정취는 도시의 피로를 잊게 해주었다.

새로 준공한 월드컵 교회를 온 열정을 다해 이끄는 목사님에게서도, 힘든 사람들의 짐을 많이 안고 있는 다른 목사님에게서도, 한빛 쉼터의 원장 부부에게서도, 사람들이 쉴 수 있는 곳을 만들기 위해 노력을 기울이고 있는 순수한 빛이 보였다.

목사님의 어린 딸은 밤이 깊어지자 두 눈에 졸음이 가득 담긴 채 곁에 주차한 차 안에 들어가 잠이 들었다. 빛을 따로 좇지 않아도 아이들은 그 자체로 빛을 안고 있다는 느낌이 들었다. 사실 우리도 피곤에 지치면 이 아이처럼 순순히 그저 잠드는 것이 기운을 회복하는 데 가장 좋은 방법이 아닌가 하는 생각도 스쳐 지나갔다.

다음 날 공항으로 오는 길에 만난 젊은 남자 선생님은 자원해서 실업계 고등학교로 옮길 준비를 하고 있다고 했다. 가정적으로나 경제적으로 어려움을 겪고 있는 아이들과 공부도 하고 산에도 오르고 바닷가로 가 캠핑도 하면서 마음을 열고 함께하는 삶을 살고 싶다는 그의 이야기에 가슴이 뭉클해졌다. 사람들이 제일 좋은 고등학교의 노른자위 같은 수학교사 자리를 마다하고 실업계를 자원한 자기를 또라이라고 부른다고 하면서 파안대소하는 그의 얼굴에 빛이 담겨 있었다.

돌아오는 비행기 안에서 이틀 동안 만난 사람들의 얼굴이 하나씩 떠올랐다. 바다와 산, 나무들에 둘러싸인 제주도의 풍광이 주는 빛처럼 이곳 사람들이 내어 뿜는 마음의 빛이 있는 쉼터에서 하루, 고단한 몸을 쉬어 간다는 느낌이 들어서였다.

천국에서 먼 사랑

나무와 숲이 그 아름다움의 정점에 이르는 초록빛 계절이 되면 많은 젊은이들이 사랑을 맹세하는 결혼을 한다.

꽃과 음악과 축하에 둘러싸여 결혼식장으로 발을 옮기는 신부의 모습은 우리가 꿈꾸는 천국에 가깝게 다가가는 천사의 모습을 연상시켜 주기도 한다.

그러나 결혼식이 호화스러울수록 천국이 정비례해서 가까워지는 것은 아닌 것 같다. 사람들에게 일시적인 착시현상을 일으킬 수는 있지만 값비싼 혼수며 화려한 결혼식이 곧바로 신랑 신부의 천국행을 보장하는 것은 아니다.

물론 신랑, 신부가 진심으로 마음을 열고 대할 수 있는 배우자를 선택했다면 그 결혼식이 작고 검소해도 천국으로 가는 길은 더 크게 열려 있다고 볼 수 있다.

한 여성이 배우자와 의사의 불통을 느끼고 자신의 자아를 찾게 되면서 아이러니하게 몸담고 있던 천국을 떠나게 되는 이야기를 다룬 〈파프롬 헤븐〉이라는 영화가 있다.

1950년대 미국, 부유한 가정의 아름다운 주부 캐시는 꿈같은 자연 속에서 남편과 아들, 딸에게 둘러싸여 행복한 삶을 살아가고 있다.

그러나 도시락을 전해주러 들렀던 사무실에서 동성애자인 남편과 다른 남자의 열렬한 포옹 장면을 발견하고 경악한 캐시는 나락으로 떨어지는 듯한 기분을 느낀다.

남편이 나쁜 게 아니라 일종의 정신적인 병이라고 믿고 싶어 하는 캐시는 남편에게 부드럽게 정신과 치료를 권한다. 남편은 그 말을 따르지만 아내에게는 애정이 없고 남성 애인에게 향하는 열정을 통제하지 못해 갈등과 번민에 시달리며 캐시에게 폭압적인 태도를 취한다. 우발적인 폭력으로 그녀의 얼굴에 상처를 입히기도 한다.

그 당시 동성애는 거의 정신병이나 범죄로 취급되었기 때문에 캐시는 겉으로는 평온한 태도를 유지하지만 극도로 마음속의 고통에 시달린다.

캐시는 흑인 정원사인 레이먼드에게만 이상하게 자신의 마음을 열고 고통을 이야기할 수 있게 된다.

그녀를 둘러싸고 지지와 동조를 보내던 친지와 친구들은 그녀가 흑인과 차를 타고 다녔다는 이유만으로 등을 돌리고 싸늘한 배척의 시선을 보낸다.

거의 오십 년 전 미국에서는 일탈행동에 대한 금기나 인종차별이 그 극을 달리고 있던 시절이었다.

캐시라는 인간은 전과 변함없이 그대로 존재하고 있지만 그녀가 흑인과 인간적으로 가까이 지낸다는 행동의 변화 하나로 온 마을 사람들이 동경과 부러움을 적대감과 증오로 바꾸어가는 과정은 우리 마음을 섬뜩하게 한다.

심지어 가장 가까운 친구라고 스스로 말하며 어떤 도움이라도 주겠다던 친구마저 레이먼드에게만 마음을 열어놓을 수 있었다는 캐시의 말을 들으면서 얼음보다 차가운 냉기에 가득 찬 표정으로 등을 돌린다.

레이먼드 앞에서 처음으로 진정한 자신을 내보이게 되는 캐시는 비로소 천국인 것처럼 보였던 자신의 삶의 위선과 가식을 느끼게 된다.

그러나 딸 사라가 백인인 그녀와 만났다는 이유만으로 백인 소년들에게 린치를 당하자 레이먼드는 그곳을 떠날 결심을 하게 된다.

떠나는 기차 입구에 기대 서 있는 레이먼드는 플랫폼으로 달려온 캐시에게 말없이 손을 들어 작별을 고한다. 캐시도 만감이 교차하는 심정을 억누르고 손을 들어 작별 인사를 한다.

그 흔한 포옹 장면 한 번 없는 이야기이지만 이 영화처럼 사랑의 본질을 선명히 보여주는 영화도 드물다.

마음을 열고 있는 그대로의 자신을 보여줄 수 있는 사랑은 우리를 천국에 머물게 하기 때문이다.

기차는 떠나고 캐시가 쓸쓸히 기차역을 떠나 아이들이 타고 있는 차의 운전석에 올라타면서 영화는 끝난다.

남편은 동성애자인 애인을 위해 이혼을 요구하고 사람들의 평판은 떨어졌지만 이상하게도 그녀가 천국에서 추락했다는 생각은 들지 않는다. 오히려 앞으로 부딪쳐갈 역경 속에서 그녀가 진정한 삶을 발견하게 되리라는 예감이 든다.

삶의 불행을 호소하는 많은 여성들 중에 외부적으로는 천국 같은 삶을 영위하고 있는 사람들이 드물지 않다.

어느 미용실의 원장이 내게 질문을 던진 적이 있다.

"내가 꿈꾸던 모든 것을 가진 분이 극도의 우울증에 시달리는 경우를 많이 보게 되는데 전혀 이해가 가지 않아요. 어째서 그 모든 것을 다 가지고도 그렇게 불행할까요?"

부유하고 사회적으로 모든 것을 갖춘 듯한 삶은 우리에게 부러움이나 동경을 불러일으킬지 모른다. 그렇지만 그 사람이 마음을 열고 진정한 자신을 보일 사람이 없다면 그 삶은 외양과 달리 천국에서 한참 먼 곳에 머무르고 있다는 것이다.

과연 우리 삶은 겉보기처럼 천국과 같은 곳에 머무르고 있는 것일까.

아니면 천국에 있는 것 같은 위선의 포즈가 우리 삶을 지탱하고 있는 것은 아닐까.

당신의 삶은 진정 어느 시점에 머물러 있는가 하는 질문을 이 영화는 그림처럼 아름다운 숲과 나무와 잎새들의 정경을 세심하게 보여주면서 말없이 던지고 있다.

사랑하는 사람을 보내는 방법

"찾아가 보아야 할까요. 그냥 이대로 있어야 할까요?"

한 젊은 여성은 오랫동안 사귀던 남자가 말기 간암의 진단을 받은 후 자기에게서 떠나달라는 말만 남기고 연락을 끊고 점적해버린 데 대해 극심한 충격을 받고 있었다.

사귄 지 십 년 가까이 되었지만 고시 공부에 실패한 남자 쪽 집안의 반대로 결혼을 하지 못했다고 했다.

히스클리프는 사랑하는 여주인공 캐시의 남편이 일생을 사랑해도 내가 하루만큼 하는 사랑에도 못 미친다고 절규한다.

히스가 만발한 황야에서 전개되는 에밀리 브론테의 《폭풍의 언덕》에 나오는 주인공인 히스클리프는 사랑의 열정과 증오에 사로잡혀 거의 현실적인 인물로 보이지 않는다.

길에서 주위 길러진 히스클리프는 자기가 집을 떠나 있는 동안 다른 남자와 결혼해 손에 닿지 않는 캐시에게 광적인 집착을 보이며 복수를 꿈꾼다.

그러나 그녀가 병으로 죽어갈 때 찾아와 그녀를 안고 밖이 보이는 창가로 가 캐시는 그의 품 안에서 죽는다.

아마 우리가 꿈꾸는 최상의 죽음이 있다면 사랑하는 사람의 품에 안겨 극진한 애정을 온몸과 마음으로 느끼며 죽어가는 것일지 모른다.

얼마 전 세상을 떠난 올케 언니 생각이 났다.

갑작스러운 암 진단은 그녀와 가까운 사람들 모두에게 극심한 충격을 주었다. 언니는 아무도 만나지 않겠다고 하고 전화도 받지 않았다.

가끔 음식을 만들어서 들렀던 내게 어느 날 언니는 쓸쓸한 미소를 띠고 말했다.

"전화벨 소리를 작게 해놓았는데 그 전화가 끊임없이 울리더니 한 달쯤 지나니까 이제는 울리지 않아."

"안 받으니까 그렇지."

내가 이야기하자 그녀는 적막한 어조로 말했다.

"알아. 그런데도 그렇게 쓸쓸하네."

산 자와 죽은 자 사이에 놓인 간격은 얼마나 깊은 것일까.

이제 그녀는 세상의 고통을 잊고 땅속에 잠들어 누웠다.

말기 암 진단을 받고 그녀는 친구들을 아무도 만나지 않으려 했다. 한 친구는 늘 집에 찾아와 대답하지 않는 벨을 오랫동안 누르고 서 있었다.

한번은 내가 있을 때 그 친구가 찾아왔다.

화상에 비친 얼굴을 보고 내가 문을 열어줄까 하고 묻자 언니는 고개를 저었다.

"아니야. 그냥 돌아가게 내버려두어."

"그래도 이렇게 만나러 여기까지 왔는데……."

"그게 아니야. 나를 개종시키려고 온 거야. 전부터 내가 절에 다니는 걸 바로잡아야 한다고 난리였거든."

"아무리······."

"그래서 저렇게 급한 거야. 내가 죽기 전에 구원하겠다고······."

언니는 입을 꼭 다물었다.

"그래서 온 것만은 아닐 거야."

"내가 저 애를 잘 알아. 저렇게 부득부득 찾아오는 것도 다 제 성격이 야."

언니는 얼마 후 오빠의 품에 안겨 여러 사람이 지켜보는 가운데 숨을 거두었다.

오빠의 얼굴에는 땀과 눈물이 비 오듯 흘러내렸다.

"이제 고통이 없는 곳에 가서 편히 쉬어. 나도 곧 갈게."

숨이 끊어진 언니를 품에 안고 오빠는 절규했다.

미국 암병동에서 일할 때 보면 환자들은 평소의 태도나 기질에 따라 사람들의 방문을 허용하거나 거부했다. 아무도 만나려고 들지 않는 사람들도 있고 오는 사람마다 다 만나고 싶은데 면회를 제한한다고 병원 당국에 화를 내는 사람들도 있었다.

육체적인 고통과 강한 약물치료 때문에 빠져나간 머리카락, 부어오르는 얼굴 같은 외모의 급격한 변화 때문에 방문객들을 만나지 않으려는 사람들도 많았다. 죽어가는 사람을 만나 당황해하며 어설프게 위로하는 모습을 견디기 힘들다고 안 만나려는 사람들도 있었다.

나는 그 젊은 여자의 남자친구가 어떤 사람인가 생각해보았다.

"어떻게 하면 좋을까요. 억지로 찾아갈까 하다가도 핸드폰도 받지 않고 문자 메시지에 대답도 하지 않는 걸 보면 이제 내게 마음이 식은 게 아닐까 하는 생각도 들어서요."

눈물이 고인 그녀에게 나는 무어라고 답을 하기 어려웠다.

찾아갈지 말지는 그녀 혼자 어두운 밤에 일어나 앉아 결정할 수밖에 없었다. 죽음을 앞두고 만나기를 거절하는 사람들의 갈구 밑에 숨어 있는 더 깊은 바람은 어떤 상태에 있든지 변함없이 사랑해주는 사람을 갖고 싶은 것이기 때문이었다.

"내게서 멀리 떠나줘."

이 말은 정말 진심이었을까.

사랑하는 사람이 이승과 이별을 앞두고 있을 때 어떻게 작별하는 것이 과연 가장 좋을 것인가.

그녀가 눈물을 닦으며 나간 후에도 한동안 나는 생각에 사로잡혀 있었다.

왓 어 원더풀 월드

추석 며칠 전 저녁 무렵 벨을 누른 우체부가 작은 책자 크기의 소포를 전해주었다.

두텁고 딱딱한 종이를 벗겨내자 조지 윈스턴의 〈디셈버〉가 담긴 CD와 사진 석 장이 담긴 봉투, 편지 한 장이 나왔다.

베레모를 쓰고 색소폰을 불고 있는 흑인 남자의 뒤로 재즈라고 흘려 쓴 붉은 네온사인이 빛나고 있는 사진이 눈에 들어왔다. 함께 학회에 갔던 동료 세 사람이 맥주잔을 앞에 두고 카페 안에서 웃고 있는 사진 두 장이 그 뒤에 있었다.

편지에는 미국 다녀온 후 이 사진들을 들여다보며 그때 일이 생각나 혼자 웃곤 한다는 이야기며 자기에게 참으로 소중한 시간이었고 경험이었다는 후배의 이야기가 적혀 있었다. 그리고 게으름 피우다 사진이 늦어져 죄송하다는 말이 덧붙여 있었다.

편지와 사진을 받고 문득 무더웠던 지난 여름 우리가 함께 들렀던 재즈 카페에 다시 들어가 앉는 기분이었다. 분수가 많아 분수의 도시라고도 불린다는 캔자스 거리 모퉁이에 있던 친근한 모습의 재즈 카페가 다시 기억 속으로 떠올랐다.

저녁 무렵의 도시는 조용하고 한적했다. 학회 참석자 중에 원하는 사람들만 학회 행사가 끝난 후 버스를 타고 재즈 카페를 찾아갔다.

재즈 카페는 멀지 않은 곳에 있었다.

우리 일행은 노래를 부르고 피아노를 연주하고 드럼을 치는 세 사람이 잘 보이는 테이블에 자리 잡고 앉았다.

백인, 흑인, 동양인들이 뒤섞인 손님들은 테이블을 손가락으로 치며 박자를 맞추기도 하고 몸을 흔들며 리듬을 따라가기도 했다.

학회에 참석했던 일행 중에 남아프리카에서 왔다는 사람들도 모두 카페에 와 있었다.

몸집이 커다란 그들은 마을 촌장들처럼 마음 좋은 웃음을 띠고 있었고 6 · 25 때 우리나라 사람들이 입고 다녔음직한 셔츠와 바지들을 입고 있었다. 먼 고향의 친척들처럼 그들은 소탈하고 정다워 보였다. 남아프리카 학교의 교장선생님들이 대부분이고 교사들도 몇 명 섞여 있다고 했다. 학회에서 자기 소개하는 시간에 비용 때문에 여기 오는 데 상당히 많은 사람들의 도움이 필요했지만 꼭 오고 싶었고 오게 되어서 너무나 기쁘고 보람 있다고 그들은 말했다.

액센트가 좀 다르지만 능숙한 영어를 구사하던 그 사람들은 학회장의 세미나 모임에서 조금 어색해 보일 때도 있었지만 재즈 카페에 오자 돌연 생기가 되살아나는 것 같았다.

우리 세 사람은 작은 맥주 한 병씩을 청해 마셨다. 술은 별로 마시지 못했지만 어두운 실내에 깔리는 흥겹고 이국적인 재즈의 선율은 그대로 몸 안으로 스며드는 듯했다.

음악이 흐르는 동안 큰 수정구슬 같은 유리 볼을 사람들이 카운터 옆으로 건네면 음악에 장단을 맞추던 사람들이 앞을 다투어 지폐를 집어넣었다. 우리 세 사람도 유리 병 안에 달러를 집어넣기도 하고 저절로 몸을 움직이게 하는 음악에 발로 장단을 맞추기도 했다.

갑자기 남아프리카에서 온 일행 중 젊은 흑인 한 사람이 우리 테이블로 와서 앉았다.

온몸이 춤의 리듬을 타는 것처럼 그는 춤추듯 걸었다. 그는 이번 여행이 자기에게 얼마나 경이로운 것인지 모른다며 새로운 나라에서 온 새로운 사람들과 친하게 지내고 싶은데 그런 기회가 별로 없노라고 말을 꺼냈다.

그는 자기 이름이 안드레이크 윌리엄스라고 소개했다.

우리 세 사람과 그는 한동안 흥겹게 이야기를 나누었다.

일행이 있는데 이쪽에 와 있어도 되느냐고 묻자 그는 어깨를 으쓱해 보였다.

"나는 매일매일 만나는 사람들은 싫어요."

그의 익살맞은 억양에 우리는 함께 웃음을 터뜨렸다.

그러고 보니 상담하러 오는 사람들은 대부분이 매일 만나는 사람이 싫어서 미치겠다고 말하고 있는 셈이었다.

인생의 문제는 간단하게 둘로 나누어볼 수도 있을 것 같았다.

매일 만나는 사람이 지겨워서 미치겠든지 매일 만나지 못하는 사람이 보고 싶어 미치겠든지 하는 게 상담하러 오는 사람들의 주제를 이루고 있는지도 몰랐다.

그의 이름인 안드레이크는 어쩐지 하늘에 빛나는 별자리와 비슷한 이름이었다.

　나이 든 그의 일행은 멀리 가서 응석을 부리는 조카나 아들을 바라보듯 멀리서 그를 보다가 우리와 눈이 마주치자 웃음을 터뜨렸다. 아마 이 젊은이는 일행 중에서도 어리광쟁이거나 말썽꾼인 모양이었다.

　재즈의 리듬이 온 실내를 감싸고 차오르며 흥이 극도에 다다르자 갑자기 그는 플로어로 나가 사람들과 어울려 춤을 추기 시작했다. 보는 사람들도 살아 있다는 게 저절로 즐거워지는 몸짓이었다. 아프리카의 정글에 데려다 놓아도 그대로 어울릴 듯한 자연스러운 움직임을 보며 우리도 함께 손뼉을 치고 박자를 맞추며 흥에 겨웠다.

　음악이 끝나자 노래하던 가수가 색소폰을 집어 들고 연주를 시작했다. 음악의 분위기가 바뀌더니 쉰 듯하고 깊은 정감이 어린 목소리로 흑인 가수가 노래하기 시작했다.

　"홧 어 원더풀 월드……."

　그의 목소리는 스며들며 내리는 비처럼 이국 땅에 앉아 있는 우리 가슴속으로 파고들었다. 이렇게 먼 거리를 날아와 매일 만나는 사람들과 헤어져 지구의 반대쪽에 와서 앉아 있다는 사실이 믿어지지 않았다.

　다른 세상에 와서 낯선 사람들 틈에 앉아 있는데 그 모든 사람들과 생의 어느 구석에서 늘 만나왔던 것만 같은 친근감이 느껴졌다.

　키가 크고 싱글벙글 웃는 안드레이크는 춤을 끝내고 우리 테이블로 와서 몸을 굽히더니 말했다.

　"나는 매일매일 만나는 사람들은 싫어요."

　우리가 모두 고개를 끄덕이자 그는 큰 소리로 웃으며 자기 테이블로 떠나갔다.

　후배가 보내준 사진을 들여다보며 그 젊은 흑인의 춤추던 모습과 색소폰을 불며 노래하던 중년 흑인의 말할 수 없는 정감이 녹아 있던 쉰 듯한 음성이 떠올랐다.

마음이 맞는 가까운 사람들과 전혀 낯선 장소, 낯선 사람들 사이에서 서로를 이어주는 음악을 듣던 독특하고 이국적인 즐거움…….

인생의 이런 즐거운 기억들 때문에 정말 세상은 원더풀 월드일지 모른다는 생각이 새삼 떠올랐다. 나는 책상 위 잘 보이는 자리에 사진들을 소중하게 올려놓았다.

철학자와 사람들

철학자는 당진과 연애하는 사람 같다.
한동안 그곳에 가지 못하면
답답하고 좀이 쑤셔 못 견딘다.
불편한 당진을 가꾸고 사진과 비디오로 찍어
사람들에게 숭상받는 장소로 만들고 싶은
철학자의 꿈과 소망은 당진으로 떠나는 차에서
결의에 찬 손을 흔드는 오늘까지
그대로 이어지고 있다.

풍차 앞의 철학자

라만차의 돈키호테는 세상의 정의를 실현하기 위해 어느 날 길을 떠난다. 욕심과 어리석음이 뒤섞인 한심한 종복 산초 판자를 거느리고 여위고 비루먹은 말 로시난테에 오른 그는 기사로서의 삶을 구현하려는데 일말의 두려움도 회의도 없다.

기사의 사랑에 걸맞은 구원의 여인으로 토보소 마을의 평범한 농가 여인을 정한 그는 품위 있고 귀족적이며 음악적인 이름을 그녀에게 부여한다. 그리고는 어려운 일이 닥칠 때마다 그 이름 '둘시네아 델 토보소'의 가호를 빌며 앞으로 전진한다. 마음의 고향인 '구원의 여인'이 품위를 잃게 될까 봐 둘시네아 뒤에 반드시 '델 토보소'를 붙여서 지칭하는 돈키호테는 정처 없는 유랑의 길에 나서게 된다.

여행 중에 그는 그 자리에 멈추라는 자신의 말을 듣지 않고 위풍당당하게 돌아가고 있는 풍차를 이 시대 최고의 괴물로 단정하고 비틀거리는 로시난테를 몰아 일생일대의 공격을 가한다. 그 후 그가 어떤 일을 겪었는지는 우리들에게도 대충 알려져 있는 바이다.

　과학문명의 꽃이고 총아인 컴퓨터를 대하는 우리 집 가장인 철학자의 태도는 풍차를 향해 돌진하는 돈키호테와 유사한 점이 있다. 책상에 앉아 펜으로 글을 써야 생각이 맥을 따라 흐르게 된다는 철학자의 학구적이며 정서적인 태도는 한때 뭇사람의 존경을 불러일으키기도 했다. 유학생활을 마치고 귀국했을 때는 출판사며 신문사의 사람들이 역시 손으로 글을 쓰시는 분이 좀 더 깊이 있고 명료한 사고를 펼치는 경향이 있다고 조심스레 흠모의 말씀을 바치기도 했다.

　하지만 얼마 전 안식년을 마치고 돌아온 철학자는 사회 곳곳에서 이 시대의 거대한 풍차가 돌아가는 정경과 부딪치게 되었고 그가 바라고 추구하던 여유 있고 목가적인 글쓰기는 더 이상 존경의 대상이 되기 어렵게 되었다.

　심지어 마지막 보루로 믿었던 동료 학자들까지도 대쪽 같은 기개를 허물고 컴퓨터로 원고를 작성하는 것을 보며 철학자의 한탄은 깊어만 갔다.

　이제 철학자는 "이메일로 보내주십시오." "디스켓으로 그냥 주십시오." "인터넷을 찾아보시면 그 사항이 뜰 겁니다." 이런 외계인의 언어 같은 이야기를 들을 때마다 비분강개할 기력도 사라졌다.

　아직도 펜으로 원고를 쓴다는 이야기를 들으면 젊은 담당기자의 얼굴에 그날의 자신의 운수를 한탄하는 기색이 살짝 스쳐 가며 이런 반응이 나타난다.

　"정말 드문 분이시로군요."(그 다음에 따라오던 '정말 존경스럽습니다'라는 말이 사라진 것이 정확히 언제인지 기록되지 못한 점은 후세 사람들을 위해 심히 애석한 일이다.)

그래도 전에는 "그냥 써서 주십시오. 저희들이 입력해서 싣겠습니다."라는 응답이 드물지 않았다.

그러나 이제는 약간 난처하면서도 예의 바른 태도로 이런 응답을 덧붙인다.

"알겠습니다. 그러면 기한 내까지 이메일로 보내주십시오."

철학자는 상대방이 자신의 이야기를 이해하지 못했는가 해서 손으로 쓰니까 이메일로 보낼 수가 없다고 간곡하게 이야기한다. 그러면 상대방은 만면에 사교적인 미소를 지으며, "요새 컴퓨터를 다루지 못하는 젊은이들은 없으니까, 조교한테 부탁을 하셔서 언제까지…… 그러면 교수님만 믿습니다." 이런 결의에 찬 말을 남기고 떠나는 것이 상례이다.

이 사람들은 이제 대학에서 교수가 아무런 일을 아무런 때나 시켜도 흔연히 그 영광을 받들어 기쁨에 넘친 채 일을 하는 조교가 공룡시대의 티라노사우루스처럼 멸종의 위기를 맞고 있다는 사실을 모르는 척하고 있는 것이다.

난감해진 철학자는 그런대로 컴퓨터를 배우려는 시도도 해보았으나 자기는 도저히 컴퓨터라는 시대의 괴물과 화해하기 어렵다는 독립 선언을 선포했다. 우선 그놈의 기계에 왜 내 사고를 의존해야 하는지 모르겠고 조그만 화면에 '커서'가 껌뻑거리는 걸 바라보고 앉아 있노라면 자꾸만 생각이 위축되어 풀려나가던 생각이 그 자리에서 멎어버린다는 학설을 발표한 것이다.

철학자가 일단 인생관에 관한 사적인 학설을 발표한 후에는 아무리 다른 사람들이 반론을 제기해도 그 수정이 이루어지기는 가히 어렵다고 볼 수 있다.

그렇다면 이제 컴퓨터라는 풍차가 돌아가야 밀을 빻을 수 있는 현대 사회의 방앗간에서 철학자는 어디로 가는 것이 좋단 말인가.

마침내 철학자는 집안의 둘시네아며 산초 판자며 로시난테 들에게 구원을 청하기에 이르렀다. 아내와 아들, 딸들이 바로 그 구원 투수의 주축을 이루고 있다.

가련한 아내, 둘시네아는 성씨가 다르나 같은 호적에 입력되어 있다는 인과관계의 영향력 아래 마침내 철학자의 글을 컴퓨터로 치기 시작했다. 다음 날 아침에 꼭 필요한 장문의 원고를 자정이 가까워 내밀 때 철학자의 표정은 사뭇 비장하기까지 하다. 이제부터 둘시네아의 온갖 구박을 받아야 아침에 원고가 이메일로 들어갈 수 있게 되기 때문이다.

주위 사람들의 비판은 이제 죄 없는 둘시네아에게 향하고 있다. 한번 따끔한 맛을 보여주어 원고가 못 나가는 막다른 지경에 이르러야 철학자가 풍차와 인연을 도모할 생각을 하게 된다는 것이다. 마음 약한 둘시네아가 철학자에게 과학문명에 왜 적응해야 하는가 하는 점에 관해 일장 훈시를 하기는 하지만 그 다음에 어물어물 인정에 이끌려 원고를 쳐주기 때문에 철학자가 개과천선을 하지 못한다는 것이 그 비판의 골자이다.

모든 사람들은 총명한 인생의 견해를 지니고 있고 이 견해에 맞지 않는 인간을 만나면 일단 여장을 푼 다음에 지니고 있는 모든 무기를 동원해 공격을 시작하는 법이다.

지금 이 시각에도 풍차 앞에 의연히 서 있는 철학자는 풍차와 화해할 의사가 없고 줏대 없는 둘시네아는 여전히 원고를 쳐주고 있어 자주독립을 주장하는 사람들에게 비판의 대상이 되고 있다.

이 절박한 상황에서 사태가 개선될 조짐은 전혀 보이지 않는다.

그저 지금 해볼 수 있는 일이 있다면 철학자의 오른쪽 어깨에 검을 얹고,

"그대를 풍차 앞의 돈키호테에 임명합니다."

라고 선언하는 일 정도뿐일 것 같다.

철학자의 서재

　미국에서 첫아이를 낳은 후 철학자는 공부할 곳이 없었다. 결혼 초기에는 작은 거실과 침실 사이에 있는 옹색한 옷장 앞에 허리 높이의 나무 상자를 일자로 고여놓은 후 책상으로 한동안 사용했다. 그런데 아기가 태어나서 시도 때도 없이 울어대는 통에 집 안은 전혀 공부할 분위기가 되지 못했다.

　대학원생 신분이라 학교에 연구실이 있는 것도 아니고 막대한 분량의 책을 다 들고 도서관에 드나들 수도 없어서 미상불 고민은 고민이었다.

　해결책을 찾다가 철학자에게 섬광처럼 들어온 아이디어가 그 아파트 지하 빨래방과 붙어 있는 창고 비슷한 장소를 빌려 쓰자는 것이었다. 나이 든 백인 여자 관리인은 흑인이 주 세입자인 아파트에서 이런 괴상한 부탁을 들어본 적이 없기 때문에 처음에는 난색을 표시했다. 아마 흑인이 그런 부탁을 했으면 모여서 마약이라도 피우려는 줄 알고 결사 반대를 했을 것이다.

그렇지만 철학자는 워낙 말썽을 부리지 않는 세입자였기 때문에 빨래하는 다른 사람을 방해하지 말라, 문을 따로 달아줄 수는 없다, 쥐가 생기니까 거기서 절대로 음식을 먹어서는 안 된다 등등의 여러 가지 까다로운 조건을 내세운 후 허락해주었다.

철학자는 창고 비슷한 그곳에 주워 온 헌 책상과 책장, 책들을 가져다 놓고 자기만의 서재를 꾸미게 되었다. 낮이면 빨래 기계 돌아가는 소리며 드라이어 소리가 정신이 나가게 시끄러웠지만 밤에는 빨래하는 사람들이 적었기 때문에 그 지하실은 그런대로 쓸 만한 서재가 되어주었다.

그곳은 디트로이트 도심 한복판에 가난한 흑인들을 위해 세운 낡은 아파트였는데 우리가 입주하기 바로 전 정부에서 새로 짓다시피 보수를 한 곳이었다. 나중에는 한국 사람들도 몇 세대 입주했지만 처음에는 거의 흑인 일색이었다. 워낙 험악한 시내에서 가까운 탓이었다.

바로 앞집 흑인은 주말이면 아파트 전체가 떠나가라고 음악을 틀어놓고는 파티를 열었다. 조금만 조용히 해달라고 주민들이 몇 번 문을 두드리며 항의를 하자 아예 문 앞에 팻말을 걸어놓았다. '제발 방해하지 말라' 는 표지판이었다. 이쯤 되면 누가 누구를 방해하는지 심각한 철학적인 해석이 필요한 시점에 이르렀다고 볼 수 있다.

아닌 게 아니라 그 흑인들은 노래하고 춤추며 행복한 인생을 최대한으로 즐기고 있는데 사는 게 뭔지 모르는 답답한 인간들이 방해를 한다는 관점에서 철학적으로 관조할 수 있을지도 몰랐다. 그러나 그 시끄러운 음악 소리를 방해하지 못하고 바로 문 앞에서 들어야 하는 우리 입장에서는 죽을 지경이었다.

이런 형편이라 그는 점점 더 서재에서 지내는 시간이 많아져 지하 창고 서재는 곧 아파트의 명물이 되었다. 흑인 입주자들은 빨래하러 내려

올 때 그곳에 들러 그에게 인사도 건네고 콜라며 과자도 사다 주고는 했다. 그들은 지하실 구석에서 공부하는 신기한 철학자를 대체로 아주 호의적인 태도로 대해주었다.

이곳에 사는 흑인들 중에 소문에 듣기로는 마약이며 범죄에 관련된 범법자들도 있다고 했지만 이 사람들은 노래 멜로디가 항상 입에 붙어 있고 걸음걸이가 그대로 춤이 되는 낙천적인 기질을 지니고 있었다. 내가 아기를 안고 짐 때문에 쩔쩔매면 선뜻 짐을 들고 삼층까지 춤추는 걸음걸이로 들어다 주곤 했다.

다른 동네에 사는 한국 사람들은 어떻게 이런 곳에 사느냐고 질색을 했지만 흑인들은 대체로 정다운 이웃이 되어주었다. 그러나 남부 사투리가 섞인 흑인들의 언어는 거의 알아듣기 어려웠고 그 액센트는 점입가경이었다.

아무튼 이런 환경에서도 공부가 되는 철학자의 자세는 그의 일곱 누이의 자녀교육에 일찍부터 귀감이 되었다. 어렸을 때 얼마나 열심히 공부를 했는지 사과를 주었는데 그 사과가 썩도록 거들떠보지도 않고 공부에만 매진했다는 전설도 집안에 전해 내려오고 있다. 그게 아니라 그 사과가 원래 썩은 것이 아니었냐는 내 합리적인 질문은 가문 전체를 통해서 지금까지 묵살되고 있다.

서재가 생긴 후 공부할 장소를 찾은 철학자는 희색이 만면했지만 지하실에 가득 찬 습기 속에서 흑인들의 고성방가며 빨래 기계 돌아가는 소리를 들으며 공부하는 그를 보면 마음이 안쓰러웠다.

귀국한 후에 우리가 집을 얻기만 하면 가장 크고 좋은 방을 서재로 정하는 것은 아마 그때 고생하던 철학자를 보던 기억 때문인지도 모른다.

집에 온 손님들 중 어떤 사람들은 가장 큰 방을 서재로 내어준 아내의 도량을 높이 보고 자기 아내에게 귀감이 되리라고 생각하는 모양이지만 꼭 그런 것은 아니다. 모든 선행에는 이면이라는 것이 있고 아내라고 머리를 쓰지 말라는 법은 없기 때문이다. 큰방을 철학자의 서재로 내어주고 일가친척과 친지들에게 온갖 칭송을 듣고 나서 철학자가 출근한 후에 그 서재를 작은 응접실이나 상담실로 요긴하게 사용하는 사람은 바로 나라는 사실을 사람들은 간과하고 있는 것이다.

모든 일에 질문을 던지는 것이 철학의 본질이라고 설파하던 철학자는 어느 날 그런데 이 서재가 진짜로는 누구 거냐는 본질적이고 과감한 질문을 던진 적이 있다.

다행히 나는 이럴 때 철학자를 설득할 수 있는 이론의 체계를 지니고 있다.

이 서재는 철학자의 소유로서 집안의 상징이며 가장의 안식처이다, 내가 가끔 이곳을 쓰지만 내가 지닌 것은 점유권뿐이지 실상 소유권자는 철학자라는 난해한 이론을 펴면 대체로 철학자는 수긍을 하고 넘어간다. 소유라든가 점유라는 어려운 단어가 나오면 이유 여하를 막론하고 철학자는 후퇴하기 때문이다.

일요일 오후에 그 서재의 소유권자인 철학자가 큼직한 책상에 앉아 뜰도 내다보고 글도 쓰고 하는 모습을 보면 점유권자인 나도 흐뭇한 마음이 들어 제일 좋은 방을 실제로 그에게 바친 것 같은 그럴듯한 착각이 들기도 한다.

철학자와 거리의 여인

철학자는 미국 유학시절에 '런던 찹 하우스' 라는 고급 레스트랑에서 버스 보이를 한 적이 있다. 버스 보이는 버스를 타고 손님을 안내하는 일이 아니라 웨이터 보조역할이라 레스트랑에서 제일 낮은 신분이다.

경력이 수십 년에 달해 거의 대학교수처럼 보이는 근엄한 웨이터가 나타나기 전에 손님들 앞에 물을 따라놓고 손님이 떠난 후 그릇을 나르는 등 필요한 서비스를 하는 것이 그의 주 임무였다. 그가 일 년 넘어 그곳에서 일하면서 습득한 묘기는 나비 넥타이에 유니폼을 입고 손에서 어깨에 이르기까지 팔에 느런히 접시들을 올려놓고 걸어갈 수 있는 거의 서커스 수준의 기술이었다.

그가 일을 하겠다고 신청을 한 후 몇 달이나 기다리다가 처음으로 버스 보이 일을 시작했을 때 디트로이트 거리는 밤이면 죽은 도시나 다름 없었다. 흑인 폭동이 휩쓸고 지나간 지 얼마 되지 않았기 때문에 다섯 시면 거의 철시하는 번화가에 어둠이 내리면 거리는 부랑하는 흑인들과 창녀들로 채워졌다.

디트로이트에서 몇십 년의 전통을 자랑하는 런던 찹 하우스는 큰길에서 약간 안으로 들어선 거리에 고풍스러운 모습으로 그 자리를 굳건히 지키고 있었다.

바브라 스트라이샌드며 프랭크 시내트러 같은 거물급 연예인들로부터 상·하원 의원들과 대통령 후보로 나가는 사람들까지 자주 들른다는 그곳은 당시 디트로이트에서 최고의 평판을 얻는 레스토랑이었다. 그곳에서 일자리를 얻기까지 몇 달 동안이나 대기 순서를 기다려야만 하는 데는 그만한 이유가 있었다. 무거운 그릇들을 포개서 나르는 일은 고되었지만 웨이터가 나누어주는 팁 수입이 아주 괜찮았기 때문이었다. 아랍이며 중남미 등 다양한 다국적 버스 보이들 틈에서 동양 사람은 철학자 한 사람뿐이었다.

철학자와 친해진 바텐더들은 그가 술을 좋아하는 것을 알고는 새로운 칵테일을 만들 때마다 그에게 마셔보게 했다. 유학 생활 중에 좋은 술을 마실 기회가 적은 철학자에게 모든 칵테일은 환상적이었고 그의 칭찬에 사로잡힌 바텐더들은 '진정한' 술맛을 아는 그에게 계속 시음을 시키고는 했다.

새벽에 집에 돌아올 때면 지친 일에 시달린 후에도 그가 벙글벙글 웃고 돌아오는 이유 중의 하나가 일에 지장을 주지 않을 정도의 거나함 때문이었다. 레스토랑에서 일하는 사람들은 그가 철학을 공부한다는 소리를 듣고는 아주 재미가 나서 휴식시간이면 앞을 다투어 그에게 철학 강의를 시켰다. 아마 그의 철학 강의 연습은 그곳에서 처음으로 이루어졌을 것이다.

주로 인생이란 무엇인가, 왜 여기 오는 인간들은 이렇게 비싼 돈을 내고 먼 거리를 달려 이곳까지 오는가, 왜 인간은 자기 환경에 만족하지 못하고 이렇게 이역만리에 와서 무거운 그릇을 나르며 공부하려고 하는가 하는 테마들이 그의 강의의 철학적 주제였다.

학교를 마치고 저녁을 먹은 후 철학자가 일하러 가면 나는 갓난아기였던 큰아들을 재우고 책을 읽다가 졸다가 하면서 그를 기다렸다.

대체로 새벽 두 시가 넘어서야 철학자는 돌아왔고 돌아올 때면 믿을 수 없을 정도로 큰 수염이 달린 구운 왕새우나 한쪽 귀퉁이를 잘라낸 두툼한 스테이크를 알루미늄 은박지에 싸서 가져오곤 했다. 그러고는 그날 그곳에 찾아온 명사들의 이야기를 신이 나서 들려주곤 했다.

가끔 후배 한국 유학생들이 기다랗게 생긴 한 아름 되는 수박이나 멜론을 사 가지고 한밤중에 몰려와서 그가 돌아오기를 기다리며 진을 치고 있기도 했다. 철학자가 새벽에 돌아오면 그가 들고 온 왕새우며 스테이크를 잘라 양파며 피망이며 감자를 썰어 넣고 큰 프라이팬에 볶아 괴상한 퓨전 요리를 만들어서 한밤중의 파티를 벌이기도 했다.

그런데 어느 날 새벽 철학자가 흥분한 얼굴로 문을 열고 뛰어 들어왔다.

인적이 거의 없는 번화가 사거리에서 신호등의 초록불빛을 기다리며 서 있는데 웬 백인 여자가 묻지도 않고 조수석 문을 열고 탔다는 것이다. 그러고는 오늘 잘 곳이 없으니 재워달라고 하는데 산발한 것 같은 금발 머리에 짙은 화장을 한 여자는 철학자의 눈에 몹시 가엾고 갈 곳 없는 사람으로 보였다는 것이다. 자기는 철학을 공부하는 유학생인데 조금만 더 가면 집이 있고 그 집에서 아내와 어린 아기와 살고 있다고 하니까 그럼 집에 가서 자기를 재워달라고 하더라는 것이다.

내가 질색을 하면서 지금 그 여자가 어디 있느냐고 묻자 아래 주차장에 세워둔 차에서 아내 허락을 맡고 오기를 기다리고 있다는 것이다.

그 여자의 호객행위 경력이 몇 년인지는 모르지만 아마 이런 반응을 보인 정신 나간 예비 고객은 처음이었을 것이다. 그래 그 여자가 그렇게 하겠다고 했느냐고 물었더니 좋다고 차에서 기다리겠다고 했다는 것이다. 그곳은 너무도 험한 거리라 드물지 않게 총격전이 벌어지고 길 건너 집에서 누군가가 새벽에 총에 맞았다는 소리가 걸핏하면 조간 신문에 나는 곳이었다. 미국 신문을 구독하지 않는 우리만 무슨 일이 일어났는지도 모르고 태연히 그 거리에 살고 있었다. 아닌 게 아니라 모든 정보가 들어오는 것보다 아무 정보도 들어오지 않을 때 인생은 한결 살기 쉬워지는 경향도 있다.

어쩌면 철학자는 삼국유사에 나오는 구도자 노힐부득처럼 길 잃은 여자를 재워주고 목욕을 시켜주고 해서 지친 유학생활을 청산하고 곧바로 성불하려는 것인지도 몰랐다.

그 여자가 창녀일 거라고 했더니 그런지도 모르지만 안 그런지도 모르지 않느냐는 것이다. 설혹 그렇더라도 사람다운 대접을 받으면 그 일이 그녀의 인생에 전기가 될 수도 있다는 것이다. 조금 만 더 이야기가 진전되면 《죄와 벌》에 나오는 '소냐' 며 《라 트라비아타》에 나오는 '비올레타' 의 이야기까지 나올 판이었다.

술 마시고 여자들과 흥겹게 노는 놀이판에 별로 다녀본 적이 없는 철학자의 머리에 박힌 창녀의 이미지는 그야말로 몸은 더럽혔지만 영혼은 청순한 가련 무구한 존재이기 때문이었다. 사춘기 시절에 문학 책을 너무 읽고 오페라 음악을 너무 들은 것이 화근이었다.

아무튼 그 여자가 정말 갈 곳이 없으면 차에서 기다리고 있을 테니까 10분만 기다린 후에 내려가 봐서 그 여자가 정말 차 안에 있으면 다시 이야기를 해보자고 하는 선에서 타협이 되었다.

10분 후에 내려가 보자 차 안에는 아무도 없었다.

이 도저히 이해난망인 고객을 뒤로하고 다른 손님을 찾아간 모양이었다. 아마 그녀도 이 잠재 고객이 철학자인 것을 알았을 때 이미 전후좌우가 분별이 되었을지도 몰랐다.

철학자는 자기가 안 내려오는 줄 알고 그녀가 갈 곳이 없는데도 불구하고 차를 떠났는지 모른다고 한탄과 자책에 젖었다. 자기를 노힐부득처럼 성불하게 도와줄 관세음보살이 홀연히 구름을 타고 사라진 것처럼 안타까운 표정이었다.

아무튼 어떤 형태로든 그의 성불에 도움이 되었을 한밤중의 여인은 그렇게 해서 사라져버렸다.

아마 그녀도 이 경험을 통해 신호대기에 서 있는 차에 올라타기 전에 그 안에 타고 있는 사람이 성불을 목표로 하는 철학자인지 아닌지 잘 살펴보는 지혜를 얻게 되었을 것이다.

철학자와 스포츠

스포츠에 관한 철학자의 열광은 거의 프로 수준이다. 국제 스포츠 TV 중계를 아무리 이른 새벽에라도 시청하는 것은 물론이고 그 결과에 따른 감격과 통한을 가족들에게 전하느라고 게임 이후에 바쁜 것은 말할 것도 없다.

미국 유학시절, 세계적으로 유명한 농구선수 매직 존슨이 그 학교의 주전 선수였고 우리가 살던 해에 그 팀이 국내 리그의 정상을 차지했다. 결승전에서 승리하던 날은 모든 맥줏집이 무료로 술을 쏟아내고 사람들마다 길거리로 뛰어나와 서로 얼싸안고 환호했다. 한국 유학생들도 모두 거리로 쏟아져 나와 환성을 지르며 기뻐했다. 인종도 나이도 성별도 다 사라진 곳에 승리의 기쁨만 넘쳐흘렀던 것이다. 지금도 철학자는 그 농구 리그를 따라가면서 보느라고 학위 취득이 한 학기는 늦어진 것 같다고 실토하고 있다.

거의 30년 전 올림픽 경기를 미국에서 보는 것은 감질나고 분통 터지는 일이었다. 한국은 번번이 지기만 할 뿐 아니라 한국의 경기는 도대체 TV에서 보여주지도 않는 것이다. 철학자는 한국이 졌다는 소식을 전해 듣거나 지는 장면을 잠깐 보기만 해도 보통 열이 나는 것이 아니었다.

어느 날은 내가 집에 돌아오니까 철학자가 오늘 우리가 금메달을 세 개나 땄다고 전했다. 그럴 리가 없어서 어떻게 된 거냐고 물어보니까 아나운서가 미국을 우리나라라고 자꾸 말하기에 미국이 우리나라인 셈치고 관전을 했더니 우리나라가 세 개나 금메달을 따게 되었다는 것이다. 그러더니 "아, 그런데 왜 이렇게 노력을 해도 기분이 안 나지." 하고 새삼 분통을 터뜨리는 것이었다. 힘센 나라를 우리나라라고 아무리 생각하려고 해도 안 된다는 것이 그 울분의 골자였다. 몇십 년을 묵은 애국심이라는 정서가 하루아침에 다른 나라로 옮겨 가는 것이 미상불 어려운 일이기는 할 것이다.

운동경기를 어른들의 공놀이 정도로 여기고 좀처럼 흥분이 되지 않는 아내에게 그토록 세심하게 모든 경기의 룰을 가르쳐줘도 별무소용이니 그의 비탄은 대부분 이해받지 못하고 사라지는 셈이다.

《수호지》에 나오는 고구라는 위인은 공 하나를 잘 다루는 덕분에 마침내 높은 벼슬에 올라가서 여러 가지 못된 일을 저질러 사람들의 의분을 불러일으키는 견인차 역할을 하고 있다. 축구건 야구건 골프건 공의 크기는 다르지만 공 하나를 잘 다룬다는 이유로 그렇게 많은 돈을 받아야 하는 건지 나는 아직도 조금은 회의적이기는 하다.

어쨌든 월드컵 축구 경기가 우리나라에서 열리는 동안 철학자는 경건하게 붉은 티셔츠를 입고 도를 닦는 자세로 경기를 관전하고는 했다. 우리나라 선수들의 모습과 승부에 일희일비하는 그 기쁨과 낙담을 측정해서 애국심을 알아내는 음주운전 측정기 같은 것이 있다면 철학자의 애국심은 선두를 달릴 가능성이 매우 높다.

그가 아내를 가르쳐서 스포츠의 기쁨과 슬픔을 나누어보려는 피눈물 나는 노력을 한 덕분에 게임의 룰을 나도 대강 배우게 되었다. 월드컵 기간 동안 아내가 보여준 관심과 흥분으로 보아 이제 개과천선을 시켰나 보다고 흐뭇해하던 철학자의 바람은 월드컵 열광의 뜨거운 여름이 지나가자마자 무산되어버리고 말았다.

저 공이 얼마짜리기에 다 큰 어른들이 반바지만 입고 공 하나 차지하려고 저렇게 미친 듯이 뛰느냐고 말했던 나의 농담 한마디는 철학자가 스포츠에 문외한인 아내와 사는 것이 얼마나 힘든 것인지 하소연할 때 주 자료로 쓰이고 있다. 거기에 덧붙여서 내가 공 한 개를 더 넣어주어 서로 자기 영역에서 즐겁게 놀도록 하는 게 어떠냐는 아이디어까지 내놓았으니 더 말해 무엇하랴.

한국과 브라질의 친선경기 때 마지막 한 점을 중국 심판의 페널티 킥 판정 때문에 내어주게 되자 철학자의 낙담과 분노는 하늘을 찌를 듯했다. 골대 앞에서 뒤엉켜 넘어지는 선수들이 어떻게 하다가 그렇게 되었는지 TV에서 슬로 모션으로 보여주지만 심판의 괴로움은 그런 최첨단 기계의 도움 없이 절대절명의 결정을 내려야 하는 데 있을 것이다.

이런 상황은 인간관계의 심각한 불화와도 유사한 점이 있다. 인생의 길에서 함께 뒤엉켜 넘어졌는데 진정한 피해자는 자기라고 우기는 사람들 틈에서 제3자가 객관적인 판단을 하기는 심히 어렵기 때문이다. 심판하지 말라, 판단하지 말라는 원칙이 상담자 수칙에 거의 어김없이 나오는 이유가 바로 여기에 있다.

그러나 실제 상황에서 중요한 점은 어쨌든 인생이 계속되어야 하듯이 경기도 계속되어야 한다는 점이다. 심판의 판정에 절대 따르도록 룰을 정한 이유는 공이 그어놓은 선 밖에 떨어졌는지 선 안에 떨어졌는지 순간적인 결정을 내려야 하는 순간이 있기 때문이다. 격렬한 시소 게임에서 심판 판정시비가 붙는 이유도 절대 진리를 과연 심판이 올바로 알아낼 수 있을까 하는 의구심 때문이다. 모든 인간관계 학문이 발달하고 내면의 분석도 정밀해졌지만 그것으로 인간의 행복이나 불행이 해결되지 않는다는 점과 유사하다고 볼 수 있다.

아무튼 스포츠를 관전하는 철학자는 스토아 철학에서 내세우는 평정심과 객관성을 다 어디론가 보내버리고 엑스터시 상태에 들어가는 것이다. 고백하건대 내가 운동경기 때 우리나라가 이기기를 바라는 큰 이유 중에 철학자의 낙담과 분통 때문에 자신이 하는 일에 차질이 없기를 바라는 바도 적지 않다.

올림픽 경기장에서 태극기가 올라가고 애국가가 울려 퍼질 때 피눈물 나는 고비를 넘겨온 선수의 눈에 그렁그렁 눈물이 고이고 철학자의 눈에도 눈물이 고인다.

이래저래 철학자는 어떻게 그렇게 스포츠에 열광할 수가 있느냐는 다른 철학자들의 질문을 받을 때가 많다. 마침내 철학자는 〈스포츠의 철학과 가치론〉이라는 진지하고 학술적인 글을 쓰기도 했다.

'놀이하는 인간'의 차원에서 스포츠를 '놀이'로 본다면 철학자에게 스포츠가 어떤 의미에서 즐거운 놀이로 작용한 것은 사실일 것이다. 현대인들의 즐거운 놀이 중에 철학자가 선호하는 것은 매우 드물기 때문이다. 철학자의 클래식 음악에 대한 선호는 거의 마니아의 경지에 이르렀지만 노래방 문화는 기피 종목 제1호이다. 그림도 보통 관심이 많은 게 아니지만 동양화의 원조로 불리는 화투에 대해서는 전혀 아는 바가 없다. 화투치고 노래방에서 한 곡 뽑은 후에 찜질방에 누워 전국노래자랑을 보면서 한국인의 한 많고 흥겹고 오기만만하고 화끈한 정서를 즐기는 놀이 방법은 철학자의 사전에 없다.

나는 전국노래자랑을 즐겁게 보는 편이다. 그 프로그램에만 진짜 한국 사람이 등장하는 것 같은 느낌이 들기 때문이다. 각 지방에 사는 사람들의 흥겨움이며 애환을 보는 것도 즐겁고 재미있다.

지금도 두 사람의 대화는 여전히 평행선을 달린다.

"어떻게 스포츠 경기가 재미가 없을 수 있을까."

"어떻게 전국노래자랑이 재미가 없을 수 있을까."

그나마 다행스러운 일은 우리 집에 TV가 두 대 있다는 사실인 것 같다.

버려진 존재들과 철학자

사람들에게는 '천궁형'과 '자궁형'이 있다고 한다. 천궁형은 자기가 있는 장소를 최소한으로 단순화해서 그림이나 화분 한두 가지로 액센트를 주는 정도로 비워두는 것을 선호한다는 것이다. 이와 반대로 '자궁형'은 자기 주위에 물건이 가득 차도록 배치해서 그 안에 들어앉아 있어야 비로소 아늑하고 안정된 기분이 든다는 것이다.

미국 영화에 나오는 집 안의 넓고 빈 공간과 유럽 영화에 나오는 꽉 찬 실내장식을 보면 쉽게 이해가 갈 것이다.

사람들이 자기 취향이나 선호도를 따라 사는 것은 실상 민주국가 국민의 특권일 것이다.

그러나 이 '천궁형'과 '자궁형'이 한 공간에서 부부나 동료 등의 이름으로 만나게 되는 경우는 실로 재난의 탄생이라고 하지 않을 수 없다.

우리 집 가장인 철학자는 타고난 자궁형으로 주위 사방에 무엇인가를 빼곡하게 들여놓아야 직성이 풀리는 성향이고 나는 수도원의 방처럼 생활에 꼭 필요한 물건들만 놓아두는 것이 너무 좋은 천궁형이다.

두 사람의 다른 취향은 때로 갈등을 불러일으켰지만 그런대로 타협 끝에 어떤 수준의 결론에 도달하기는 했다. 대체로 이런 일은 철학자의 판정승으로 끝나게 되어 있다. 아무리 다른 곳에 치워놓아도 잃은 자식을 찾는 데 비견할 만한 정성으로 그 물건을 수색해서 제자리에 다시 놓아두는 철학자를 이겨내기가 어렵기 때문이다.

문제는 아파트 단지 곳곳에 쓸 수 있는 가구나 살아 있는 화분들을 쉽게 내어놓는 이웃들 때문에 일어난다. 추운 날씨에 밖에 놓여 있는 화분을 보면 철학자의 생명존중 사상이 마침내 고개를 드는 것이다. 이 밤이 지나면 영하의 날씨를 견디지 못해 그 나무들이 다 죽을 텐데 어떻게 그 화분들을 밖에 놓아두느냐는 것이다. 나는 식물도 그 지경에 이르면 안락사하기를 바랄지 모르고 우리가 세상의 버려진 화분을 다 보호할 수는 없다는 의견을 제시하지만 일단 화분이 그의 눈에 띄면 온갖 반론은 필요가 없어진다.

겨울이 되면 앞 베란다에 죽었는지 살았는지, 혹은 철학적인 사유를 하고 있는 건지 판단하기 어려운 식물들이 일렬로 들어차는 이유가 여기에 있다.

식물들까지는 그런대로 그 생명의 존재 이유 때문이라고 해석해볼 수도 있겠다.

그런데 언젠가 멀쩡한 가구를 경비원들이 도끼로 다 패서 장작으로 만들어버리는 것을 본 다음부터 그는 내어버린 가구들을 주워 모으는 새로운 사업을 시작한 것이다. 누군가 요긴하게 쓸 수 있는 것을 이렇게 잔인하게 버리는 것은 인류에 대한 죄악이라고 그는 주장했다.

나는 그 물건들 때문에 집 안에서 가히 숨을 쉬기 어려운 지경에 이르렀으니 제발 그 가구가 자기 운명의 별을 따라가 장작이 되든 폐품이 되든 내버려두라고 당부도 하고 설득도 하고 화도 내보았지만 철학자는 요지부동이다.

어떤 때 밖에 다녀오면 전에 본 적이 없던 의자나 작은 가구들이 숨도 못 쉬고 겁에 질려(철학자의 표현에 의하면 내가 쫓아낼까 봐 두려워서 그렇다는 것이다) 한구석에 놓여 있기 일쑤다.

철학자는 이럴 때 내가 무어라고 선언하기 전에 시골집이 있는 당진에 가지고 갈 거니까 걱정하지 말라고 조심스럽게 말하는 것이다. 이제는 바로 집 앞에 있는 경비실 사람들까지 우리 두 사람의 신경전을 알게 되었다. 경비원과 철학자의 대화는 종종 이런 양상을 띤다.

"사모님 아직 안 들어오셨습니다. 얼른 그 물건을 들여놓으시지요."

혹은,

"사모님 계신데요. 일단 그 물건을 여기 맡겨놓으셨다가 나중에……."

더 점입가경은 이런 대사이다.

"교수님. 저기 다른 단지에 괜찮은 의자 내어놓은 것이 있는데요."

마침내 당진에 가져가겠다고 하고 결코 가져가지 않는 물건들 틈에 싸인 나는 물건 하나를 들여놓으면 반드시 물건 하나는 내어놓아야 한다는 법령을 선포했다. 그러자 철학자는 큰 물건을 들여놓고 작은 물건을 내가는 편법을 쓰기 시작했다. 왜 그렇게 법률사전이 날로 두꺼워지는지 그 이유를 알 만하다.

마침내 더 참을 수 없게 된 나는 이제 뭐든지 가구 하나만 더 들여놓으면 내가 집을 나갈 테니까 그 물건들하고 행복하게 잘 살아달라고 선언했다. 그리고 후세 사람들이 헌 가구와 아내를 바꾼 사람이라고 기록

해서 철학자를 기억할 것이 틀림없다고 덧붙였다.

철학자는 태연하게 그런 기록을 읽을 때 후세 사람의 반응은 이럴 것이라고 응답했다.

"거 참 누군지 시원하게 잘했구먼."

그러니 이제는 아파트 사람들이 제발 아직 살아 있는 화분이나 쓸 수 있는 가구들을 내다 버리지 말아달라고 읍소하고 기원하는 길밖에 안 남은 셈이다.

이런 일은 생명존중 사상도 아니고 누구를 위하는 일도 아니며 가족들에게 폐를 끼치는, 성장기의 결핍에서 오는 심각한 수집 증상일 뿐이라고 거의 협박에 가까운 학설을 펴도 철학자는 끄떡도 하지 않는다.

'자아도취형 성격장애'라든가 '강박적 주워오기 성격장애'라든가 하는 무시무시한 병명을 들이대어도 철학자는 의연하다. 자기는 병 이름 몰라서 병을 못 앓지는 않는다는 상당히 이해하기 어려운 진술을 하면서 말이다.

그나마 다행인 점이 있다면 고등학교 때 미술반장이었기 때문에 미적인 감각을 발휘해서 물건들을 균형 있게 배치하는 능력은 있다는 것뿐이다.

어느 날 내가 냉철한 이성과 막강한 권력을 지닐 수 있게 된다면 이 모든 물건들을 집 밖으로 내어 몰고 그 앞에 이렇게 방을 써놓겠다는 공상을 하면서 마음을 달래보기도 한다.

"필요하신 분은 이 물건들을 모두 가져다 쓰셔도 좋습니다. 원하신다면 철학자도 끼워드릴 수 있습니다."

철학자의 카니발

이 카니발은 화려한 삼바 춤이 거리를 채우는 리우데자이네루의 축제나 아프리카의 초원을 휩쓰는 원시시대의 축제를 지칭하는 단어가 아니다. 이 카니발은 미니 밴에 속하는 차의 이름이다.

언젠가부터 철학자는 집에서 버림받은 고가구들을 당진으로 가지고 가겠다는 약속을 실현하기 위해 카니발이 필요하다고 주장하기 시작했다. 그가 꼽는 카니발의 장점은 그 차를 직접 만든 회사의 광고를 앞지를 지경이었다.

다른 건 다 좋다고 하더라도 어떻게 그 차를 타고 출퇴근을 하느냐는 만류는 이미 자신의 갈 길을 정한 철학자를 멈추기에는 역부족이었다.

집 앞을 오가는 길에 주차하고 있는 카니발을 보기만 하면 탐스런 암소를 관찰하는 소장수처럼 앞에서 살펴보고 또 뒤로 돌아가서 살펴보다가 슬쩍 창 안을 넘겨다보기까지 하면서 일편단심 관심을 보이기 시작한 것이다.

철학자는 식구들이 다 외출한 어느 날 새로 사귄 정부를 끌어들이는 귀부인처럼 아무도 모르게 카딜러를 불러들였다.

디젤 엔진이라 덩치가 크기는 해도 비용이 적게 들고 세금도 싸기 때문에 낭비가 아니라 오히려 저축이 된다고 차의 장점을 누누이 강조하던 철학자였다.

그런데 철학자는 디젤이 아니라 휘발유로 가는 차를 덥석 계약해버렸다. 그 딜러가 디젤 차는 좀 시끄럽지만 휘발유로 가는 카니발은 소음이 없어 거의 음악실 수준이라고 음악을 좋아하는 철학자를 전격적으로 유혹했던 것이다.

철학자는 자기는 차에 네 바퀴가 없는 건 오히려 참을 수 있지만 좋은 음악이 없는 차는 참을 수 없기 때문에 어려운 결정을 내렸노라고 선언했다. 차와 음악감상실을 혼동하고 있는 실로 대담한 발언이 아닐 수 없었다. 발언이 대담할수록 철학자가 후퇴하는 것은 불가능하다는 사실을 역사를 통해 익히 알고 있기 때문에 하회를 기다리는 수밖에 없었다.

온갖 우여곡절 끝에 은빛 나는 카니발이 그 다음 주에 도착했다. 축제에 나온 어떤 춤추는 미희라도 철학자를 그토록 흥분시키기는 어려웠을 것이다. 철학자는 닦을 것도 없는 새차를 새삼 닦기도 하고, 설명서에 써 있는 대로 의자를 이리저리 재배치해보기도 하고 운전석에 앉아 음악을 들어보기도 하면서 무아지경에 빠졌다.

그 후 애꿎은 일가친척들이 집에 오기만 하면 그 차에 태우고 시승을 하느라고 동네 한 바퀴를 도는 것이 행사 중의 하나였다. 모두들 그 차엔진이 휘발유로 움직인다는 소리를 듣고는 아연실색을 했다. 그 덩치큰 차를 휘발유로 몰면 그 비용을 어떻게 감당하느냐는 것이 염려의 핵심이었다.

그건 전혀 문제가 없다는 것이 철학자의 주장이었다. 차가 밀리지 않는 시간에 출퇴근만 하고 당진만 왔다 갔다 할 것이기 때문에 문제될 요소는 전혀 없다는 것이다. 이즈음에 어느 시간대에 어느 장소에서 차가 밀리는지 안 밀리는지는 신도 예측하기 어렵다는 것을 모르는 척하는 선언이었다.

현실과 철학자의 주장은 어떤 때 우주의 별들처럼 멀리 떨어져 있어 거의 신비의 경지에 이른다. 그러고 보면 그가 《분석과 신비》라는 책을 저술한 것도 무리가 아닌 것으로 보인다.

한번은 동료 학자가 우연히 이 차를 얻어 타게 되었는데 차가 좋다고 극찬을 했단다. 나로서는 그 학자가 철학자의 OO질문의 희생자가 아닐까 하는 생각이 들지 않을 수가 없었다. 이 차 좋지요? 정말 좋지요? 하는 유명한 긍정, 긍정 질문 말이다.

이 차가 휘발유로 간다고 이야기를 하니까 그 사람은 약간 걱정스러운 표정으로 아내가 이 차 사는 데 동의했냐고 묻더라는 것이다. 두뇌가 탁월할 것이 틀림없는 그 학자는 이 카니발 뒤에 숨어 있는 여러 가지 속세의 문제들을 한눈에 간파한 것이다.

철학자는 물론 아내도 아주 기뻐하고 있다고 대답했다.

내가 기쁘다는 것을 본인보다 철학자가 더 잘 알고 있는 경우는 그의 주위에 있는 사람들은 이미 대부분 경험한 바다. 내가 카니발을 사서 기뻐하는 것을 어떤 근거로 알게 되었느냐고 물었더니 그 정도도 모르면 부부라고 하기 어렵지 않느냐는 직관적인 응답이 돌아왔다.

아무튼 이 커다란 차를 타고 출퇴근한다는 소리를 들은 그 학자는 한동안 가만히 있다가 "정말 로맨틱하시군요." 라고 말했다는 것이다.

철학자는 집에 돌아와 그 사람이 이렇게 칭송했다는 말을 전하면서 기쁘기 한량없어 보였다. 그런데 이 복잡해진 세상에서는 같은 단어도 동일한 의미가 아닌 것으로 쓰이는 경우가 많다.

나는 그 학자가 "정말 제정신이 아니시네요."라는 말을 "정말 로맨틱하시네요."라고 완곡하게 표현한 것이 틀림없다는 크산티페다운 의견을 피력했다.

철학자와 나는 이 말의 해석에 대해 지금까지도 다른 견해를 가지고 있다.

아무튼 우리 집은 카니발 덕분에 언제나 축제 분위기가 되었다. 카니발이 사계절을 가리지 않고 집 앞에 서 있기 때문이다. 그 차를 보면 내게는 화려한 의상을 입고 삼바 리듬에 맞추어 춤추는 무희들과 목과 발에 장식을 한 아프리카의 흑인들이 두드리는 북소리가 보이고 들리는 것만 같다.

하지만 어쩌겠는가. 이제는 이 카니발이 속세의 스케줄을 따라가느라고 괴로울 때도 많은 철학자의 마음을 풀어주는 축제가 되어주기만 바랄 뿐이다. 이미 일어난 일은 받아들일 수밖에 없다는 스토아학파의 철학은 철학자의 아내를 위한 학설이 틀림없다는 심증은 이래저래 날로 굳어져가기만 한다.

시인과 철학자

한때 철학자는 시를 쓰고 싶어 한 적이 있다. 혼자 습작을 시도한 첫 번째 단계가 주부와 술부를 바꾸어보는 것이다.

우리 세대 국어 교과서의 시에 관한 글이 지금도 정다운 기억으로 남아 있기 때문이다.

"할머니가 보내셨구나, 이 많은 감자를……"

이렇게 시작하는 구구절절한 설명 중에 지금도 기억나는 것은 "할머니가 아주 많은 감자를 보내셨다"고 쓰면 서술문은 되지만 시는 되지 않는다는 점이었다.

철학자는 파블로 네루다가 실제 모델인 영화 〈일 포스티노〉의 우편배달부처럼 시인이 찾아보라는 '메타포레'를 찾아 나서기도 했다. 바닷소리, 나뭇잎 스치는 소리, 물결 소리 등등.

언덕길을 돌아온다, 우마차가…….

지는구나, 가을 낙엽이 오늘도…….

이 습작의 치명적인 문제는 주부와 술부를 바꾼 시의 한 구절을 내어 놓을 때마다 온 가족이 웃음바다가 된다는 점이었다.

마침내 몇 년 전 산에 함께 올랐던 후배 시인이 철학자의 시 습작 구절을 듣더니 한마디로 진단을 내려주었다.

"선생님, 시인이 되는 건 단념해주십시오. 그저 훌륭한 철학자로 저희들 곁에 남아 있어주십시오."

이 충격적이고 정직한 진술을 기점으로 철학자는 시인의 꿈을 접었다. 아름다운 시에 대한 예찬은 더욱더 높아졌지만 시인을 자기와 다른 길을 가는 사람들이라고 보기로 한 것이다.

일전에 외국에서 오랜 세월을 보낸 후 귀국한 시인과 함께 하루 나들이를 한 적이 있다. 철학자는 어떻게 해야 그렇게 아름다운 시를 쓸 수 있는지 궁금하다는 이야기를 하고, 시인은 마음에서 우러나는 시의 세계를 이야기하면서 두 사람은 많은 대화를 나누었다. 주부와 술부를 바꾸어 써서 시를 시작해보려다가 후배 시인에게 직언을 들었다는 이야기를 듣고 시인은 파안대소를 했다.

철학자와 시인은 푸른빛으로 물든 가을하늘 아래를 걸으면서 시와 철학에 관해 즐거운 담소를 나누었다. 가끔 철학자는 그 시인의 시를 자신의 글 속에 인용한 적이 있는 터였다.

철학과 시와 가을이 함께 녹아들어 참 좋은 가을 하루가 되었다.

그런 날은 삶 자체가 저절로 시가 되는 것만 같다.

당진의 철학자

아마 아리따운 여자와 늦바람이 난다면 사람이 이렇게 되리라 싶다. 철학자는 당진과 연애하는 사람 같다. 한동안 그곳에 가지 못하면 답답하고 좀이 쑤셔 못 견딘다.

툇마루에서 내다보이는 앞산과 논밭의 풍경은 어떤 계절을 막론하고 아름답지만 야산 아래 자리 잡은 당진의 집은 낡고 불편하다. 돌보는 이 없이 혼자 남겨져 있는 집을 철학자가 한 달에 두세 번 들러 대충 살아갈 수 있는 공간으로 만들려면 한나절이 다 소요된다. 먼지를 제거하고 잡초를 깎고 불을 때고 물을 길어야 하기 때문이다.

철학과에 들어간 막내아들은 이곳에 가는 것을 민방위 훈련이나 예비군 훈련 정도로 생각한다. 철학자가 혼자 고생하는 것이 안쓰럽기는 하지만 수세식 화장실이며 목욕탕 시설이 없는 것이나 텔레비전이나 컴퓨터가 없는 것들이 다 참고 견디어야 할 악재로만 보이는 것이다.

철학자는 당진과 관련해서 인간을 두 부류로 나누고 있다. 곧 당진을 좋아하는 사람과 당진을 좋아하지 않는 사람이다. 그곳을 방문해본 사람들은 너무나 좋다고 찬사를 바치지만 후에 다시 그곳에 가자고 하면 여러 가지 이유를 대며 망설이기가 일쑤다.

자연으로 돌아가야 한다고 외치는 사람들도 꿈속의 자연을 본인이 이야기하고 있다는 것을 모르기 십상이다. 현실 속의 자연은 불편하고 비위생적이며 모기며 벌레며 곤충에다 뱀까지 함께 살자고 슬슬 모션을 걸어오는 곳이기 때문이다.

자연으로 돌아가고 싶다는 도시인들의 이야기는 시설과 주위 환경은 완전히 문명화되고 그 캡슐 밖에 있는 자연의 불편한 부분은 손 닿지 않는 곳에서 숨 쉬고 있기를 바라기가 쉽다. 자연을 만끽할 수 있다고 선전하는 콘도는 그런 시대정신의 구현이라고 볼 수 있다. 바람의 딸 한비야의 불편하고 고생스러운 오지 탐험기도 편한 방에서 간식을 집어먹으며 눈을 동그랗게 뜨고 읽기 때문에 더 흥미가 있는 것이지 실제로 귀한 몸을 손수 움직여서 그 장소에 가고 싶은 것은 아닌 경우가 많다.

당진에 내려가 보면 우리가 얼마나 문명에 중독되어 있는가 하는 사실에 스스로도 놀랄 지경이다. 게다가 철학자의 당진 집 시설은 그 마을의 가장 가난한 사람들 집보다 불편하니 더 논의할 여지가 없다.

철학자의 풀리지 않는 의문은 왜 그토록 좋다고 찬사를 바치면서도 함께 가자고 하면 사람들마다 바쁜 스케줄이 생기는가 하는 점이다. 바쁜 스케줄이란 실상 인생의 선택의 우선순위라고 볼 수 있다. 우리가 바빠서 만날 시간이 없다고 노상 울부짖는 사람과 차츰 거리가 멀어지는 이유도 그 사람의 인생의 우선순위에서 자기가 상당히 하위권이 아닌가 하는 유감스러운 생각이 들기 때문이다. 노상 바쁜 배우자나 부모에게 섭섭한 마음이 들기 쉬운 것도 자기 배우자나 부모의 인생의 우선

순위에서 혹시 자기가 한참 하위권이 아닌가 하는 의구심이 들기 때문이다. 우리들은 정말로 하고 싶은 일이나 간절히 만나고 싶은 사람에게는 만난을 불사하고 시간을 투자할 용의가 있기 때문이다.

그런 의미에서 당진은 우리가 자연으로 돌아가고 싶다고 부르짖으면서도 얼마나 돌아가고 싶어 하지 않는지 확인하기에 더할 나위 없이 좋은 장소다.

철학자는 낡은 비디오카메라를 들고 당진을, 사랑하는 여인의 앞뒤고운 자태를 찍듯이 가기만 하면 다시 찍는다. 낡은 집을 기점으로 그앞에서 찍고 옆에서 찍고 앞산에 올라가서 찍고 뒷산에서 내려다보며찍는다. 백일홍이 피었으니 찍고 벚꽃이 피었으니 찍고 자두꽃이 피었으니 찍는다. 눈이 오면 눈이 와서 찍고 비가 오면 비가 와서 찍는다. 소가 밭을 갈 때는 봄이라 찍고 추수한 볏단이 논밭에 널려 있으면 가을이라 찍는다.

집에 있는 비디오테이프 중에 이름이 적혀 있지 않은 오리무중의 테이프를 틀어보면 거의 다 당진의 정경이 나타난다. 철학자는 카메오로자신이 깜짝 출연을 하기도 한다. 부엌에서 군불을 땔 때나 들의 마른풀잎을 갈퀴로 걷어낼 때 한쪽 구석에 비디오를 고정시켜 놓고 움직이는 자신의 모습을 자연과 함께 찍는 것이다. 연못에 비친 자신의 모습에 가슴을 태우다가 병들었다는 나르시스에 못지않은 이런 취미는 어느 철학자의 전기에도 나오지 않는 장면이라고 할 수 있다.

녹화한 후에 오디오로 음악을 틀어 배경음으로 넣으면서 철학자는 재편집을 한다. 비발디의 〈사계〉나 가야금의 청아한 음색을 배경으로 한 산과 들과 시골집의 풍경은 보는 사람들의 찬탄을 자아내지 않을 도리가 없다. 자신들이 원하는 자연과 거의 일치하기 때문이다. 편안한 아파트의 따뜻한 소파에 앉아서 맥주를 한잔 들이켜며 바라보는 자연의 풍광은 그대로 인생의 완성을 이루는 경지를 보여주는 셈이다.

참 좋은 곳이로군요.

기가 막히네요.

왜 저기다 좀 더 나은 집을 짓지 그러세요.

역시 자연이 좋군요.

반응은 가지가지이다.

한번은 어느 손님이 거기가 한 평에 얼마예요 하는 지극히 삶에 도움이 되는 질문을 던졌다가 하마터면 철학자에게 자택 출입금지를 당할 뻔했다. 철학자에게는 그 질문이 마치도 사랑하는 애인이 있는데 그 여자가 돈으로 환산하면 얼마나 나가냐는 소리처럼 모욕적으로 들렸던 것이다.

아무튼 우여곡절을 거쳐 그곳에 들르게 된 사람들의 반응의 평균을 내본다면 한마디로 "기가 막히네요."로 통일될 수 있다. 물론 왜 기가 막히는지 그 이유가 상당히 다양하기는 하다.

경치가 기가 막힌 것은 사실이다. 보기 드문 정경이기 때문이다. 툇마루에 앉으면 바로 손이 닿을 듯한 뜰 앞에 그대로 작은 논이 있어 봄이면 잔디처럼 빛나는 녹색 모가 자라고 여름이면 난초들처럼 청청한 대를 세운 푸른 벼가 자란다. 가을이면 황금빛의 벼가 노을처럼 눈앞에서 물든다. 겨울이면 잘린 벼 그루터기가 진흙을 드러낸 논 위에 드문드문 놓여 있는 모습이 삭막한 아름다움을 드러낸다.

집 앞으로 나 있는 작은 오솔길을 따라 걸으면 그 곁의 밭에서 고추며 콩이며 오이며 토마토가 볼 때마다 다른 모습으로 자라고 있다. 동산만 한 작은 앞산도 사시사철 빛깔이 변하며 나무들과 어울려 아름다운 모습을 그려낸다.

그렇지만 당장 밥을 해 먹자면 물을 길러 샘으로 가야 하고 세수를 하려면 대야를 들고 움직여야 한다. 화장실에 가고 싶으면 넓은 마당을 가로질러 거미들이 자기 주택을 마련한 곳을 걷고 지나가야 재래식 화장실에 도달할 수 있다.

나이 든 사람들은 그래도 그런 정경이나 화장실을 보고 자란 세대이지만 젊은 세대들은 그런 괴상한 장소를 눈앞에서 본다는 사실이 믿어지지 않아 대경실색을 한다. 한때 음식이었던 삶의 폐기물과 그렇게 한꺼번에 밀폐된 장소에서 맞닥뜨려본 적이 거의 없기 때문이다. 게다가 좁은 방에 기다란 다리를 굽히고 앉아 있기도 불편하다. 난방을 하려면 부엌에 내려가 아궁이에 불을 때야 하고 땔나무를 구하려면 노동에 익숙하지 않은 몸으로 나무를 하러 뒷산에 올라가야 하는 현실에 직면하게 된다. 텔레비전이고 컴퓨터고 게임기고 간에 젊은이들을 즐겁게 해주는 문명의 이기와 차단 상태에 놓이는 것은 말할 것도 없다.

이런 장면에 부딪힌 괴로운 젊은이들에게 철학자는 좋지, 여기 너무 좋지 하고 묻는다.

철학자가 당진에 관해 던지는 질문은 주관식이 아니다. 그렇다고 사지선다형의 객관식도 아니고 OX질문도 아니다. 구태여 분류하자면 OO질문에 가깝다. 좋으냐 싫으냐도 아니고 좋지? 좋지?가 그 질문의 골자를 이루기 때문이다. 당연히 정답은 '좋은데요'이다. 안 그렇다고 말하기에는 철학자의 질문이 너무도 애절하고 표정은 너무도 간절하기 때문이다.

맑은 공기와 청량한 샘물은 관념상으로는 좋지만 중년이 지난 남자들에게는 그 샘물을 떠주고 정갈한 방에 고구마며 밤을 삶아 소쿠리에 담아 들이밀어주는 누군가의 정다운 손길이 있어야 추억이 완성되는 것이다. 할머니의 추억, 어머니의 추억, 누이의 추억 등, 우리나라 남자들의 안온한 인생의 추억은 누군가가 극진히 돌보아주는 여인의 손길에 의해 대미를 장식하기 때문이다.

처음 철학사가 이곳에 살러 오기 시작했을 때 마을 사람들은 우려의 눈길을 보냈다. 듣자 하니 서울의 한다 하는 교수라던데 혼자서 어떻게 조석 끼니를 끓여 잡숫느냐는 것이 걱정의 골자였다. 그리고 이 산간 벽지 같은 곳을 무엇이 좋다고 노다지 올 것인가 하는 것도 걱정의 메뉴였다.

그렇지만 이런 걱정은 모두 기우가 되었다. 철학자는 다른 사람들이 이곳을 좋아하면 흥이 나서 달려오고 이곳이 불편하다고 꺼려하면 연민의 마음이 복받쳐서 이곳으로 달려오는 것이다.

그는 마침내 이곳의 사색과 경험을 엮은 《당진일기》라는 책을 펴내기도 했다.

새벽같이 당진으로 떠나려고 짐을 싸놓고 준비를 하고 있다가 다음 날 긴급 교수회의라도 열린다는 전화가 오면 너무 낙담한 끝에 왜 쓸데없이 자꾸 모이자고 그러는지 모르겠다고 열이 치민다. 자기의 본분과 직업이 무엇인지 심히 헷갈리는 경지로 들어가는 것이다.

대체로 대학원생들이 정규적인 당진의 단골손님들이다. 철학자의 관점으로는 학생들이 다들 거기 가고 싶어서 몸살이 나 있다는 것이다. 내가 보기에는 가기 싫어서 몸살이 난 사람도 있는 것 같다고 했더니 그런 일은 절대로 없다는 확고한 의견이 되돌아온다.

철학자는 지도교수가 권유하는 것은 그대로 강요가 된다는 우리나라의 독특한 현실을 잘 모르는 경향이 있다. 그런 정보를 슬며시 주었더니 자기는 전혀 그런 적이 없고 당진에 가자고 강요하는 것은 바로 대학원 학생들이라는 것이다. 아무튼 당진 최대의 미스터리는 철마다 대학원 학생들만 그곳에 꾸준히 간다는 점이다. 친척들은 그곳에서 겪게 되는 노동과 불편의 강도가 힘든 것 같고 다른 사람들은 깔끔하지 않은 시골 방에 여자의 손길이 미치지 않은 음식이며 정갈하지 못한 침구 따위가 힘든 것 같다.

철학자는 서울 집에 손님이 오기만 하면 성별과 연령, 지위 고하를 막론하고 매우 자연스럽게 당진의 비디오를 튼다. 당진의 아리따운 자태를 자랑하고 싶어서 거의 병이 날 지경인 것이다. 왕비의 아름다운 몸매를 혼자 보는 게 아까워서 신하에게 몰래 보게 했다가 뜨거운 맛을 보았다는 옛 신화의 왕도 이런 경지까지 이르지는 못했을 것이다. 손님들에게 당진 비디오를 보고 싶은지 묻고 틀자고 해도 물을 필요가 없다는 의연한 대답이 돌아온다. 왜냐하면 사람들은 자기가 그곳을 보고 싶어 한다는 사실조차 잘 모르기 때문이라는 것이다. 모르는 사람은 직접 보여주는 수밖에 없다는 것이 그의 학설이다.

이 정도의 경지에 이르면 거의 신앙이라고 할 수밖에 없다.

불편한 당진을 가꾸고 사진과 비디오로 찍어 사람들에게 숭상받는 장소로 만들고 싶은 철학자의 꿈과 소망은 당진으로 떠나는 차에서 결의에 찬 손을 흔드는 오늘까지 그대로 이어지고 있다.